候鸟故事集

樊希安 著

四川文艺出版社
海南出版社

图书在版编目(CIP)数据

候鸟故事集 / 樊希安著. — 成都：四川文艺出版社；海口：海南出版社, 2025.5. — ISBN 978-7-5411-7196-3

I . I247.7

中国国家版本馆CIP数据核字第2025CZ2669号

HOUNIAO GUSHIJI

候鸟故事集

樊希安 著

出 品 人	冯　静
责任编辑	葛雨馨　朱丽巧　陈文惠
封面设计	魏晓舸
内文制作	史小燕
责任校对	蓝　海
责任印制	桑　蓉
出版发行	四川文艺出版社（成都市锦江区三色路238号） 海南出版社（海口市龙华区金盘开发区建设三横路2号）
网　　址	www.scwys.com
电　　话	028-86361802（发行部）　028-86361781（编辑部）
印　　刷	成都东江印务有限公司
成品尺寸	145mm×210mm　开　本　32开
印　　张	9.375　字　数　200千
版　　次	2025年5月第一版　印　次　2025年5月第一次印刷
书　　号	ISBN 978-7-5411-7196-3
定　　价	52.00元

版权所有·侵权必究。如有印装质量问题，请与出版社联系更换。028-86361796

一个蓬勃乐观的生活歌者
——樊希安中短篇小说集《候鸟故事集》序

/孟繁华

希安兄是一个阅历丰富、精力充沛、酒胆过人的豪侠之士。他是河南温县人,曾长期在东北当兵、读大学和工作,因此也可以说是半个东北人。后来到北京,在三联书店当老总。希安兄人生的经历都在作品中留下了足迹:用当兵的经历创作了长篇小说"不灭的军魂"三部曲《乌蒙战歌》《兵山劲歌》《鹏城飞歌》和《十一中队》《黄金团》五部长篇小说;用读书的经历创作了《公木评传》,做出版他获得过行业最高奖"韬奋出版奖"。因此,希安兄显然是一个对自己有要求、有期许的人。尽管他一步一个脚印成就斐然,但他一直怀揣一个文学的梦想。他在"后记"中说,虽然已经退休,但他要"重新做一回'文学青年',寄情于文学创作";"虽然已经退休,但我还关心社会,还有一些使社会更美好的愿望要表达。这种表达,我采取了通过创作文学作品的方式。换言之,我的文学作品是我对社会表达的一种方式。……借助各个作品、所塑造的各个人物，表达我对社会、对事物、对人类历史和前景的看法，这些看法隐含在我的作品中、在作品中的人物身上。我崇尚真善美，鞭挞假丑恶，希望社会和人类更美好的愿望，都隐藏在我的小说创作中。一个作家，他有这个责任，也有这个能力，为推进社会更美好做出贡献。"这些表达直言不讳。或者说，希安兄的文学梦，不只是老来无事消磨时光，他是要通过文学创作实现一个知识分子始终没有泯灭的理想。在这个意义上，希安兄是一个现代知识分子；同时他也是一个国家兴亡匹夫有责、有担当、有情怀的传统知识分子。无论小说还是人生价值观，他就在传统与现代之间。当然，离开这些高蹈的话语，文学创作是每一个人的权利。

《候鸟故事集》凡中短篇小说11篇。"候鸟"顾名思义，就是迁徙的生活。根据小说提供的内容，我们大体可以知道那是书写迁居海南的"候鸟们"。这些作品截取的是海岛生活的片段，有新老朋友，有奇闻逸事，有开怀畅饮，也有旧事重提。特别是对"椰岛豫韵"的描摹，给我留下很深的印象。一个人对一件事物倾心和迷恋到如此地步，令人叹为观止。而对那些已经退休的各色人等生活和心理的刻画，都格外生动有趣。

阅读这些小说，我觉得希安兄的小说确实形成了自己的一些特点。这就是生活化和日常化，对人物形象的刻画，几乎跃然纸上活色生香。这就是对生活的熟悉。但我觉得更有"樊氏风格"的，是希安兄对生活的态度，他的小说文如其人。生活中的希安兄快人快语声如洪钟，中原人加东北人的性格呼之欲出；他小说中流淌的，也是对生活的热望和乐观，他是一个蓬勃乐观的生活的歌者。

值得注意的是，希安兄虽然有情怀、有热望，但幸好他没有将小说创作当作事业。我们知道，不管什么事情，一旦视为事业就神圣了。事业是一件庄重、严肃、不苟言笑的大业。但小说创作如果板起面孔来，十有八九是做不好的。我们读过很多这样的小说，与其说是享受，毋宁说是受难。还好希安兄在这一点上有清醒的认识。另一方面我觉得，如果希安兄能够在小说的表达方式上更丰富一些，对现代小说技法多一些了解，对小说观念有更多的理解，他的小说创作一定会更丰富、更精彩、更生动。遵希安兄雅嘱——

是为序。

2024年4月9日于北京寓所

目录

椰岛豫韵
/001

梅兰竹菊
/082

掌叔和甩鞭的女人们
/143

老熊与白鸽
/168

温泉池见闻（六篇）
/249

扫彩霞
/279

后记 我的小说创作情结
/288

椰岛豫韵

一

去年冬天,我在海南省澄迈县盈滨半岛过了一段候鸟生活。一天上午,我穿着沙滩鞋在金螺湾海边散步,突然听到岸上广场边有人在唱河南豫剧,寻声而去,原来是一帮人在超市一侧的空地上演出,演员有十多人,乐队也有十多人,拉弦的,敲梆子的,弹琵琶的,锣鼓家伙一应俱全。一个男的刚唱完"李世民登龙位万民称颂",一阵掌声过后,一个女的上来唱"小芹我洗衣来到河边"。这是豫剧《小二黑结婚》中的一个片断:

> 清凌凌的水来蓝莹莹的天
> 小芹我
> 小芹我洗衣到河边
> 二黑哥哥到县里去开民兵会
> 他说是
> 他说是今天转回还
> 前晌我也等　后晌我也盼
> 站也站不定　坐也坐不安
> 背着了我的娘来洗衣衫

盼望着我的二黑哥哥早点回还
你去开会那一天
乡亲们送你到村外边
有心我上前去啊
跟你说几句话
人多嘴杂我没敢靠前
眼看着
牛上槽羊也上圈
为什么
为什么二黑哥哥他还不回还

　　唱这段戏的女人唱得是真好，应该是专业豫剧团下来的，字正腔圆，有板有眼，眉眼传神，动作自然协调，一招一式都很到位。我是个豫剧迷，小时在家就爱看戏，长大参加工作到外地，河南电视台"梨园春"是必看节目，在欣赏豫剧和其他地方剧种的同时，一慰思乡情结。多年熏染下来，对豫剧表演者的水平，具有一定的鉴赏能力。

　　眼前这个"小芹"把我吸引住了。她看着不到六十岁，因为保养得好，皮肤柔洁，眉目清秀，嗓音洪亮，有穿透力；个头不高不矮，身上不胖不瘦，四肢柔美协调。从其演唱水平和表演程式看，是专业豫剧团体出身的无疑。接下来，她唱的"秋江河下水悠悠"，更把我震住了。这是豫剧《必正与妙常》里的一个片断，和"小芹"不是一个戏路，而且是女扮男唱，有很大难度，这说明演唱的女人不简单，戏路宽，过去在剧团准是个挑大梁的角色。那么，她是从哪里来的？以前是哪个剧团的？怎么到了海南澄迈？怎么又跟着这些人来唱戏？我是候鸟中的作家，作家都很好奇。等这个女人两段戏唱完，我脑海中的疑问已形成了，探寻的欲望也欲加炽烈了。

为了便于叙述，我暂且给她取名"小芹"吧。小芹唱完，落落大方地向观众施了一礼，坐回乐队席了。我寻影望去，见她操起琵琶弹奏起来。这时，她又是乐队一员，多才多艺，让我刮目相看。这么一刮目，让我发现问题了。这个女人我似曾相识，但又想不起来在哪见过，确实想不起来。我笑自己也许是自作多情，遇见自个儿喜欢的漂亮女人，就攀扯关系，沾上了好色之徒的通病。

演出结束了，唱戏的那伙人开着四辆面包车走了。

听超市的女老板说，他们这些人住在四季康城小区，那里河南人很多。超市女老板是河南开封人，也喜欢河南豫剧，每次豫剧团来这里演出，就在她超市门外的广场搭台，她免费提供茶水和塑料桌椅，当然这也给超市带来了生意。来听戏的观众，会买饮料和椰子喝。不管论乡情，还是论做生意，女老板都欢迎他们来演出。这时，她一边归拢桌椅，一边应对顾客。

我问女老板，这豫剧团定期来这里演出吗？

女老板说，不定期，没法定期，他们在海南岛到处跑，今天这儿，明天那儿，要不怎么叫候鸟豫剧团呢！是候鸟们组成，为候鸟们演出的，哪里有候鸟，他们就去哪里，行踪不定呢！都说海南东北三省候鸟多，我看咱河南人最多呢！

我说，你说这话，我是第一次听说，咱河南人咋就在海南最多呢，你统计了？她说，我不用统计，我就凭张口说话。我是开超市的，来买东西的人总要张口说话吧，他一张口，我就知道他是哪里人。听口音，就知道河南人最多。我一听"中""咦""你是弄啥嘞"，我就知道他是河南人。

我问她，你听我是哪里人？她说，你是东北人，一听

-003-

口音就知道。我笑着说，你这一下失准了，我是河南温泉县人。这下她惊讶了，说，咦，我咋没听出来？我说，你自然听不出来了。我十七岁离家，在外头混几十年，在东北上大学和工作，自然带有东北口音了。

那你现在哪上班，做啥工作？女老板问。

我说，我前几年调北京了，是作家，写小说的。

是从咱老家出来的作家呀！厉害。但我看你不是温泉县人。女老板说。

我说，何以见得？

她说，这个豫剧团里有几个温泉县人，你一个都不认识。

我说，我十七岁离家了嘛。回家时也去县剧团看过戏，但不可能认识演员呀！我突然想到那个小芹，也许我看过她演的戏吧？

在回所住小区的路上，我满脑子都是小芹，一直想到脑瓜仁疼，也想不起在哪里见过。

到底在哪里见过呢？下午我在小区的温泉池泡澡。因为气温降低，候鸟们都在家里待着，温泉池中就我一人。池边的凤尾竹被风吹动，一起一伏地向我点头致意。远处的椰子树像披头散发的女人，在互相打闹嬉笑着。温泉池中的热气升腾，形成白色的烟幕。我在水中静坐不动，像一个石化老人。但我的头脑并没僵化，上午豫剧的乐器鸣奏、演员的唱腔声调，都还在头脑中回响。我的头脑就是一个舞台，李世民、拴保、银环、二大娘、小芹在里面进进出出。

突然，我脑瓜灵光一现，小芹在一片水雾中向我走来，她使我想起一个人、一件事。三十多年了，这个人、这件事，被我忘得干干净净了，因为小芹，使我又想起来了。难道她就是小芹？小芹就是她？

20世纪90年代初，我回故乡探亲。某日，和妹妹陪母亲回娘家。母亲娘家在尚庄，离我们村十二里地。娘家的父母兄弟大都不在了，母亲此行的目的，是去看生孩坐月子的侄媳妇小莲。

小莲是我大舅二儿子丘成的媳妇，这是生第二胎。我母亲格外重视，带儿女亲自探视，我猜想一定内有原因。果然，我母亲在和小莲说了一阵话，把红包和礼品递给她之后，拉着她的手说，莲，你看孩子多乖，多好看，好好在家待着，以后不要再跑了。小莲说，谢谢姑，我不跑了，不跑了。

在回家路上，母亲讲了事情的原委。小莲不是我们本地人，是驻马店那边的。她从小跟剧团学唱戏，后来剧团散了，就加入草台戏班子，跟着一伙人流动唱戏。那阵子各地剧团搞改革出现了新情况，我们县豫剧团演员也都跑到乡下为婚丧嫁娶唱戏。小莲他们的戏班子，承揽的也是这方面业务。这伙人在乡村按需求流动，挣钱度日，也活跃了乡村的文化生活。二十岁左右的小莲是其中一员，她跟着戏班子四处跑，虽然挣了点钱，但也很辛苦，光鞋就跑烂了好几双，天天赶场马不停蹄，让人身心疲惫，于是就有了在当地找一户人家就地"落草"的想法。经人介绍，和我的表弟丘成结成秦晋之好。

我表弟丘成小时得过小儿麻痹，走路有些轻微不便，再加上大舅家条件差些，二十四五岁尚未婚配，和小莲一拍即合，成了亲。但丘成有言在先：结了婚就得安心在家务农，相夫教子，不能再跑出去唱戏。小莲允诺。她也真的把心收了收，决心和昔日的生活告别。但不知是环境陌生，还是她干不好当地农活,还是其他什么原因,过了一阵,小莲还想回戏班子唱戏。丘成不同意,说,你要唱就在咱村唱。小莲确实唱得好,嗓音亮,扮相美,招式到位。河南有三大剧种,豫剧、曲剧和越调,小莲都会唱。唱起来声情并茂,听的人叫好不绝。尤其是越调《收姜维》"三传令"那段,她穿上诸葛亮的戏装,摇着鹅毛扇,还真有成竹在胸、指挥若定的派头。每当唱完最后一句"收姜维就在凤鸣山",掌声就久久不绝。村人说,还真有越调大师申凤梅唱的韵味。丘成也内心高兴,为自己有一个这么有戏剧才华的妻子而自豪,但当第一个孩子生下来,烦恼就来了。小莲在生下孩子不久,就提出回戏班,丘成自是不干,两人闹了一场,小莲终是跑了。又回戏班子在我们县内外跑着唱戏。丘成抱着孩子到处寻找,也逮不住她的影子。

  小莲第二胎怀孕身子沉重起来,跑不动了,就自己回家来生孩子,丘成以为她回心转意了,精心侍候。待孩子生下来,又是个男孩,众人都很高兴。我母亲就是借此机会,来劝说她的。但终了,她没有听她姑姑的劝告,又一次违背诺言,在第二个孩子稍大以后,她又跑了。我母亲知道后摇头叹气道,小莲这孩子是跑心疯了,这家非让她跑散不可!

  这话被我母亲不幸言中。又过了很长一段时间,小莲跑了回来,这次是又怀了身孕回来生产的,夫妻长期不在一起,丘成不认这个孩子,但毕竟夫妻一场,丘成还是侍候她把孩子生下来。孩子出满月,两口子就离了婚,新生儿也送了人家,真个是曲终人散了。

  又几年,我回家为母亲办去世三周年祭奠,见到丘成。丘成此时在我们村一家工厂打工,借住在我们家里,我问丘成有没有小莲消息,丘成叹了口气说,早跑没影了!有人说在山西晋城地面上见过她,也无确证。这是1995年冬天的话。现在快三十年了,小莲到底跑去了哪里?

难道这个唱戏的小芹就是小莲?我越想越觉得像。也顾不上泡澡了,赶快跳出泡池穿衣服往家跑,手机在家里,上午我看演出时照了几张相,也录了几段视频。我想再仔细看看,和记忆中的小莲比对比对。小芹在我的照片和录像中都是重点,我将其和记忆中的小莲反复比对,不敢下是同一人的结论。我随母亲去看月子中的小莲,只见过一面,她坐在床上抱着孩子,头上还蒙着一块纱巾。我不仅没有看清庐山真面目,连她的高矮胖瘦也不知道。过去三十年了,就像相片的底片已模糊了,看不清了。

晚上,我给河南老家的妹妹打电话,说起当年我和她随母亲去看小莲的事,妹妹还记得。我问小莲的情况,她说早跑没影了。我发照片和视频给妹妹看,她说,也像也不像。三十多年了,人有多大变化啊。咱和她不一个村,不天天见。即使一个村,她天天跑在外面唱戏,想见也见不着呀。

我问妹妹,小莲后来一点消息也没有?

我妹妹说,最后有人在山西见到她,说唱戏维持不下去了,她被晋城一个煤矿老板包养了。老板很有钱,答应让她衣食无忧,包养她一辈子。但有一个条件,不让她和原剧团任何人来往,和谁来往,就打断谁的腿。煤老板跟当地黑恶势力有关系,谁敢惹?没人敢和她来往,也就没有她的消息了。

我问,如果找到小莲,怎么才能确认是她?

妹妹说,咱表弟丘成肯定能认出来,毕竟结了婚,在一起生活过,还在家生过孩子,别人就很难说了。她老家如有亲人,应该也能认得,但不知老家还有没有亲人。

我问妹妹,小莲身上有啥标记没有?

妹妹笑了，说，哥，你真有意思。就是人家身上有标记，能脱下来给你看？你又不是人家老公。

我也笑了，人家是女的，又是我表弟过去的媳妇，我能让人家脱衣服？我是说，她外貌上有啥特征。

我妹妹说，就是长得好看，说话带驻马店那边口音。噢，对了，小莲左手小拇指没了一截，是她为了向丘成保证不再往外跑时，自己用菜刀剁掉的。结果也没管住自己，最终还是跑了。

我说，这断一个小拇指指头也是特征，我留意一下。你也帮我想着，要是丘成那边有啥消息，你也及时告我。

我妹妹说，好吧，我给你留意着。

想了一晚上，第二天我打定了一个主意，一个验证这个女人是不是小莲的主意。

二

第二天上午，我去找昨天认识的超市女老板，就是家在河南开封的那个老乡。

我掏出温泉县名人录给她看，这是前些年温泉县县委书记到北京拜会老乡时，一个在京的温泉县企业家印制的。我随时带着，不是以此炫耀，而是凭此证明我是河南老乡。

超市老板认真看了说，这下我信了。现在骗子太多，有冒充老乡、冒充亲戚的，稍一大意，就可能被骗。前些天，有人从我超市拉走十箱矿泉水，说，咱是河南老乡，回头结账，到现在也没人来结账付款，不睁大眼睛可真不中。

我说，我不买东西，我求你办一件事。

啥事？她问。

我说，我是作家，我想去候鸟豫剧团体验一段生活，你能不能帮我联系一下？

老板说，你能否让我看下你的身份证？

我说，可以呀。就从上衣口袋掏出身份证递给她。

待她看完，我用手机从百度上搜到我的名字和写的小说书名给她看。我说，你这下相信了吧？

她说，相信了。老乡，你别介意，我是被骗怕了。一些人打着河南人的旗号到处行骗，坏咱河南人名声。还有污蔑咱河南人的话，说十个河南七个骗，总部设在驻马店。

我笑了，说，真能编排埋汰咱河南人。突然想起小莲家是驻马店的，忙问，昨天上午唱小芹的，她家是不是驻马店的？

不是吧？没听说过呀。她姓高，叫高小萍，她说她是山西高平人。怎么，你们认识？老板问。

我说，不认识，但这个人在这些人中唱得最好，又会乐器，人才出众，给我印象深刻。

老板说，那是当然。要不她能当团长，能服众？唱戏这些人都凭本事吃饭，没点让人服的真本事还真拿不住。

我央求道，那你就给高团长联系联系，就说咱老乡中有个作家想去候鸟豫剧团体验一下生活，写一部作品，时间一个月左右。

老板说，等我中午联系了告诉你，现在不定在哪儿唱戏哩。下午你过来听信吧。

下午我去时，老板说，联系好了。高团长欢迎你去随团体验生活，但费用自理，因为团里是公益演出，是不收费的。也有管吃管住的邀请方，如果不管吃不管住，大家都是自费。你要愿意，就明天上午到老城高铁站，和他们一起坐高铁去乐东九所演出。

我说,太好了。谢谢你。为了表示谢意,我就在你超市买些日常用品带着,一个月要带不少东西呢。

老板说,那敢情好,谢谢照顾生意。你要是写出啥小说,别忘了签上名送我一本看看。

我说,这个不敢说。这写小说,可不像女人生孩子,女人怀了孕就能生出来,我想写个作品,也得先坐胎,坐不上胎就生不出来。有时候,比你们女人生孩子还难。憋了半天,啥也没生出来,最后生了个葡萄胎。

女老板笑弯了腰,说,我看你一个月后回来,能坐上胎不?

次日上午10点,我准时赶到老城高铁站。我是一个人来海南澄迈过候鸟生活的,想静下心把一部长篇小说写完,没想到被小芹勾住,思路发生了转移,想写一个反映候鸟豫剧团在海南生活的中篇小说或剧本。我给在北京的妻子沟通情况,妻子赞同我去体验生活,但又开玩笑说,你该不是被哪个女演员迷住了吧?我没给她说寻找小莲的事,三两句说不清,也不知啥结局,不说为好。

到老城高铁站,候鸟豫剧团一干人正在候车,我找到小芹,不,现在叫高小萍高团长,我要改口了。

高小萍说,欢迎欢迎,欢迎大作家到我们剧团体验生活!我们还是第一次接待作家,不知咋个接待,不周之处请包涵啊。随后把我介绍给同行的一干人。

我适时活跃气氛说,我现在是作家,但我小时也演过戏,和你们是同行。

有人问,你演过什么呀?

我演过革命京剧样板戏《沙家浜》,我在戏里演刁小三，就两句台词：抢东西？我还抢人哪！我边说边比画，众人都笑了，我和他们的距离就近了些。

高小萍把一个四十多岁的女人拉到我身边，介绍说，作家，这是我徒弟付红，她负责照顾你，有啥事，有啥需求，你就给她说，就算是你的临时秘书吧。

我说，谢谢。添麻烦了。你们有演出任务，该干啥干啥，我转转看看，想了解啥就采访你们，不会牵扯你们太多精力。小付也该干啥干啥，有啥事我会找她。

开往三亚方向的环岛高铁来了，我随剧团的人上了车，经福山、东方、黄流、尖峰，到了乐东，又从乐东雇车去了九所，一路无话。

安排住宿时，小付问我，潘老师，你是单住一间呢，还是两人一间？

我说，我一人一间，年纪大了，毛病多，找个人聊聊天也方便。需要的费用我离开时一并付你。

小付说，好咧。我去给你安排。

团里小付负责接待我，我俩自然就接触多些。我看过她登台演出，挺文静的一个女人，竟在台上唱"黑头"。豫剧中的黑头是花脸行当中的一个分支，主要指的是扮演包拯的角色。这个角色的特点是面部化妆以黑色为主，唯有额头上的月牙和双眉画成白色，这样的化妆给人一种正气凛然、刚直不阿的气质。黑头角色象征着威猛果敢、铁骨铮铮的人格精神。小付唱的黑头粗朴豪迈，刚正沉稳，很好地表现了包公刚正不阿的气势和品质。

我在私下聊天时表扬小付，说，我没想到你还有这一手，那天我在盈滨半岛看演出，咋没见到你？

小付说，那天正赶上我身子不舒服，我师父不让我来。

我说，你师父对你挺关心呀，你俩咋认识的？

我俩在温泉县豫剧团认识的。

我说，你是温泉县人？

是的，潘老师。小付说。

我说，我也是温泉的，你家是哪村？

小付说，南镇村。

我说，我家的村子离你家不远。我们村叫杨擂，传说是杨家将和金兵打擂的地方。杨家兵住的地方，就是你们南镇。我有个堂姐，从小爱唱戏，因为唱戏和丈夫闹矛盾，后来离婚，嫁到了你们南镇村，不知她现在生活得怎样？

你堂姐叫什么名字？她长啥样？

我说，长得好看，大高个，大名叫梅花，很会唱戏，我小时就爱看她唱戏，要是唱到现在，肯定能得梅花奖。

我还要往下讲，小付突然跑过来抱住我肩膀，安舅，你是安舅？我妈妈就是你堂姐梅花呀！

这轮到我惊讶了，付红，你是金哥？还是玉妮呀？

付红说，我是玉妮呀！我姐金哥考上大学了，我也要努力考学，我妈非要让我学唱戏。我妈这一辈爱戏、唱戏，一辈子心都在戏上，自己唱了一辈子，把女儿也搭上了！

我说，我太了解你妈了，你妈和我大姐是闺蜜，老往我家跑，一门心思在戏上，心都钻到戏眼里了，为唱戏，把家都唱散了。

付红说，舅舅，这些你都知道？

你那时小着呢，我知道的比你还多。你听我给你细说。

我的细说，不是戏说，可都是真的。

梅花和我大姐年纪相仿，两人从小一起长大，无话不谈，但两人志趣不同。我大姐脚踏实地，凡事求真务实，当社员就当个好社员，当农民就当个好农民，是个实心眼子，嫁人就嫁个老实巴交的庄稼人。梅花姐和我大姐不同，是个仰望星空的人，有自己的理想和追求。她和我大姐一起上识字班，一起脱盲，一起积极要求进步，但走的道路不一样。我大姐去大炼钢铁时，梅花姐去当了公社广播员。她有这个条件，长得高大漂亮，嗓音又好，很引人注目。大炼钢铁结束时，梅花姐本有机会转为正式干部，某公社书记对她寄予"厚望"，这个厚望，不是希望，而是欲望。梅花姐不从，只好打道回府又回我们村。给她介绍对象的人很多，她最后选中了一名教师，是夹石村的。那教师有文化，温文尔雅，很对梅花姐口味。于是结婚和生育，"不幸"的是连生两个女孩，在"不孝有三，无后为大"思想占据重要地位的农村，这对梅花姐很不利。不仅如此，梅花姐还迷上了唱戏。那些年村村搭戏台子唱戏，我们村也是如此，梅花姐成了台柱子。东西两村一千多口人，好不容易凑个戏班子，逢年过节都要唱戏，梅花姐离不开，自然也不能常回他们村照顾丈夫和孝敬公婆，人家那边意见自然就大起来。丈夫给她指了两条路，一是回家相夫教女全家团圆，一是继续留村里唱戏，但面对的是婚姻解体。这让梅花姐很是为难。她从小在村里长大，老少爷们都熟悉，大家都爱看爱听她唱戏，但若不回去，等待她的是什么很清楚。本来公爹公婆就对她生两个女孩不满，借机休掉她是完全可能的，她又舍不得这桩婚姻，尤其不能让两个女儿失去爸爸。为难之际，她深入思考，提出再唱两年，待培养出接班人后就离开，丈夫勉强同意，说好两年为期，但不到两年，夫妻俩就分手了。问题仍出在唱戏上，出在《卷席筒》这个剧目上。

《卷席筒》又名《白玉簪》《斩张仓》《曹保山中状元》，为河南曲剧传统剧目，创作朝代不明。剧情是：曹保山继母姚氏为霸家产,将曹保山赶出曹家,姚氏之子张仓暗中相助曹保山进京赶考,历经一番波折后,终粉碎姚氏的阴谋。梅花姐在戏中演张仓的嫂子张氏,张氏还有两个孩子金哥、玉妮,得找人来扮演,一时找不到合适人选。扮演张仓的人说,还去哪里找孩子?梅花你的两个孩子正合适,就让俩孩子演吧!梅花见他说得有道理,而且演戏时把孩子带在身边,也好有个照应。再说,让孩子学学唱戏也好,艺不压身,于是就同意了,让大女儿小珍扮演金哥,小女儿如意扮演玉妮。两个孩子也很灵透,跟着母亲很快入戏,演得很成功。母女三人同台演戏,使我们村的《卷席筒》很有名,演出时十里八村都来看,梅花姐娘仨的演出格外引人注目。一天,丈夫也来看《卷席筒》,见俩女儿也登台演金哥玉妮,登时气坏了。戏一散就大闹开了。说你不仅不停戏,还把两个孩子也带上了这条瞎路,你这是安的什么心!当场就提出了离婚。回家给二老一说,老人巴不得赞同。这样,这桩美好的婚姻就解体了。这桩婚姻是因演戏解体的,梅花姐在戏中演悲剧人物,结果她成了悲剧人物。她在台上把席筒卷来卷去,最终把自己卷了进去。

接踵而来的打击更大,有人散布谣言说,梅花的丈夫和她离婚,是因为她作风不好,和村里唱戏的某人有染。梅花姐找我大姐哭诉,哭得很伤心。我大姐说,你休听他们胡嚼舌根,身正不怕影子斜,你为啥离婚,原因很清楚,你是为全村人看戏做出了牺牲!梅花姐笑了,说,月季,还是你懂我!

梅花姐会唱戏,人才出众,虽然离婚后带两个孩子,但两个孩子也都聪明伶俐,招人喜欢,来说媒的人很多。此时,梅花姐住在娘家,娘家弟弟在郑州工作,家中就老娘一人,梅花姐离婚后正好侍奉老娘,不急于再婚,也许她被婚姻吓怕了。但她老娘不干，说寡妇门前是非多，你趁年轻，两个孩子还小，赶快走一家。还让人帮忙给梅花介绍对象。这样一来，问津的人就多了起来，东西两村也有毛遂自荐的，他们喜欢梅花的戏，更喜欢梅花这个人。面对一些人的进攻和承诺，梅花有些犹豫不定，她太爱唱戏了，为村里人唱戏是她的愿望。但末了，还是我大姐的一句话警醒了她，说，你不能在村里找，在村里找，过去那些谣言，人家就信以为真了。你也不要轻信某人的许诺，他能离婚娶你，就能和你离婚娶别人！我大姐的话，梅花听进去了。梅花最终选择嫁给南镇村一个生产队长。到了南镇村，逢年过节还是唱戏，这辈子和唱戏杠上了。

我拣主要的给付红说完。付红说，这个生产队长就是我继父，对我和姐姐可好啦，我这个名字还是他改的。他姓付，希望我唱戏走红，就给我改名付红。我继父还和妈妈生了个男孩，现在也都大学毕业了。我姐我弟都比我有出息。

我说，你可不能妄自菲薄，唱戏也是一门专业一门学问，艺无止境，也可以做出成绩，借此安身立命和为社会服务。

付红说，舅舅说得对，我师父也这么说。我师父很喜欢文化人，很欢迎你来体验生活，让我好好配合你。

我说，有空你给我说说你师父，她看着像是一个有故事的人。

付红说，我师父是个戏痴，也是一个为戏献身的苦命人。今晚不早了，得空我给你细说。

三

我采访的重点人物当然还是高小萍,她是我这次行动的目的所在。我这个豫剧爱好者有一个宿愿,就是受豫剧《朝阳沟》编剧杨兰春先生影响,总想写一部豫剧剧本。我过去写过一部,但题材太老套,没有成功。这一次我想以一群豫剧候鸟为原型,写他们的命运,写他们对海南文化生活的贡献。要想成功就必须多了解人物,多体验生活。采访高小萍前我做了比较充分的准备。我怀疑她就是周小莲,若她不是周小莲,我也想从她身上找到些线索。现在似乎找周小莲不是第一重要的事,第一重要是写出《椰风豫韵》这个剧本。我是作家,目的很明确,我想出成果,不想生个葡萄胎。

我把这个目的给高小萍说了,她很高兴、很兴奋,表示大力支持,说,写好了给我们演出,我们首演。你干脆入我们剧团,和我们一起编戏演戏算了,你就是我们剧团的杨兰春。过去每个剧团都有个好编剧。现在好戏不多,就是编剧少,编剧少剧本就上不来。

我说,你真是专业演员,说的都是行家的话呀!

你过奖了,一点体会而已。高小萍接着说,戏剧需要创新,豫剧更需要创新,天天演那些老剧目,再好,也不吸引人。《朝阳沟》为啥成功,为啥影响几代人,就是它创新,无论思想内容,还是艺术表现形式,都给人新感觉,就像戏里的唱词"清凌凌一股水春夏不断",让人完全有一种新鲜感。我非常支持你写这出戏,戏名《椰风豫韵》真好,写一群候鸟豫剧人的想法真好,我们一定全力配合,实现我们共同的心愿!

我感动了，也激动了，上前握住她的手说，高团长，谢谢你，谢谢你的理解和支持！我是河南人、豫剧迷，现在也是个候鸟作家，共同爱好共同经历把我们连在了一起。给你添麻烦了，客气话我就不多说了。

　　高小萍的手温暖，不大不小，柔若无骨，握起来舒适可人。借着握手，我注意到她右手小拇指缺了一截。我心里咯登一下。

　　高小萍说，别老叫我高团长高团长了，我也不是谁任命的，是大家推举的，都是候鸟，也不占什么编制。我比你年纪小，你叫我小萍，或小萍妹都中。我家里也没男孩，我就把你当哥哥吧。

　　我说，好，好，我收下你这个小萍妹妹。然后不失时机地发问，你老家是哪里呀，父母还健在吗，家里还有什么人？

　　小萍说，我家是山西高平县城的，父母都不在了，家里还有个妹妹，在高平县城结婚成家了。

　　我说，哟，真巧，从根上说，我也是你山西老乡。我家是从山西洪洞县大槐树下移民过来的，到我这是第十七代了。我还去大槐树下祭过祖呢。

　　小萍说，那真是巧，说不定五百年前咱们是一家呢！

　　我说，我听我父亲说，我们先祖两兄弟移民过来，进入温泉县境被安置下来，兄弟两人把一只碗摔成两片，各揣一片离去，便于日后相认。后来这两兄弟就形成了温泉县的两个村。听付红说，她在温泉县剧团认识了你。你也在温泉县剧团待过？你是怎么到温泉县剧团的？在温泉县剧团那几年，对你有什么帮助？

　　在我住的房间，我和小萍细细交谈。她说了她的从艺经历，回答了我提出的几个问题。

小萍从小喜爱唱戏，小小年纪就到了高平晋剧团。她家离剧团不远，她常去看戏，看演员练功和排练，渐渐就迷上了。父母看她学习不用功，对戏剧迷恋，就央人把她送到晋剧团。那时她才九岁，九岁的孩子得吃多少苦才能学出来。练了三四年，她突然对豫剧产生了兴趣。带她的老师，既会唱晋剧，又会唱豫剧，认为她的嗓子条件更适合唱豫剧。学豫剧最好转团，到河南本土学习。但那时还不能跨省转团，她就转到了晋城矿务局豫剧团。晋城和河南焦作、博爱毗邻，属山西、河南交界处。晋城矿务局各煤矿工人多是河南人，喜欢家乡戏，晋城豫剧团就应运而生，成为晋城一带重要的豫剧艺术团体。高小萍勤学苦练，到处拜高师学习，使自己的表演技艺不断提高。

高小萍曾两到温泉县豫剧团学习和工作。温泉县豫剧团有一段时间在全省很有名，出现了阎桂荣等名角，省剧团一著名豫剧演员也是从温泉县走出去的。高小萍要扩大戏路，提高演技，必须拜名师学艺。跟着凤凰才能成为俊鸟，这一点她懂。改革开放放松了跨省限制，使她有条件到温泉县豫剧团学习工作。第一次，那时她还在晋矿豫剧团，是剧团派来学习的。跟阎桂荣学唱戏，唱了一年回山西矿务局剧团时，剧团解散了，无处可归了。想留下来，温泉县豫剧团改制了，自负盈亏了，家家有电视，看戏的人都去看电视戏剧频道了。一片慌乱下，别说唱戏，就连生活都没有着落了，只好跟阎桂荣去给人家唱堂会，参加一些红白喜事的演出，和吹唢呐的混为一帮了，原先的艺术队伍也作鸟兽散了，只有死硬的戏骨们还在坚守着。

这个状况延续几年之后，省里下文件要求振兴豫剧等地方戏剧种，提出要站在弘扬省粹、传承文化艺术、文化兴省的角度提高认识。各级领导干部认识提高了，各市豫剧团也恢复了。温泉县豫剧团就是这时候恢复的，请从剧团走出的省城豫剧名角洪恩光回来任团长，一时人欢马叫、风生水起。也就是这时，高小萍又回温泉县豫剧团向洪恩光拜师学艺。一起来拜师的还有付红，后来成了她的小师妹。付红的母亲潘梅花，年轻时因唱戏认识洪恩光，洪恩光追求过她，没有追求上。不管咋说，老感情还在。洪恩光就收下付红为徒，也带着高小萍等人悉心教授，当然，这中间也发生了一些故事。什么故事，高小萍没说，且听下回分解。

临别时，我和高小萍又握了一下手，通过握手的触摸，我确认她右手小拇指少了一截。本想问一下原因，我觉得不礼貌，还是忍住了。

晚上我给妹妹打电话，说，我看这个女人像小莲，一只手的小拇指少了一截。

妹妹问，哪只手？

我说，右手，肯定是右手。

妹妹说，那就不是小莲，小莲小拇指少一截的是左手。她是用右手拿刀砍的左手。

噢，明白了。我把高小萍身上周小莲的嫌疑排除了。那么，周小莲在哪里呢？

四

剧团里和我接触多的是付红，像我的临时秘书。因为论了甥舅关系，我们交往就密切起来。

一次，我对付红说，你这个名字我叫起来别扭。你小时，我们都叫你如意，付红是后来的名，我还喜欢叫你如意，叫如意，我能找到你小时我当舅的感觉。

付红说，舅，你就叫我如意吧。如意好，平安如意，万事如意，事事如意，这个意思好。

一次我俩闲聊，我说，如意，舅有个事情想不明白。人家当候鸟的，都是退休的、离职的，你还不到退休年龄，怎么也来当候鸟了呢？

舅，一言难尽，但简单地说，我是因为离婚，才跑到这里躲清静来了。

我问，为啥离婚呀？

如意说，还不是为唱戏的事。

我说，你就给舅细说说，咋会因为唱戏离婚。

如意说，我在洪师父指点下，利用自身条件学唱"黑头"，也就是包公戏，很快就出了名，成为温泉县豫剧团一绝，不少人赶来看我唱黑头，县文化局县领导都很高兴，县委书记还说，咱县的"黑老包"和山药、地黄、牛膝、菊花四大怀药一样名扬天下。但没几年，县里几任主要领导接连因贪腐进去了。为啥进去了，传说温泉县有个"黑老包"太厉害了，铁面无私，刚直不阿，把他们都镇住了。还有的传说更邪乎，说包公的魂附我身上了，我往哪里一站，哪里的贪官就得被查。你说，这有影没影？这查贪官是纪检委的事，和我哪有一毛钱关系？但有人就是相信。这社会也不知咋啦，说啥都有人相信。好像我成了贪官的克星，治贪官的罪是我办的。我有那么大能耐？有时我演老包，下得台来，一些老百姓向我伸冤叫屈，搞得我哭笑不得。

另一面我也认识到了所演的这个角色的价值。看来，包公是深入人心的，包公精神是需要传承的，包公形象是需要演员塑造的。包公身上有满满的正能量,对匡扶正义惩治邪恶是有重要作用的。我喜欢这个戏剧角色,看了更多的关于包公的戏剧和资料,还特意到开封的包公衙门去参观,增加现场感受。我决心把包公演得形神兼具,永远演下去。我一个弱女子,能为社会做啥贡献?演好老包就是我的贡献。

我丈夫是县文化局一个干部,不知是不是受到什么压力,非要我改戏路,不再唱黑老包。我不干,凭啥不让唱、不能唱,我非唱不可!再说,我唱多年黑头戏,别的唱不了,唱不了"清凌凌一股水",也唱不了"帅字旗飘入云",就不听丈夫的。我不改,我婆婆也有意见,说我演黑老包把孩子都吓着了。我说,小孩家怕啥吓?越吓越胆大,这下把婆婆也得罪了。我回家给我妈说,我妈说,唱戏的会啥唱啥,能唱啥唱啥,包公凭啥不能唱!你想唱就唱,妈不拦你!你是在戏台上演包公,又不是回家当包公,咋就把孩子吓着了?不过,你回家尽量温柔点,拢拢丈夫和婆婆的心。

我听我妈的话,回家尽量多干家务活,温柔待人,但换不回来他们的理解。我要亲自带孩子,我婆婆说,你离远点,你是黑老包,后面带铡刀呢,孩子怕你。丈夫也不怎么理我,说我唱戏是"陈州放粮去了"。这还不算,我丈夫不知从哪听到谣言,说我和演王朝、马汉的男演员走得太近了。你说,我演包公,能不和王朝马汉走得近吗?

后来就有了我和王朝马汉有关系的传闻,先是说我和马汉乱搞,后来又说我和王朝乱搞,都是胡说八道!那两个都是戏校刚毕业的学生,我是有了孩子的女人,我和人家搞?真是欲加之罪何患无辞!我丈夫说,他不在乎我搞王朝还是搞马汉,只要我不演包公,一切一风吹了。罢罢罢,我一咬牙,自个儿提出离婚了。

-021-

我成了在剧团乱搞男生的女人，怎么还待得下去？我就买张机票投奔我师父，飞到海南来了。

我说，我知道了你来海南的原因。但有一件事我不明白，高小萍对我说，你和她在温泉县剧团是同师学艺，你俩是师妹关系。但你却说她是你师父，这是怎么一回事呀？

如意说，这里面有故事。舅舅，我啥都给你说，但你要保密，就作为你的写作素材吧。虽然是我的师父，我也不为尊者讳了。

我师父洪恩光是从温泉豫剧团走出去的名角，在省内外广有影响，是闻名全国的一流豫剧艺术家，现在还活跃在豫剧舞台上，由他主演的剧目有的已成名剧，常演不衰。县里请他回来主持恢复剧团，真算选对人了。他本人艺术精湛，功夫好，又有成群的戏友，从郑州带了不少戏剧骨干来培训我们，对基本功、演出、乐队、编剧、舞美进行全面培训，有的是一对一培训，使团里整体演出水平明显提高。因为我师父的明星号召力，我们县剧团在豫北赫赫有名。他也真有水平，会因材施教，他说，啥材料做啥用，啥也没有用，就做烧火棍。我妈求他让我向他拜师学艺，真是拜对了。就是他发现我能唱黑头的，把我一个不懂事的少女变成了黑老包。我能有今天的成绩，我得感谢我师父。

上头说的都是我师父的好，我师父也有不好之处，就是有点好色，对自己喜欢的女孩子会有那方面想法。也许师母不在身边，有点寂寞吧，我也说不好。一次，他指导我做动作，对我说，妞，咱老家有句古话，叫"要想会跟师父睡"，你知道不？我不知道，我问，师父，您啥意思？师父说，不懂回家问你妈去。

我星期天回家问我妈，我师父说的是啥意思？我妈说，这货是打你主意呢！当年他追我没到手，现在在你身上打主意呢！这下我明白了，脸一下红到脖子根了，问我妈，这可咋办呀？我妈说，这个人哪都好，就是爱搞女人，以前在剧团就犯过男女生活作风错误。我为啥不答应他，就是嫌他太风流。没想到，现在又打我女儿主意，真是老不正经！咱宁可不学戏，也不能和他那个。咱虽然是学唱戏的，也不能在这方面让人指指戳戳。我生气了，对母亲说道，当初我不学戏，你非让我去学，现在刚上点道，你又说宁可不学，你是让我学还是不让我学？

我妈说，他也许是说说吧。他要是真动手动脚，你抵死不从，回来告我，我再帮你拿主意。

这一下，我夹到我师父和我妈妈中间了。我也不知道师父是来真的，还是说着玩，也不知他啥时动手动脚，他动手动脚后我如何应对，天天心不在焉愁眉不展的。我这种状态被住同一宿舍的高小萍师姐发现了，她问我，你这是咋啦？宿舍就住我两人，平常无话不说，我就把这件事说了。

萍姐说，剧团里这种事多了，你还小，没经见过，不要太在意。你不能和师父那个，你还没有结婚，坏了名声，找不到婆家哩！

那可咋整？我愁得够呛。

萍姐说，你也不用愁，我结过婚，生过孩子，无所谓了，你要愿意，我就替你吧？

你怎么替我？萍姐贴着我耳朵交代一番。

一天，师父指导完动作，问我考虑如何了，我装着害羞的样子说，今天晚上十点你去我宿舍，我给你留门，萍姐有事外出了。说完，我就回家看我妈去了。

第二天回到剧团，一切正常，看看师父和萍姐的脸，发现没发生啥事一样。好不容易熬到晚上，我问萍姐，情况怎样呀。萍姐笑着说，一切按计划来，把你解脱了。我装着不高兴地说，说具体点嘛。萍姐说，你小屁孩，我可不想传授你经验，但既是替你，我就如实告诉你。师父来前，我把灯关了，脱光钻到了被窝里。师父来了，把门反锁上，就上床摸我亲我，尔后脱下衣服也钻了进来，爬我身上干起了男女之事。我也不敢出声，怕他发现不是你。事毕我拉开灯，他才一脸惊讶，小萍，咋是你呀？我说，我不好吗？师父说，好，好。我说，要想会跟师父睡，我做到了，你可要好好教我唱戏。如意，我这是救你，也是为自个儿学唱戏。戏比天大，我宁可做出牺牲。昨晚师父说了，他一定好好教咱俩唱戏。他说，那是你误会了，他和你妈是一辈人，你就像他女儿，不会往别处想的，让你好好学戏，不要有思想负担。

事实确是这样。师父对我该怎么教怎么教，从不为难我，我也很乖觉，时不时就回家住，给师父和萍姐创造点机会。我发现萍姐精神状态很好，演技很快提升，在许多方面得到了师父传授的精髓。

无形中，我和萍姐的关系也发生了变化。这种变化是微妙的，没人宣布的，靠我个人领悟的。因为萍姐比我大十多岁，是上一辈人，我刚学艺，人家已经成名角了。因为拜同一个老师，才成为师姐妹关系。现在，萍姐成了师父的人，无形中就成了师母，是师母的替身。但名不正言不顺，也不好叫她师母。虽以萍姐相称，但心里她已是师母辈了。不好直接叫师母，随师父叫她师父吧。

认真学艺的好日子过了一年多，这种美好的状况就结束了。原因是省豫剧团加强人员管理，要求师父必须归队，省里要上几台大戏，要在全国争大奖。再就是县里支持豫剧团发展的主要领导调走了，新领导新思路，剧团在县里不那么吃香了，还拖欠了师父一些年薪，师父一生气，甩袖走了。不说树倒猢狲散，人员也散得差不多了。我继续在县剧团学戏，萍姐，不，我师父回晋城了，说是当地一个豫剧团请她去。我俩再见面时，已是在海南澄迈了。

五

我和高小萍第二次长谈，是在一周之后。我请她给我介绍一下团里的重点人物，他们的大致情况、主要特点。

待她介绍完，我说，我发现你们这些唱戏的人，把戏看得很重，一些人为此做出了许多牺牲。

高小萍说，就是这样。豫剧大师常香玉说过，戏比天大。我们唱戏的也都这样认为。既然选择了这一行，就得爱这一行，为干这一行付出，我们所有的爱恨情仇都和戏有关，也许这就是我们的宿命。

我说，你再给我说说你徒弟付红的情况。

高小萍说，这孩子就是为豫剧做出牺牲，付出代价了。

怎么回事？我问。

高小萍说，她妈为唱戏离了婚，她也为唱戏离了婚。她妈唱《卷席筒》把自己卷进去了，她自己唱黑老包把自己包进去了。有人不让她唱包公戏，她非要唱，在县里待不下去了，才到海南来。你说可笑不可笑，荒唐不荒唐？

我问，你和她一起拜师学艺，本是师姐妹，你咋就成她师父了？

高小萍说，她愿意的，这里面有些原因不便明说。

我已知道原因，但我装着不知道，明知故问地问道，到底是什么原因呀？

高小萍说，我和我师父洪恩光睡到一块了。我师父打付红主意，付红不愿，我就替她了。我是为付红，更是为我自己，我太想学戏了，太想让师父给我传授技艺了。我师父开始并没打我主意，也许嫌我年纪大了。我是李代桃僵，主动去投怀送抱的。师父也因此真心地为我传授技艺，我也为此付出了一生沉重的代价。

什么代价？我问。

高小萍不愿意回答，说，以后有机会我再告诉你。

她不愿意说，我也不好再问，就换了个话题说，付红离婚了没有再找？她还年轻，才四十多岁，难道就不考虑婚姻问题了吗？

到了海南成了候鸟，我们唱戏的更是候鸟中的候鸟，在岛上到处跑，居无定所，怎么成家，找谁成家？家散容易成家难。

我问，她还年轻，就没有个人感情生活了吗？

高小萍说，那倒有，她和唱"李世民登龙位"的李世民好。

怎么个好法？我问。

高小萍笑了，哟，你们作家问得就是细。咋个好法？就是在一起行男女之事，过夫妻生活呗。

就像民工中的临时夫妻？我又问。

那倒不是，他俩是想成家的。李世民原是延封豫剧团的，和老婆离婚了。

啥原因离婚？我问。

他在外头唱戏到处跑，他老婆在家和别人好上了。他在台上演"劝一劝贵妃娘娘"，和贵妃娘娘关系是假的，他老婆却把和别的男的关系,由假的搞成真的了。你没听说演戏是"金榜题名虚富贵,洞房花烛假夫妻"吗?

我说,这话生动形象,但有没有演着演着,就由假夫妻演成真夫妻了?

高小萍说,这种情况也有,不多,也有演戏日久生情的。但大多数演员对自己定位是清楚的,演戏就是演戏,演戏不能入戏,相互交往是注意分寸的,彼此关系是清白的,作风是严谨的,不像一些人想象的那样。拿付红和演李世民的郑虎来说,他俩也是正儿八经谈恋爱,想走进婚姻殿堂的。

我又问,演戏作为特殊行当,演员作为特殊职业,会不会对婚姻造成特殊冲击,使婚姻更容易破裂呢?

高小萍说,这个我说不好,但演员离婚率高,这是事实。但不能因此得出结论,说演员生活作风不检点。离婚率高有多种原因,许多是因为污名和误解,并不是演员自身的原因。

我说,也有一些是因为演员个人原因。我有个表弟媳妇也是唱戏的,成天在外面跑。和我表弟结婚后,天天不着家。等怀了孕快生产了才回家,孩子明显不是我表弟的,因为他俩一两年都没在一起了。

是吗?哪个剧团的,叫什么名字?高小萍问。

我说,哪个剧团的我说不清,名字叫周小莲,老家是驻马店的,嫁给我们县尚庄村我大舅家孩子丘成。说罢,我眼睛定定地望着高小萍。

高小萍好半天没吭声。我接着说,她是生了第三个孩子走的,现在家里到处找她,也委托我找她,也不知道她跑哪去了。不知你认识不认识她,知道不知道她的行踪?

高小萍想了半天说,你说的周小莲我认识,我俩都是晋城矿务局豫剧团的，她后来随人流动唱戏，听说嫁给你们县农村一个人。怎么，她男人是你表弟？

我说，是。周小莲的男人是我亲表弟。他是我大舅家二儿子丘成，比我小十岁左右。我妈妈是丘成的亲三姑，论关系很近呢。

你见过周小莲吗？高小萍问。

我说，见过，只见过一回。是她生二儿子时，我妈去瞧月子，带我和妹妹去看她。我正好从东北回家探望母亲，有缘和小莲见了一面。

你对她印象如何？高小萍问。

印象中她长得好看。但我看得不全，她坐在床上，怀里抱着孩子，用纱巾蒙着头，看不出高矮胖瘦，没有整体印象。但我母亲和我妹妹都说她长得好看。

高小萍说，你表弟媳妇比我长得好看，当时在我们剧团是数一数二的长相。你了解她的情况不？

我说，她的情况，都是我母亲和我妹妹告诉的。我记得小莲当我母亲面表示说，三姑，我以后不跑了，不跑了。说得很肯定。但不知道她为什么又跑了。我妹妹说，小莲下决心好好在家相夫教子，不再离开了，为了表示决心，她还用菜刀剁下了左手小拇指。但后来还是跑了，不知外头为啥有那么大吸引力。这也是我所不理解的地方。

也许有她自己的理由吧，咱们也猜测不出来。一个人为什么这么做，不那么做，一定有原因。高小萍说。

也许外面有了更可心的男人吧？也许是爱情的力量吧？但她和我表弟丘成结婚，也是自觉自愿的呀。而且，两人有了两个男孩，两个孩子又正是需要母亲照顾的时候，是需要母爱的时候，这得需要多大力量，才能把她吸引走呀！

高小萍说,这只有她自个儿知道了,也许她有什么苦处,内心有什么向往吧?

我说,你认识她,你俩一个剧团的,她没给你说过什么吗,一点都没有流露吗?

高小萍说,前几年在一起,后来各地文化系统改革,晋城矿务局豫剧团撤销,人员自愿组合,分好几伙下乡演出,自谋生路,我和她就分开了,再也没有见到她了。

后来,你有她消息吗?我追着问。

高小萍说,知道一些。当时,各地草台戏班子兴起,民间艺人也十分活跃,周小莲他们那个戏班子越来越困难,连过去不愿去的煤矿都跑。为了生存,啥苦都吃过,啥屈辱都受过,但还是生存不下去,彻底解散了。周小莲领三五人给暴富起来的一些人家唱堂会,勉强维持生计。山西晋城煤多,一段时间煤炭供应不足,允许私人开煤窑,一些开煤窑的煤老板就暴富起来了。

一天,周小莲领几个人去刘峪煤矿罗老板家唱堂会,为罗母庆贺七十岁生日。罗母老家是河南巩县人,很喜欢豫剧,也喜欢小莲,堂会结束就留下小莲在家住几天。小莲辞不下,只好答应了。同来的伙伴,有的散去了,有的被老板安排到矿上去干轻活。

几天过去了,小莲要走,老太太不让,说,闺女,我离不开你。我和你在一起天天开心,你又会唱戏,又勤快麻利,就在我家住下吧,反正你也离婚了,也无家可归。你除了唱戏,就无处可去。在我家,又有地方住,又能唱戏,保你衣食无忧。小莲见戏班子散了,合作的人也走了,心气也没了,也正想歇口气,就说让我考虑考虑。

老太太的提议正合儿子罗老板的心意,罗老板看上了貌美会唱戏的小莲,想把她当成一面"彩旗"。当时社会上流行"家中红旗不倒,外面彩旗飘飘",罗老板受这种风气影响,想打小莲主意,就按母亲的提议,做小莲工作,说,你就在我母亲家陪她三年,就给她唱戏,陪她说话、散步,不用干啥重活,三年时间,我给你一百万元,到时人走钱清。

有这样优厚的条件,又有罗老板母亲的盛情挽留,小莲答应了,双方讲好了条件,其中一条是,小莲三年内不离开罗家,不同原戏班子人接触,自然也不能外出唱戏。工作是陪侍罗母,待遇是管吃管住,日常有零花钱,活动范围是罗家和所在村镇。所言百万元酬金,是三年期满离开时付给。

小莲答应了。这些年唱戏在外面跑,把家也跑散了,人也跑疲了,静下来歇歇脚,喘口气也好,在山里待几年,就当出家了吧。况且衣食无忧,又有丰厚报酬。小莲对这个报酬,还是很在意的。她这些年唱戏混个肚儿圆,也没挣下啥钱,自己生养的几个儿子,她能不管?她还想指着这个钱把剧团再拉起来,把戏唱起来。她的心在几个儿子身上,更在戏身上。她说,她就不相信人们不看戏,三十年河东,三十年河西,用不了三十年,戏剧还会振兴。她现在就是歇歇脚,系系鞋绳,以后还会走在唱戏路上。

小莲留了下来,留在了晋城的山里,留在了罗老板母亲的家里。罗老板留下小莲,是为了让她照顾母亲,也是为了自己的"彩旗"之梦。但小莲不配合,说我们唱戏的有规矩,卖艺不卖身,说啥也坚决不从。不知是因为这个闹矛盾,还是受了什么刺激,小莲得了精神病,疯疯癫癫神志不清了。罗老板对她倒是负责任,人家也不缺钱,领她到处看病,但也不见好。后来就听说小莲走失了,就没有消息了。

活要见人,死要见尸。一个大活人,就这么走失了?也没有人报警，也没人追查，这也太离奇了吧？我接着高小萍的话说。

是啊，高小萍说，情况就是这样。我也是听过去和她一起唱戏的人讲的。这也不奇怪，小莲走失了，她离婚了，丈夫家没人找她。她老家又远在驻马店，也不知家里还有没有人，也没人找她。还有一种说法，说她精神病是装的，是在罗老板家待不住了，想跑去唱戏，就演了这么一出，蒙过罗老板和她母亲，装着走失不回来，改名换姓加入外地一个剧团，跑去唱戏了。因为有这个说法，她的走失也就没有人深究。

我说，以你一个演员的身份，和你对小莲的了解，你认为哪种可能更大些？

高小萍说，我又不是周小莲，不知道她到底怎么想的，不好做出判断。也许得精神病走失和装精神病走失，两种可能都有吧？你是作家，经见得多，也许你能判断准确。

我说，判断的前提是掌握全面情况。不掌握全面情况就判断，那是瞎判断。咱们不知道当时发生了什么情况，有了什么意外，才促使她出走，也就没法下结论。但不管怎么下结论，都可以肯定她当时没有离世，现在也许还活在世上。这就为找到她留下可能。我受人之托，会继续找她，你也帮我操点心。毕竟你俩认识，又是同行，有她什么消息，及时告知我。我好告知我表弟他们。

高小萍说，好呢，我记着啦，你这个人是好人，受人之托忠人之事，给你点个赞！

我说谢谢。借着和她握手，我又一次确认高小萍的右手小拇指少了一截，也再次排除了她是周小莲的可能。因为我妹妹说了，周小莲缺的是左手小拇指一截手指。我握的是高小萍的右手。

六

随着和付红更加熟悉,我俩说话就愈加随便。私下里,我叫她小名如意,她叫我舅舅。这是我俩的秘密,团里暂时还无人知道。

一天,我俩又在一起说话。我说,如意,你有事瞒着舅舅。

如意说,啥事?我啥都给你如实交代了呀?

我说,那个,当然这是你个人私事,你是不是和李世民好了,成了贵妃娘娘了?

如意大笑,说,舅你真能搞笑,我是贵妃娘娘,你是啥?

我说,我是啥,我是贵妃娘娘他舅。大胆狂徒,如实招来你和郑虎的关系!

如意笑弯了腰,上前施一礼,舅舅在上,容奴如实禀报。

如意说,她和演李世民的郑虎认识,是到了海南候鸟豫剧团之后的事。两人都离了婚,正常接触恋爱结婚,是合情合理合法的。

我问,你俩谁追求谁呀?

当然是他追求我,我怎么会追求他?我吓唬他说,我是演黑头的,性格刚硬,小心言语不合,我拿龙头铡刀铡了你!他说,来来来,你拿铡刀铡了我吧,我死,也要死在你的石榴裙下!遇到这么一个不怕死的货,我俩就好上了。

进展到什么程度了?我问。

如意说,有实无名。

我说，什么意思？

如意说，就是有夫妻之实，无夫妻之名。

我说，古人说，名不正则言不顺，你是名不正行不顺，说的话有逻辑错误。

如意说，请舅舅指教。

我说，你错在所言名实不合。夫妻有特定含义，你既无夫妻之名，行的那个实，就不一定是夫妻之实，说白了，就是一种两性关系，两性关系不一定都是夫妻关系。婚外性行为是夫妻关系吗？嫖娼卖淫是夫妻关系吗？性贿赂是夫妻关系吗？

舅舅到底是作家，我们哪能整那么明白。如意说。

我说，我的意思是，你要尽快正名，正了名就名正言顺了。

如意说，舅，我明白你的意思了，但我觉得你思想有些老派，是传统思维。

我问，何以见得？

如意说，你是夫妻名实相统一论，但名实真的能统一吗？现实生活中，一些人有夫妻之名，却无夫妻之实，有许多无爱婚姻，又有多少无性婚姻？难道这是名实相一致吗？现在在外打工的人那么多，男男女女在外结成临时夫妻，有夫妻之实却无夫妻之名，和家中的夫或妻有名无实，一年合一次房，这难道不是名实割裂了吗？

我说，你是性开放者？

如意说，我绝对不是。我是说要理解社会现实造成的困难，体谅人们的疾苦和基本需求，而不是维护传统的婚姻道德理论，而置变化的现实于不顾，只讲道德，不讲人性。舅，你多在外面跑跑，多下基层走走，多体验体验候鸟生活，你就知道你信奉的理论苍白无力了。一些人将心比心、将身比身、换位思考，就不会站在高坡上唱高调了。现在无名有实的事情很多，连非婚生子都可以上户口了，这不是时代的进步吗？与其顶着名而无实，不如有实而无名，舅舅你说呢？

我说，舅舅老了，跟不上形势了。你说得有道理，容我认真思考。咱还回到现实，你是不愿意和郑虎结婚，就这么扯着互惠互利？

如意说，也不是，我也想和他结婚，但还得考验考验他。你看他唱李世民气吞山河，人很豁达，"下位去劝一劝贵妃娘娘，有件事我和你商量商量"，实际上心眼比较小，最反感我和别的男人接触。还有一点，他想让我给他生一个大胖儿子，说他家里盼他生个儿子传宗接代。我这么大年纪了，生什么生？人家新婚夫妇都不生，我凑什么热闹？再说，四十多岁，已是高龄产妇了。郑虎说，你算什么高龄产妇，人家结婚没生过孩子的年龄大的，那叫高龄产妇。你结婚生过孩子，就像砖瓦窑，已经是老窑了，是熟窑熟地，出砖出瓦顺顺当当了，没问题。你说，他说的是个啥？我也逗他，我这是窑，就看你能不能装上啦。我俩在一起想那个，暗号就是"装窑"。今晚装一窑？他说。我说装就装。别人都不知道我俩说啥呢！

我大笑，说，你俩真有才，连接头暗号都这么接地气。你要不说，我听了，还以为你俩唱完戏，还去窑上加班干活挣钱哩！你俩都这样了，还是结婚好。看来，你也喜欢他。

如意说，王八瞅绿豆，对眼了呗。他戏唱得好，为人实诚，和我一样为唱戏唱散了家，对我一心一意地好。我妈不在身边，你是舅呢，你替我做主吧。

我说我同意，我替你妈做主，现在婚姻自由，谁也干涉不了。生米都做成熟饭了，现在不结婚，更待何时？

如意说，结是要结，但结之前，你得帮帮我。古有草船借箭，今有如意借舅。

怎么帮？我把他叫来数落一顿，叫他心眼大些。还是像李世民在台上说的，我把他绑了吧，我把他斩了吧，吓唬吓唬人？

如意说，那都不用，只需要你配合演场戏。

演啥戏？我问。

如意在我耳边如此这般交代一番。我笑了，说中，中。可你要记着我是你舅呢，可不敢入戏。还有，我答应你了，你也答应我一件事，就是告我你师父在剧团有没有相好的。

如意笑了，舅，你问这个干啥？你莫不是相中我师父了？你们作家是不是也都很风流？

我说，看你问的，你把舅舅看成啥人了？

我听我妈说过你，说你从小就聪明，会双手写梅花篆字，现在成大作家了，到处体验生活，有没有女的追你，你有没有情人？

我避开这个话题说，写小说和现实生活是两回事。我们深入生活体验生活，是寻找灵感，不是寻欢作乐。鲁迅先生说过，作家写杀人不一定非杀过人，写嫖娼也不一定非去嫖娼。同理，写情人和婚外恋，也不一定非去找情人和婚外恋。我相中你师父是欣赏艺术美，而不是对美的占有。这是作家对美的态度，欣赏美，把美展示出来给人看。我要通过点滴生活，挖掘她的内心世界，不是世俗意义上的占有。

如意说，舅，你想占有我师父也占有不了，她和团里拉板胡的"头把"任雨田，那是老搭档、老相好了。

我笑了，我就想让你谈谈这俩老相好的故事。

如意说，任雨田出身于戏剧世家，原先在温泉县豫剧团拉板胡，有一年部队宣传队来招人，他被选中，招到宣传队拉板胡。拉了几年板胡，就等着提干，部队却撤销了。宣传队整体被转到青岛，成了一个新的艺术团体。在青岛七八年，他经人介绍结婚成家，生了一个女儿。后来因女方有海外关系，提出一家三口移民英国，任雨田坚决不干，说，我啥也不会干，就会拉板胡，到英国拉给谁听？我就是去街头拉琴卖艺，外国人也听不懂呀。于是选择和女方离婚。女方带女儿远走高飞了，任雨田只带一把板胡，又回到了温泉县豫剧团。他回来时，赶上省里振兴豫剧，我师父洪恩光回县剧团任团长，正是用人之际，他板胡"一把"的位置就坐下来了，和高小萍成了洪团长的左膀右臂，也叫哼哈二将。后来洪团长走了，剧团不久又散了，两人各奔东西了。后来又怎么合作上的，我说不清，我从县剧团辞职到海南时，他俩就在一起演出了。任雨田扮演的是"护花使者"角色，处处维护高团长，也兼作一些财务管理和对外联系工作。

我说，这任雨田和你师父名实关系如何？

这我咋说得清？关系肯定有，但从来就没听说他俩谈婚论嫁。这种关系叫什么，我也说不清。如意说。

我说，等有空时，你把任雨田找来聊聊，我从侧面了解一下你师父的情况。你师父详细的婚姻情况，到现在你也没有跟我细说。

啥情况？结婚，离婚，就这么简单，她不愿说，我也了解不多。你找她问问，不就知道了吗？

我说，这我比较慎重，免得把别人愈合的伤疤再揭开，让人家伤心。

如意说，伤啥心？唱戏人苦戏唱多了，心都硬了，有苦往肚里咽吧。该笑笑,该唱唱,该吃吃,该喝喝。只要让唱戏,那就是幸福生活。

我说,你倒是乐观主义,乐天派。

如意说,不乐观,还能咋地。舅舅,咱俩上街逛逛!

到了大街上如意拉着我的手。我说,你这是弄啥呢?

如意说,这不是演戏吗?说着,把我贴得更紧,我都有点不好意思了。

七

候鸟豫剧团在乐东九所的演出告一段落,转移到儋州海花岛。海花岛位于海南省儋洲市滨海新区,是近几年才兴建的一座人工岛,由三个独立的离岸式岛屿组成。

候鸟豫剧团是受一个河南企业邀请来演出的,海花岛大部分是这个企业开发的,河南员工家属多,喜欢听豫剧,高小萍的剧团来过几次,很受欢迎,待遇也好。老板给免费吃住不说,还帮助添置一些服装、道剧、乐器,高兴了,还给一些资金支持。我从侧面看出,演员对要到这里演出,是很兴奋的。但没想到这一次却遭到冷遇。

到海花岛住下后稍休,高小萍、付红、任雨田、郑虎一帮人忙着去装台,演出在老地方,定的时间是下午,他们从上午就忙开了。

我帮不上忙,插不上手,无所事事,就打个招呼,到一号岛游玩去了。这一号岛真让我大开眼界,所有项目都对标世界一流,国际会议中心、酒店、大型游乐园等,都是超豪华型的。在这里吃住玩乐是一体的,游客十分方便。岛上大部分项目已完成,但也有不少烂尾工程,这些工程项目耸立在那里，就像树林中出现一些枯树，给人煞风景的感觉。听闻是国内某大房企爆雷，资金链断裂，进行不下去了。我正在边游览边构思剧本，突然手机铃声响了。

舅，你快来，场地这边出事了！如意在手机里告我。我急忙打车赶去场地，见一帮当地文化市场管理人员在阻止候鸟豫剧团装台，还要对违规安排演出进行罚款。

当地那家河南企业的相关人员在协调，说，这是我们请来的豫剧团，以前每年节假日都来，在你们单位备过案，怎么这一次就不让演？

文化市场管理人员中有人在说话，看着像个头头，说，以前是以前，现在是现在。现在加强管理了。以前你们企业没爆雷，现在不是爆雷了吗？

企业的人说，我们请人唱戏和爆雷有关系吗？我们就是要唱戏驱邪，把难关渡过去呢！

边上有河南人骂道，他奶奶的，狗眼看人低！这不是明摆着欺负人吗？我们过去兴盛走红时，你支持唱戏，说以文兴企，为当地百姓文化生活添彩，现在企业遇到困难了，就翻脸不认人了！

管理人员中有人听懂这是骂他们，就冲过来理论，被人拦住了。也许他们理亏，也许怕企业人多势众，就转向高小萍的剧团挑毛病。

那个头头问，谁是团长？

高小萍正欲答话，任雨田却抢先答道，我是。

你们有演出执照吗？那个头头问。

任雨田说，没有执照，有省文化部门开的允许公益演出证明。以前都是凭证明演出。

那个头头说，证明不管用，演出必须有营业执照！赶快撤台，不撤就行政处罚！

任雨田火了，处罚什么！凭什么处罚！我们就来演个戏，杀人了，放火了，抢劫了，扰乱市场了？

哟，一个唱戏的，还不服管了！两个管理人员上来就要拉任雨田。

高小萍急忙息事宁人，她站到任雨田前面，说，我是团长冲我说。我们候鸟豫剧团走遍海南岛，怎么到了这里不让唱了呢？

那个头头气息也平和了些，说，不是不让唱，是要凭营业执照，你马上回海口办好营业执照再来。

高小萍说，我们有证明，唱戏合法。你让我们这几天把戏唱完，再来时我们去办行不？

不行。要不你们派人去办，剩下的人在这里等着，办好了再演出，这是规定。那人说。

高小萍说，这怎么行！我们演出有计划，一场一场都计划好的，还涉及人吃马喂费用问题，请你通融一下。

那人把头一歪，两手一摊说，那就没有办法的啦，计划可以调整的啦，费用让接待你们的企业想办法啦！

我实在看不下去这一幕，就从人群中走出，走到这个头头面前。请问，你是这里文化市场管理的负责人吗？

你是谁？你是干什么的？他问。

我说，我是作家，是随团体验生活的。

作家呀，都写过什么作品呀，是二三流的吧，恐怕还不入流吧？

我说，我入流不入流，你管不着。但你流里流气的我得管管！说罢，我从上衣口袋里掏出记者证，说，看清楚了，我是《中华文化报》的记者！我做专职作家后，记者证还带在身上。我们老总编说，带着有用，必要时还可以采访写稿子。没想到在这里用上了。

知道我是记者，那些人有点怕了，口气也不那么硬了。那头头说，记者同志，我们在执行公务，请不要妨碍我们。

我说，好。我现在执行采访任务，请你回答我几个问题，现在开始：第一，他们的演出证明过没过期？

那头头回答，已验证，没有过期。

第二个问题，证明是不是你们上级机关开具的？

是。他回答。

第三个问题，他们的演出是不是公益的？借演出营收谋利了吗？借演出推销产品了吗？借演出骗人钱财了吗？我又问。

没有发现。他回答。

第四个问题，他们演出的剧目，内容有问题吗？

没有，都是豫剧传统戏，和现实无关。他回答。

第五个问题，他们扰乱文化市场了吗？请你回答。

那头头回答，没扰乱。

我说，好，五个问题你都回答我了。即然没有任何问题，你凭啥不让人家演出？你这是依法行政吗？是行使正当权力吗？是支持地方经济发展吗？是繁荣当地文化生活吗？请你回答我。

那头头回答不上来了，支吾道，你是记者，你替他们说话，非要在这里演戏，这不是为难我们管理人员吗？

我说，好，我不让你为难。说完，我拿起手机拨通了省文化部门的领导的电话，纪厅长吗？我是老潘，我在海花岛呢，我随候鸟豫剧团来这里演出，遇到点麻烦，我给你汇报一下。我说话的声音很大，故意让所有人听到，也让大家听到对方回话。

　　纪厅长是我中央党校培训班同学,他就是剧团上来的,会编剧,因为我们有共同爱好,学习期间走得近,互相探讨创作经验,逐渐成了好朋友。我到海南是为了写作,就没有打扰他,没想到还是得打扰他了,为候鸟豫剧团演出受阻这件事。

　　听了我讲的情况,纪厅长在电话中说,这是好事呀,天大的好事呀!候鸟来过冬,我们欢迎!候鸟中文化艺术人才很多,我们支持他们发挥一技之长,活跃文化生活,推动海南文化和经济发展!怎么可能有人阻拦,是什么人阻拦?我说,是文化市场管理人员,你给他们讲几句吧。我把手机递给了那个头头。

　　那个头头握着手机,头像啄米的鸡,频频点着头,口里唯唯喏喏:是,是,一定支持,一定配合好演出!

　　我接过手机,纪厅长说,行了,没有问题了。大作家这次写什么大作呀?我说,想写一个剧本,反映候鸟豫剧团在海岛上的演出生活,初定名《椰风豫韵》,你是行家里手,写出来请你指点。纪厅长说,指点说不上,但你写海南的文化生活,我大力支持,演出一定要在海口首演。这样吧,等你们巡演到海口时,我给你和豫剧团的朋友们接风,看看他们的演出,对大家为海南文化建设贡献力量表示感谢!

　　这些话在场的人都听见了。局面发生了明显变化,文化市场管理的那个头头握着我的手说,记者同志,刚才那些都是误会。厅长批评我们了,我们诚恳接受批评,欢迎候鸟豫剧团到海花岛演出,全天候地欢迎。说完,还鼓了几下掌,那几个管理人员也都跟着鼓掌,表示诚挚的欢迎。那个头头接着说,为了表示诚意,我们在演出时派员来维持秩序!

-041-

就在片刻工夫，那头头来了个大转弯，转得比轴承还快。这是我始料不及的。我还没想好如何应答，高小萍说话了，哟，刚才确实是误会，不劳驾你们维护现场，但欢迎你们来看戏！同志们辛苦了，付红，快给大家发矿泉水！

付红闻声而至，把矿泉水塞到那些人手里，说，口干舌燥，润润嗓子！那些人一人手执一瓶椰树牌矿泉水走了。众人松了一口气，却不急于装台，待在原地"撇洋腔"、说闲话。

高小萍握着我的手说，谢谢大作家，你是我们的保护神呀。你像《西厢记》里的张生，退雄兵保护寺院功德无量呀！

我说高团长过奖。我看你像阿庆嫂，很会答对，很会周旋呀！只是不知你家阿庆去哪里了？高小萍拿着腔调说，去上海跑单帮去了。众人大笑。

接下来几天的演出，自然是十分顺利。经过这么一件事，我在剧团的威信有很大提高。都知道我在写他们的一部戏，也知道我认识文化部门的纪厅长，纪厅长肯定他们对海南文化的贡献，到海口还要看他们演出，于是他们演戏都很认真，精气神都足足的。

如意对我说，舅，你这次可是盖了帽了！几句话有理有据，把他们镇住了！

那是我有记者身份以及认识他们厅长，不是我有多大能量。我开始说我是作家，人家都不拿正眼看我。

如意说，还是你们有社会地位。你知道我们这些年演出吃了多少苦，受了多少罪！你说我们高团长像阿庆嫂，她不像阿庆嫂行吗？难为她了！我这性格可不行，要依我，那矿泉水扔了我也不给他们喝，故意刁难人！

我说，如意，你是唱包公把自己唱得刚正不阿了。在社会上混，就得能屈能伸、能软能硬、能强能弱，不能死一式，死一式要吃亏的。

如意说，知道了。舅，你离开家乡这么些年，老家话还说得这么地道。

我说，那是，我是见啥人说啥话，我见了你就说咱家乡话。

海花岛演出行程结束，接待单位设宴送行，在"顺德酒店"请候鸟艺术团全体人员。我们推辞说，你们企业现在效益不好，就免了。那些河南老乡说，这是我们个人花钱请客，和企业没有关系。你们给我们送来了家乡戏，我们也要表示点心意。选在顺德饭店，是因为这里的烧腊在海花岛最出名，专请你们吃烧腊。盛情难却，只好从命。

河南老乡里来了不少能喝酒的人，搬来了好几箱汝阳杜康。当场有人总结说，老乡见老乡，两眼泪汪汪，顺德吃烧腊，解忧喝杜康。不少人都喝醉了。

在这场酒局中，我和头把板胡任雨田和"李世民"郑虎，喝成了酒友。

八

酒局散了，我们仨结伴往住的酒店走。三个人都有点喝高了，但还没有醉，似在醉与不醉间。记得辛弃疾写过一首词，好像他喝多了，怀疑松树来扶他，猛喊一声"去"，不让松扶。"昨夜松边醉倒，问松我醉何如。只疑松动要来扶。以手推松曰去。"海南岛少有松树，多是椰子树、棕榈树，在夜色中摇曳多姿，我们走路不稳，也像晃动着的它们，人树已混为一体。

任雨田和郑虎一左一右扶着我走,我说不用,我没有醉,我像你俩这年纪,一人能喝一瓶酒。

任雨田说,当兵的人都能喝酒,你又在东北当兵,好酒量。

我说,你也是退役军人吧?

任雨田说,你怎么知道?

一看你办事、说话、行事的作风,我就知道。我不光知道你是退役军人,还知道你是文艺兵,还知道你的故事。

郑虎说,潘大哥,你是作家呀,还是侦探?

我说,兼而有之。别说任雨田的事,就连你"装窑"的事,我都知道。

郑虎说,装啥窑?

我说,装,装!你就装吧!

任雨田说,郑虎老弟,看来潘老师知道咱俩不少事,今天不让他喝好,他不会交代他是咋知道的。走,咱俩请潘老师吃烧烤喝酒撸串去。两人像绑架似的,把我拉到一个叫"蚝久不见"的烧烤摊上。

这里一桌一桌都坐着吃宵夜的人,应该以候鸟居多,人们大声豪气地点烧烤,这家店有烤生蚝、烤章鱼、烤大虾等海物,也有烤土豆、烤韭菜等菜蔬,也有外地烧烤常见的烤香肠、烤肉串等,可谓应有尽有,应烤尽烤,一把一把拿来佐啤酒、白酒,尽显豪气,也接地气,浓重夜色中飘荡着烟火气。

两人请我吃烧烤,本来是追问我为什么知道他们的一些情况,却因为酒醉,争相叙说他们的故事和不幸,让我加深了对他们的了解。

我问任雨田，你在部队文艺宣传队待的年头不短，都没遇到一个"芳华"？

任雨田说，老哥，不瞒你说，我在部队真爱过一个"芳华"，能歌善舞，是我们宣传队台柱子，十四岁就当了文艺兵，我入伍时她已提了干，我俩互相欣赏，悄悄恋爱上了。但我是战士，不允许谈恋爱，只能悄悄谈。我们约定，等我提了干，我俩就公开恋爱关系。我为了提干，除了努力提高专业水平，在演出中好好表现外，还学雷锋做好事，像《芳华》中的刘锋，争取早日进步。我这个恋爱对象叫卫东，出生于北京的高干家庭，她也做父母的工作，让在上头说说话，早日给我提干。她爸妈答应了，也找我部队领导说了话，但说的是不让我提干的话。他们压根儿就不同意我和他们女儿恋爱，说家庭、个人条件都不般配，但他们不明说，找人死死把我卡住。后来，卫东调到北京的歌舞团当独唱演员，她到处找人也想把我调去北京，但拟调的单位都说非干部不调，也就调不成。我一心想提干，就是提不了，自然也就进不了北京。后来，她父母给卫东介绍条件般配的对象，她就结婚成家了。结婚前，她回到老部队来看我，我俩抱头痛哭，洒泪而别。我说，我努力了，提不了干，这都是命，我认命。卫东走了，回北京结婚去了，有人才告诉我不能提干的原因。我在部队干了一场，勤勤恳恳，真是竹篮子打水一场空，恋爱没搞成，干也没提上，弄了个鸡飞蛋打。卫东结婚后，组织上让我填提干审批表，进入拟提拔状态，可以盼着两头落一头了，突然间宣布部队撤销了，提干停止了。我随宣传队这帮人复员到青岛，有人介绍对象，我就结婚了，什么爱不爱，是个女的就行。后来爱人带女儿出国了，我也无所谓。她前脚带女儿出国，我后脚带一把板胡回老家温泉县了。我十年前从县豫剧团走的，十年

-045-

后又回县豫剧团，真是一别十年扬州梦，我画了一个圈又回原地，像梦中一般。

任雨田喝高了，话是断断续续说的，我采用时做了裁剪，但意思是不差的。我感叹命运，感叹造化弄人，本该去北京发展和成家立业的任雨田，却成了海南候鸟豫剧团的头把琴师。

任雨田接着说道，无精打采的他回到县豫剧团，重新为唱戏操琴，像久旱禾苗逢甘雨，一下子又活过来了。尤其是受到洪恩光的重用和高小萍的青睐，把他的艺术活力又激发出来，昂扬起来了。尤其和高小萍配戏，两人那真是天衣无缝，能达到最为和谐的境界。他说了一句粗话，很形象生动，说，和高小萍配戏得到的幸福感，比和她上床做爱还要爽！

真是喝高了，任雨田啥话都往外撂，这也许就是酒后吐真言吧。

我急忙插话追问，你打算向高小萍求婚，和她步入婚姻殿堂吗？

任雨田猛喝一口酒，摇摇头。

你不爱她？我问。

爱，但不结婚。爱就是纯粹的爱，结婚就俗气了。我再不想被婚姻伤着了，也不想被婚姻拴着了。

你呢？我转向"李世民"郑虎，你啥看法，你也不想和付红结婚吗？

我做梦都想和她结婚！郑虎把酒杯朝桌上一撂。

我说，说说理由。

郑虎说，那我就剃头匠舞剃刀——从头开始。我和你俩不一个县，但都是老新乡的。我家在延封县，我是从延封县豫剧团出来的。我热爱豫剧，但不是从小练童子功，而是跟着在村里学唱戏，之后上了高中，高中也成立豫剧团，我在学校唱。因为我个头高，嗓子亮，有人就建议我学唱刘忠河的豫东调。我也没见过刘忠河，就跟着录音带录像带学唱，主要唱《三哭殿》《打金枝》中唐皇李世民的唱段"有为王坐江山实非容易"等几段戏，几年下来，竟学得乱真，有些刘忠河的味道，有人把我称作"延封县刘忠河"。因为爱唱戏，耽误了学习，没考上大学，却被录用到县豫剧团，当上了专业演员，经名师指点，演艺水平有大的提高。特别是拜见刘忠河老师后，也得到一些真传。刘忠河老师是"豫东红脸王"，他的唱法独特，高亢，拖腔粗犷而久长，就像群山连绵不绝，像海浪涛声不断。我揣摸后也加入自己的理解和特点，不仅注意形似更注意神似。渐渐地也有了"延封红脸王"的美誉。一个副县长的千金看上了我，这女的在商业局工作，也是个戏迷，我俩互相看中，就结了婚。我们唱戏的，经常要外出演出，不能天天守家。一会儿在这里调演，一会儿到那里会演，整日在外头忙，冷落了妻子，让她守了空房。我何尝不是"守空房"？天天唱戏演唐皇，有皇后娘娘，有贵妃娘娘，有姨娘，那都是假的，是演员演的，唱起来很热乎，下台来我连人家手都没摸过一下。有机会回家，或放了几天假，赶快和老婆热和热和，是弥补亏空，也是自我满足，说不好听的话，那就是旱的旱死，涝的涝死。那也没办法，谁让咱是唱戏的呢，咱是为老百姓唱戏的，就得到老百姓里头去。你看有谁带妻子或丈夫去唱戏的？尤其后来电视兴盛，戏剧遭遇寒流，我们为了生存，全体演职员穿街走巷分散演出，大部队成了武工队。不管多少观众，有人邀我们就演。许多戏是人家家里老人死了，请我们去唱戏，那唱的就不是《三哭殿》，而是三哭灵了。后来政府扶持，形势好了，但说是购买服务，下乡的机会更多了。这不算什么，唱戏的就得下基层，我认为戏在百姓中，百姓需要戏，能为老百姓唱戏，咱也就心满意足了。

但是，时间长了，老婆不干了，说唱戏太辛苦，非让我改行。岳父把工作都给我安排好了，让我去县委党校总务办上班，清闲，还有假期。我稍有犹豫，还是拒绝了。我是唱唐皇，唱红脸的，已有成就，刘忠河老师也认可我，正是我在舞台上发挥作用的时候，我怎能偃旗息鼓？

我不同意，妻子就提出离婚。我自然不同意。这时，我们已有一对双胞胎女儿，大的叫小花，小的叫小朵，三四岁了，格外讨人喜欢。妻子说，你不离是吧？那我明白告诉你，这两个孩子不是你的女儿。我当然不信，就去做亲子鉴定，果然和我没有血缘关系。在我外出唱戏时，妻子早出轨了。

我气坏了，杀人的心都有。但我不知去杀谁？提刀四顾心茫然。奇耻大辱不能给别人说，只好回家给父母哭诉。母亲说，儿子想开点，啥东西再好，再喜欢，不是咱的，想也没用。就让俩女儿去认她们亲生父亲吧。我父亲反倒高兴，说离了好，离了再找一个生个大胖小子。咱家几代单传，免得到你这里断了香火，对不起列祖列宗。这边还没离婚，那边他就央人给我说媒了。

世上没有不透风的墙，我被戴了绿帽子，两个双胞胎女儿不是我的，这个消息还是在县城、在剧团传开了。我不想离婚，也得离婚了。鸠占鹊窝，鹊得给别人倒地方了。我在戏里面演李世民威风八面，能决定别人命运。而在现实生活中我却决定不了自个儿命运。我有啥办法！什么条件都没提，我就离了婚。离婚第二天，我对父母说，我去海南散散心，也跟单位领导打了招呼，买张飞机票飞海南来了。到了这里气候很好，换个环境，能忘记过去的事，又正好遇到高小萍、付红这些候鸟豫剧团同行，就上山落草了!

老弟，你的命比我还苦呀!咱唱戏人的命，咋就这么苦呀!任雨田听得泪流满面。举杯说，郑虎老弟，喝酒喝酒，喝了酒把啥都忘了。

我一句话也没说，就是一杯一杯陪他俩喝酒。三人都烂醉了。付红找来接待单位的车和几个人，才把我们仨弄回酒店。

九

因酒醉太深，我一直到第二天中午才起床。今天剧团安排休息。有上街的，购物的，去景点参观的。中午来餐厅吃饭的人不多。任雨田来了。郑虎醉得起不了床，还在床上躺着，付红给他打了饭送回房间。

我和任雨田边吃边聊，因为都是退役军人，有共同经历，在一起话就多。我告他我也在部队宣传队待过，给宣传队写节目，后来才到宣传科搞文艺创作。那一年和我同来宣传队的温泉县兵还有冯三保、史瑞中、任雨岭。任雨岭就是县城西关的，也拉板胡，后来我俩被推荐上了大学。

任雨田正喝汤，突然把眼睛瞪得很大，把汤咽下去才说，任雨岭是我亲哥哥，原是县一中宣传队的，你们是一批兵、一个部队的?

我没有吱声，把手机电话拨通，那头接电话的就是任雨岭。他大学毕业回部队当技术员，后来转业到郑州，现已退休，我常和他通电话、视频聊天。我说，雨岭兄，我在海南呢，遇见你弟弟雨田了，你给他说两句。

撂下电话，雨田兴奋地说，这也太巧了，你和我哥不仅是战友，还在宣传队待过，还同一年被推荐上了大学。我哥说你厉害得很，现在都是大作家了，让我向你学习呢。

我说，向我学习个啥？学有专长，业有专攻。你不会写小说，但琴拉得好。我不会拉琴，我会写小说，没法相互学习，但可以互相帮助。

任雨田说，我只会拉琴，我能帮助你啥？

可以帮助我搜集写作素材呀！我现在正需要你帮助呢。我想写剧本《椰风豫韵》，以高小萍为主要人物原型，但我对她了解不够，你和她熟悉，又关系特殊，可以多给我说说她的情况。

任雨田说，那可以呀，没问题呀，但我了解得也不全面，也不知从哪讲起呀。

吃完中午饭，我俩去海花岛一号岛散步，游览了国际会议中心，还在欧堡酒店前合了影。合影时，我突然想起一个人，没错，就是她——卫东。一次在北京聚会时，我的战友引来了他的战友，著名歌唱演员卫东，她在席间献歌一首《我爱你中国》，大气磅礴，荡气回肠，座上掌声雷动。她取名独特，姓卫，让我想起大将卫青。我还和她加了微信。她常把演唱歌曲的视频发给我，我经常为她点赞。

我把请人拍摄的合影从手机上发给任雨田。尔后，我说，雨田，我给你看看我手机上的一个视频，看这个人你认识不？

我还把我录的卫东那天唱歌的视频调出来给任雨田看，任雨田看了愣了半天才说话，这就是我宣传队战友卫东呀，你也认识她？

我说，两年前在北京朋友聚会时认识的，保持着联系。

你和她有联系吗？

没有，从不联系，往事不堪回首。再说，人家在庙堂，我在江湖，我和人家联系个啥！

我问，你对她还有怨恨吗？

任雨田说，我从不怨恨卫东。不让我提干的人，不是卫东，是她的父母。连她父母我都不怨恨了，我咋会怨恨她？再说，我确实配不上人家，那时好高骛远，有些不知天高地厚。假如我和卫东成了，我能给她带来什么？我现在倒庆幸和卫东没有成，使我能又回到豫剧行当，能给高小萍拉弦。当然，我也给别人拉，但我和高小萍最默契，最和谐，最通灵，我昨天给你说了一句下流话，但这种下流话，最能说出我那曼妙的感受。

我赶快介入采访主题，你认为高小萍身上最突出的特点是什么？

任雨田说，爱戏爱豫剧，视戏曲如命，一生命系豫剧，雷打不动，甘愿献出一切，她认为这是她的宿命，是娘胎里带来的，为唱戏吃多少苦、受多少罪都认了！她是戏痴，入了魂，上了瘾。你知道她最爱唱的是什么吗？

我摇摇头。

她最爱唱的是那首戏歌："你家在哪里，我家邙山头……"唱到动情处泪流满面，那是她心声的传递呀！

我说，雨田，你说得真好，不亏是高小萍的知音。

任雨田说，你知道她为唱戏付出多少吗？谁也说不清。我仅举一例，你知道现在郑虎和付红的工资是谁开的吗？是高小萍个人。别人都是候鸟，都有退休工资，而郑虎和付红没到退休年龄，单位只给上保险，停发了工资。两人两手空空，家中都有父母要照顾，这可怎么整？小萍说，他们两个一个

-051-

红脸,一个黑头,都是离不开的台柱子,他俩工资我管!我说,你哪有那么些钱?小萍说,现在还够用,走一步说一步吧!

我问,郑虎付红知道否?

任雨田说,他们不知道,小萍没说是自己的钱,谎称是从别人捐赠的一笔款中出的。这事除了我,没有别人知道。你也不要说出去,我是举例说她有多大付出才告你这件事的。

我点点头。心里又感动又沉重。这是什么样的情怀?在物欲横流、人多为己的时代,能把自己的真金白银拿出来,就是为了自己钟情的豫剧,这在现时能有几人做得到?我们文化的发展,戏曲的传承,应该靠组织、靠社会、靠文化单位,担子怎么能压到个人肩上?再说,高小萍一个戏曲工作者,少说一年几十万支出,她能承受得起吗?

我问任雨田,高小萍有这个经济承受能力吗?

任雨田说,我俩经济独立,我哪知道?她不光负责郑虎付红的工资,团里每年人吃马喂,增加服装道具,加起来也得五十万左右,虽然有资助、赞助、文化扶助基金等,但不足数的都由高小萍弥补。她当团长,又是管家,又是会计出纳,够辛苦的啦!

我说,你和付红不是她的左膀右臂哼哈二将吗?

任雨田说,付红协助她搞管理,我协助她搞剧务外联,大家各尽各心吧!

我说,小萍的婚姻家庭情况你了解吗?

任雨田说,了解不多。我从青岛调回来到县剧团时,她就在跟洪师父学戏,听说已经结婚有俩男孩了,后来听说她离了婚,也不知为个啥。她给我说过,她为了学戏代价沉重,啥代价她没说,我也猜不出来。

我说，你听她口音是哪里人？

任雨田说听不出来，南腔北调的，她说她是山西高平人，但口音不太像。因为我有几个战友是高平人，和高小萍说话腔调不一样，不知为啥？管她是哪里人，是我情人就中。

我说，你真爽快。人家找情人都是扭扭捏捏，你倒不怕，让地球人都知道。

任雨田说，我已经一无所有，唯有这个精神寄托了。

我和任雨田在海花岛一号岛溜达一下午，收集了不少素材，但对高小萍的认识还是处于扑朔迷离中。

晚上，如意来看我，帮我整理物品，做明天出发去陵水的准备。我问如意，郑虎好些没有，今后可不敢往死里喝。这次喝这么多，舅有责任，舅没拦着，还陪他俩喝，想听酒后吐真言，把郑虎喝多了。

如意说，舅，和你无关，是他心里不痛快。他留恋他那段婚姻，倒不是多爱他老婆，而是舍不得两个女儿，他喝醉了说，两个女儿多好呀，小花小朵多可爱呀，我不去做亲子鉴定就好了。我说，你傻呀，不去做亲子鉴定，那俩孩就是你的了？这不是自欺欺人吗？再说了，是你老婆说俩孩不是你的，你能不去鉴定吗？你是没按她要求调换工作，还想唱戏，才有这一出。你是为唱戏才弄出这事。郑虎眼一瞪说，老子就是死也不后悔！说完又哇哇哭。

我说，如意你说得对，郑虎是心里有苦楚、有创伤，你要理解他、安慰他，帮他从痛苦中走出来。

咋？还赖上我了？如意说。

我说，你不是说，你俩是王八瞅绿豆，对眼了吗？其实，不只是对眼的事，你们有共同的经历，共同因爱唱戏而受创伤，同病相怜，同道相助，是命运共同体。也只有你俩在一起,谁也不会嫌谁,还能因对戏的热爱而加深感情,你俩是以戏为媒呀!

如意说,到底是大作家,啥理都能说出道道,真有水平。你要不是我舅,我就做你情人!

我说,妞,可不敢乱说,这是外面演戏的台词,咋能私下说?郑虎要听到,误会了,还不杀吃我?舅还要保命保安全呢!

如意说,我是说着玩的,看把你吓的。你们文化人就是当面一套背后一套,说话气壮如牛,实则胆小如鼠,是银样镴枪头。

我说,我那天当文化市场管理人员面,胆小如鼠了吗,没有据理力争吗?

舅,我不是说你。你和他们不一样,我佩服你!如意说。

我说,舅不是文化人吗,不在文化人之列吗?你不能一篙打翻一船人,对吧?凡事要具体分析。

如意说,舅说得对,奴才给你赔礼了。

我说,不用赔礼,下面问你几个问题,你要如实回答我。

如意说,得令!

我问,你师父高小萍到底是哪里人?

山西高平人呀。如意回答。

我说,山西高平离咱县不远,过了晋城往北就是,口音和咱们差不多,你看她和咱们口音一样吗?河南省以黄河为界,分为豫南豫北。我们属豫北,靠山西近,口音和山西、河北接近,而豫南则是纯正的河南话。我听高小萍口音,和我们当地是有差异的,就把这个疑问说出来问如意。

不一样,和咱俩说话有差别?这不奇怪呀,唱戏的东南西北跑，口音都乱了。就像你当兵，出门时十七岁，现在说话不也南腔北调吗？你要不给我说老家话，都听不出你是河南人。

那是。那咱换个话题。你师父经济条件如何，收入高不高？

如意说，你啥意思，你要跟我师父借钱呀？

我不是借钱，我是好奇。她一个女人，凭她的经济实力，怎能撑起一个剧团的开销？我说。

如意说，有企业家和豫剧爱好人士捐款，师父让我们好好唱戏，不要有后顾之忧。具体款项由她和任雨田管理，其他人不过问的。具体情况我也不知道。

我问，她日常生活节俭不？

如意说，节俭得很，恨不得一分钱掰成两半花，从来不去免税店，化妆品都是低档次的，衣服质量也不高，赶不上我都。

她那么节俭干什么？我问。

她说，她给留在老家的儿子攒点钱，儿子娶媳妇有用项。如意回答我。

她几个儿子？我问。

两个呀！如意说。

我说，她不是三个儿子吗？

如意说，没有呀。你听谁说的？你怎么知道的？

我说，我猜的。你不是说她和你洪师父睡一块了吗？还不是一次。

如意哈哈大笑，舅，你真能搞笑，睡在一起就有儿子吗？你小说写多了吧，睡觉睡迷瞪了吧。说罢，站起摸我脑门。

我说，你弄啥嘞！坐下听我说，不说你师父了，还说你和郑虎。你俩都这样了，得关心他，让他从痛苦中早日走出来。特别是不能这么喝大酒，心情不好，胡吃海喝，多伤身体呀！

如意说，谁说不是呀，但我管不住他呀！

我说，我给你出个主意，保证能管住。你把耳朵伸过来。

如意听了，大呼这招管用，这货天天想这呢！

我给如意出的主意很简单，就是让郑虎封山育林，两人开始备孕。再不敢乱喝酒了，要是装上窑，影响儿子智力哩。生个傻儿子可是要坏一辈子事哩。

果然，郑虎不和我们凑一堆喝酒了，我问他为啥，他说，付红让我封山育林呢。

如意说，他还真听话，天天要装窑哩，这要真装上怎么办？

我说，怎么办？古戏上有奉子成婚，你也唱这出呗！

中，我听舅的。付红笑着说。

十

我们离开海花岛，坐高铁去了三亚。三亚河南人不少，喜爱豫剧的人也很多，应邀演出几场后，我们去了陵水。听说陵水的清水湾是香港开发商开发的，建筑布局、格调呈香港风格，有人称这里是"小香港"。这里的商业非常发达，沿街店铺林立，大中小各式各样的店，满足人们不同需求。街中心还有游乐场，大人孩子都可游玩，四周就是各地风味饭店、棋牌室、洗浴中心，各种特色小吃、烧烤店满街皆是，这里又被称为"清水湾的王府井"。街区多处可通海湾，在海滩玩累了，就回街上吃喝休息。到处都是各种腔调的人，到处都是全国各地牌照的车辆。这里的房价贵，物价也贵，是富贵候鸟们的栖息地。

候鸟豫剧团在这里演了几场后就停下休整两三天。住处有人管，饭费自理。我向高小萍、任雨田、付红申请后，争取到了一次请客的机会。我说，最近我出了一本小说集，刚收到一笔稿费，应该够请全团人员吃一餐饭，请给我一次机会。高小萍同意了，让任雨田、付红去落实请客地方，最后落到了一家河南饭店。付红说，大家想吃家乡菜了。我说可以，酒水我也包了，管大伙吃饱喝够。

请客放在晚上，摆了四桌，还请了接待方的几个客人，也都是河南老乡，来这个饭店吃饭的大都是河南人。待菜酒摆上，任雨田主持，非让我讲两句。我说，我有幸跟候鸟豫剧团出来体验生活二十多天了，和大家一起摸爬滚打密切相处，了解了你们的甘苦，也了解了你们的尊贵。你们秉承戏比天大的理念，传播文化，抚解乡情，造福海岛，我敬仰你们，尊崇你们，也感谢你们对我深入体验生活提供的方便。今晚略备素菜薄酒，请大家放开吃喝，我们今夜不醉不归！

气氛一下子上来了。任雨田带头来给我敬酒，说，谢谢老大哥，谢谢东道主！

我说，要谢就谢高团长，是她组织了候鸟豫剧团，我才有机会随团体验生活结识大家。众人给我敬罢，又转去敬高小萍。她今天喝不少，脸红艳艳的。众人都喝不少，唯有郑虎和付红不动酒杯，啤酒也不喝，只喝饮料。

有人说郑虎，敬爱的李世民同志，今天改邪归正了，不喝酒了，心里不馋吗？

郑虎说，少废话，我封山育林了。

众人哄堂大笑。有人说，封的什么山，育的什么林？有人说，怕是封的活火山，育的是椰子林吧。有人说，封山育林咱懂，郑虎和什么人育呀？有人就说，付红也没喝酒，是不是他俩一起育呀？大家都知道郑虎付红俩好，心知肚明，故意这么说。

付红脸红了，说喝酒吃肉都堵不住你们嘴！他爱和谁育和谁育，反正我不育！

有人大笑，你不育，怎么生出个儿子了呀？

有人起哄，快答应吧，郑虎的活火山就要喷发岩浆了！

郑虎站起来说，对不起大家，我刚下决心戒酒才几天，不能破，一破就前功尽弃了。我今天断不能喝酒，但我唱一段戏给大家助兴，就是豫剧《三哭殿》那段"下位去劝一劝贵妃娘娘"。说完离席站到饭店里像是舞台的地方。他运运气，做了一个动作，一句唱词出口举座皆惊，待一段戏唱完，掌声如同春雷响起。观众不让他下台，要求再来一段，他只好又唱一段"李世民坐龙位万民称颂"，掌声又雷动，还要留他再唱。付红怕郑虎累坏，急忙上去顶替。说，我唱一段黑头戏，让大家见笑了，就是《铡美案》里黑老包唱的那段。也是刚唱一句就四座皆惊掌声响雷。一段唱完，所有吃饭的人都站起来了，不少人拥到近处看，秩序有点混乱。这时，一个中年人上了台，操着河南话说，乡亲们，今天敝店来了高人了，让本店蓬荜生辉，本人也大开眼界一慰乡愁！让人高兴呀，兴奋呀，激动呀！为了感谢两位的演唱，我宣布，今天晚上到本店就餐的客人，除酒水外一律免单！

众人哗哗哗鼓掌，欢叫。老板在喊，还有没有自愿登台上来献艺的？

高小萍走过去，上台施礼，谢谢老板，谢谢观众。我们是海南澄迈候鸟豫剧团的。下面我给大家唱一段《穆桂英挂帅》选段《帅字旗飘入云》。唱完，许多人都惊呆了，惊得都忘了鼓掌了。好大一会儿，掌声才潮水般涌来。接下来她又唱了一段"老身家住南阳地"，掌声更是哗哗的。团里的其他演员争相登台献艺，把晚上的聚餐会变成了演唱会。老板过来敬酒，观众也过来敬酒，白酒啤酒搬来一箱一又箱，我们那几桌成了酒的海洋的中心。

原以为老板免菜钱，能使我少花不少，结果一结账，光酒水就花了一万多。

付红说，让舅破费了。

我也喝多了，咧嘴笑道，舅今个高兴炸了！

第二天吃早餐时，高小萍对我说，潘老师，你上午有空没有呀？如有空我陪你在清水湾海滩散散步，也想给你说件事。

我说，好呀，陪美女散步求之不得呀！

高小萍说，谢谢恭维，咱俩十点大堂见。

说点事，说点什么呀？高小萍会说什么，我在琢磨着。我注意到，她对我的称呼变了，由潘作家改为潘老师了，难道是有什么事求我吗？

果然如此，我俩从"王府井"大街穿过去，经过一片椰子林到了海滩。据说这里是海南最美海滩之一，确实名不虚传，沙细浪白湾美，游人很多。

走在沙滩上，高小萍说，这里海滩真美，以前光顾演出了，都没有来过。约你到这里还是第一次。

是呀，我以前也不认识你呀。

高小萍说，我好像在哪见过你。

我说，那你就是遇见鬼了。

高小萍弯腰笑，笑了又笑，直起腰说，不开玩笑了。我想向你汇报一下剧团工作。

我说，你刚说不开玩笑，咋又开了玩笑，怎么向我汇报工作？我既不是你领导，也不是谁领导，我就是个作家。

高小萍说，你不用瞒我，你当作家前一定当过文化单位领导，不想当领导了，才去当作家。

我说，何以见得？

她说，你说你和省文化部门的纪厅长是中央党校同学，小萝卜头能上中央党校吗，咋也是厅局级吧？

我说，哟，你真成阿庆嫂了，眼观六路耳听八方，啥都心知肚明呀。佩服，佩服！

高小萍说，这不是生活逼出来的吗？我找你汇报剧团情况，也是想求你办一件事，帮我们考虑一下剧团的未来前途问题。

我说，你有什么想法，直说。

高小萍说，现在企业资助少了，个人捐赠也少了，但我还想把剧团坚持下去，这就得靠组织，像以前散兵游勇不行了。

我说，你说具体点。

高小萍说，你不是认识纪厅长吗？纪厅长不是说还要看咱们演出吗？整个海南也没有一个正规豫剧团，民间有几个，不客气地说，咱们力量是最强的。

你想让人家收编咱们？我问。

不，不是收编，人家也不可能收编咱们，而是予以重视，给咱们有力支持，使咱们能够长期生存。

我说，怎么有力支持？你细讲讲。

高小萍说，承认咱们是正规民间豫剧艺术团体，颁发公益性演出执照。再就是每年给一定额度的演出资金支持。还有就是用购买服务的方式支付酬金。现在，这种方式比较方便，也简单可行。咱们剧团是有这个实力的。

我说，你给老百姓服务，老百姓高兴就中。你要想官方支持，就得得到官方的认可。

高小萍说，是这样。我找你，就是想求你给纪厅长说一下，不是请他看一般演出，而是看一场我们豫剧团的演出汇报，让文化部门看出我们有实力，有水平，能为海南文化发展做贡献，从而重视我们。我有信心获得他们的信赖和支持。

我说，我明白了，等我和纪厅长联系看看，一有回信，我就告知你。

高小平听了又激动又兴奋，一只手伸过来拢住我臂膀离开海滩，我也就听之任之了。

回来不久吃中午饭，如意打了自助餐，坐在我对面，说，舅，上午海滩散步不错呀，是和谁散的步呀？美炸了吧？

我说，我和你师父散散步、说说话，怎么，你羡慕嫉妒呀？

如意说，我是羡慕嫉妒恨。

我问，恨啥呀？

如意说，恨你不讲信用。你答应和我演戏给郑虎看，你演了吗？

我说，你也没配合演出呀。

如意说，我配合，下午你陪我逛海滩逛街逛商店，逛一下午！

我说中，逛两下午也中。

下午如约到了海滩，我俩沿长长的清水湾来回走，如意像小孩子一样高兴，舅，和你大作家散步，我可高兴了。我给我妈打电话了,说和你在一起,我妈说让我问你好,要我好好向你学习呢。

我说,我也问你妈好。你小时你妈唱戏忙,有时把你放俺家,我还带过你呢!你从小胆大,掏鸟窝、爬树,是个淘气孩子。

如意说,我真想回到小孩子时,无忧无虑的。

有啥忧虑的?我问。

如意说,咋不忧虑?也不知我们候鸟豫剧团前景如何。别人无所谓,我和郑虎原单位停发了工资,还指在这里开钱呢。要是维持不下去,我们就没有经济来源了,这也是我迟迟不愿意和郑虎结婚的一个原因。

我说,舅明白了。上午你师父给我说的也是如何把剧团办下去这件事。我就把高小萍的想法给如意说了说。

如意说,我师父真是为剧团操碎了心,她想让咱豫剧在海南岛扎根,让我们生存下去,她找你找对人了。舅,你可要使尽洪荒之力帮助我师父,帮我师父,也是帮我和郑虎,帮我们这帮豫剧候鸟!

我说,舅尽力而为。现在国家重视文化传承,大环境好,你们坚持唱地方戏方向正确,我相信会得到当地文化部门重视。我正和纪厅长联系呢!

太好了,托舅福了。如意说。

我说,如意,你手头不宽裕,舅打些钱到你手机上?

不用,舅,真不用。我不能花舅钱,舅写书点灯熬油挣的也是血汗钱!

我受到感动,也来了豪气,说,不打钱了,舅今天给你买一个你喜欢的LV包包!

谢谢舅舅!如意说,我太高兴了。在一个卖品牌包的店里，如意手下留情，只选了定价9999元的一款，背在肩上，我俩手挽手出来了。

真是巧，我俩刚出商店门，就碰见了逛街的任雨田和郑虎。任雨田说，哟，付红同志背上新包更漂亮了！郑虎一声未吭，脸黑封着。

如意说，大作家给我买的，好看吧？我们还去买别的东西呢！说着，便挽着我臂膀，一起走了。

我说，如意你看见没有？李世民同志生气了！

如意说，要的就是这个效果！

我说，你别整噌边子了，把握好度！

如意说，不怕，李世民同志跑不了。

晚上我把任雨田叫到我房间，把我和付红演戏的事告诉他。我说，我和付红是甥舅关系，我俩不会有事，戏是演给郑虎看的。付红说，郑虎心眼小，就是要刺激刺激他，把他心眼整大些，我只是配合演戏而已。

任雨田说，原来是这样呀。郑虎确实气坏了，一路上脸黑封着，晚饭都没吃，径直回房间睡觉了。

我说，我怕产生误会，才说给你听。你私下给郑虎捎个话，就说我俩是装的，是付红要考验他，让他不必在意，而且要将计就计，表现出男子汉的心胸和大度，这样就稳操胜券了。

任雨田说，你放心，这话我一定带到，你这是手托两家，成人之美呀。

-063-

十一

离开陵水,我们到了文昌市龙楼镇,这也是一个候鸟聚集区。本想演几场就走,但纪厅长的电话改变了我们的行程。纪厅长说,老兄,我们班子研究了,决定看候鸟豫剧团汇报演出,你让他们好好准备一下。我们想通过这个典型,把全国有名的地方戏都吸引到海南来,繁荣全省文化生活。我们先从河南豫剧做起。

我说,太好了,你太有眼光了,这是新时代南南合作呀!

纪厅长问,什么南南合作?

我说,海南和河南文化合作呀。

纪厅长笑了,老兄真能整词!南南合作好,有老兄居间促进,合作一定会成功!

我说,你再给我一个面子,我们住的这个地方,离文昌卫星发射基地不远,你能不能让人安排候鸟豫剧团去参观一下,这也是增强民族自豪感呀。

纪厅长说,没问题!我让文昌市文化部门帮助联系和搞好跟踪服务。

我把这个消息告诉高小萍、任雨田、付红,三人都喜出望外。任雨田说,老将出马,一个顶俩,老班长就是厉害!高小萍说,咱们就在文昌龙楼镇安营扎寨,好好把节目磨精磨细,争取到海口演出一炮走红!

付红说,还是俺舅威武,俺舅找纪厅长一拿一准!

高小萍说,且慢,谁是你舅?

付红上来拉住我的手说,这就是俺舅呀,是俺妈的堂弟呀!

高小萍说，咦，你俩隐藏得怪深呢！怪不得你俩走得近乎，别人还以为你付红移情别恋，爱上大作家了。郑虎脸黑封着，都成了黑老包了。

任雨田说，这几天想开了，阴转晴了，心胸也开阔了。

付红说，是，这货这几天开朗不少，不知咋回事？

我和任雨田对视笑笑。我说，也不是啥隐藏深，是不想让人家知道我们有亲戚关系。有时没办法，关系就得隐藏，说不定有人比我们隐藏还深呢。说完，我朝高小萍脸上看看。高小萍笑而不语，脸上表情没有太大变化。

我跟随候鸟豫剧团快一个月了，和这帮人同吃同住同甘共苦，受到他们帮助，他们把我当成团里一员，我也帮助他们，成命运共同体，分不开了，也自视是他们其中一员了。我想问题，会从团里考虑，也开始琢磨剧团的长期生存了。这不仅是因为我爱豫剧，不仅是因为和这帮人建立了感情，还因为我爱海南岛。我在澄迈买了房子，每年冬天都来这里休息、写作，这里成了我的第二故乡，是我晚年很大一部分时间的栖息地。我喜欢这里的气候，这里的海洋，喜欢这里的一山一水一草一木一风一景，打心底喜欢。我希望这里经济发展、文化昌盛、百业兴旺、百姓安乐，我愿为这里的文化事业发展尽绵薄之力。我有这样的情结，有这样的愿望，愿尽到自己心力。我身处海南，海南好，我才好，为海南好出力，也是为自己好出力。

由于纪厅长有交代，文昌市文化部门的吴局长对候鸟豫剧团很关照，他带人带车，拉团里人参观了文昌卫星发射基地，游览了铜鼓岭风景区、东郊椰林。还在演出上也给予支持，以购买服务的方式，安排了两场演出。高小萍提出借县剧院剧场排练节目，为海口汇报演出做准备，吴局长也答应并落实了。

以上这些都让剧团人兴奋，高小萍、任雨田、付红更是喜笑颜开。郑虎脸也不黑封了，动不动就来两句"下位去劝一劝贵妃娘娘"。我逗他，最近对暗号没有？对啥暗号？我说"装窑"。他哈哈大笑，说，对了，装了。又说，潘大哥，对不起了，我心眼小，怀疑过你和付红。

我说，什么潘大哥，叫舅！你装上了窑，可得告诉我，我得早准备红包呢！

郑虎说，中，中，必须的！又唱着"下位去……"跑走了。

任雨田开口闭口称我"老班长"，说多亏了老班长，咱们剧团六个指头挠痒痒，要去海口露一小手了！弦也拉得更欢实了。我逗他，和高小萍配戏，舒服不舒服？哪个更舒服？他眉开眼笑地说，都舒服！

付红也抓紧时间练功、练嗓子，准备到海口把"黑老包"唱出名。她说，海南气候好，空气好，天气湿润，对嗓子好，她敢保证比在老家唱得更好。我逗她，到时人手不够，我演个王朝或者马汉也能充数。她哈哈大笑说，我当年被传和王朝马汉乱搞被搞臭了，你不怕粘包呀！我说，我是你舅，粘什么包呀，粘棉花包呀！又说，说粘包也对呀，你是演黑老包，谁和你配戏，谁就是粘包。

我和高小萍从不开玩笑，但两人接触增多后，团里许多事她都来问我，我说，我都成顾问了。高小萍说，你就是顾问，到海口正式颁发证书。我说，你这是套圈呢，硬是把我套住了。虽然两人不开玩笑，但在一起说话随便多了。

在东郊椰林，我们品尝原产地椰子，我和高小萍面对面，两人一人手捧一个椰子喝，我明显看到高小萍右手小拇指缺一截手指头，这又让我心生疑窦。

看周边没旁人，我问高小萍，小萍，你小时干过农活吗？

干过呀。后来去学戏，干得就少了。小萍回答。

干活不一心，用镰刀把右小手指割坏了？我问。

小萍没想到我会问这个，把右小拇指捏住又放开，放开又捏住，定了定神说，右小拇指不是干活被镰刀割坏的，是下乡演戏装箱，夹木箱和汽车大箱板间挤压坏的。

她回答得严丝合逢，找不出破绽。

我换个话题问，你离开高平时年龄多大？

高小萍说，十五六岁了吧？

我问，你对高平的情况知道得多吗？

小萍答，肯定知道一些呀！

我说，在高平地界上曾发生一场著名战役，秦国想吞并赵国，发动了一场战争，在这次战役中秦国获胜，赵国大败，从此一蹶不振，这是哪个战役来着？

高小萍说，我一个唱戏的，哪知道这？你给我讲讲，普及一下历史知识。

我说，这个战役叫"长平之战"，发生在现在山西省高平市西北一带，具体位置在高平市城北的长平村。秦昭襄王四十七年，也就是公元前260年的5月至10月，秦、赵两国因争夺上党而爆发大规模战争。从秦国出兵使韩国割让上党到秦国获胜，耗时三年。而长平之战仅仅持续了五个月，赵军最终战败，秦国获胜进占长平，此战共斩首坑杀赵军约四十五万。这个战役非常有名，是秦战胜赵的关键之战，也因为秦大规模坑杀降卒而载入史册。

高小萍说，我历史学得不好，不知道这件事。

我说，你不知道长平之战，应该知道高平的一道知名小吃吧？

高小萍说，高平名小吃很多，不知道你指哪一种？

我说，最最有名那种，家喻户晓人人皆知，也和坑杀降卒有关。

高小萍不回答我，说，愿闻其详。

我只好自揭谜底，说这道名小吃叫"白起豆腐"。长平之战赵军最终战败，秦国将领白起残忍地杀害了四十多万降卒，当地百姓对白起心生憎恨，于是将豆腐比作白起肉，用豆腐渣和蒜泥、生姜调和成蘸料，以表达对白起的憎恨。这种做法后来演变成了白起豆腐，并成为高平市的一种著名传统小吃。

噢，是这个呀。知道了，下次回家一定尝尝。

高小萍的回答，让我疑问丛生：她一个高平出生的人，竟不知当地名小吃白起豆腐？

因为有疑问，我对小萍仔细观察打量起来，这一打量，让我有了一个惊人的发现。

在返回文昌市区的车上，我和任雨田坐在一起，我说，我发现高小萍是左撇子呢，你发现没有？任雨田说，是呀，我早就发现了，认识她就发现她是左撇子，我给她起个绰号叫"左派"。

任雨田一席话证实了我的发现，也让我一切都明白了。下了车，我就给我妹妹打电话。我问妹妹，小莲当年小拇指掉了一截，到底是左手还是右手？你亲眼看见了吗？

妹妹说，我没亲眼看见，应该是左手，一般人都是右手用力，她应是右手砍左手呀！

我说，假如小莲是左撇子呢，她应该是哪个手拿刀去砍哪个手？

我妹妹说,那自然就是左手砍右手,应该是右手小拇指少了一截。

我说,那就对了,对上了,小莲找到了。但你要注意保密,跟谁也不能说。我不知道她认还是不认,谜底还没有最终揭开呢。又交代妹妹了解一下,小莲生的那个三儿子被丘成送给谁了?现在多大了?现在在干啥?让她顺藤摸瓜给我捋清楚。小莲一旦问到,我好回话。

我妹妹说,好呢,我现在就去找人打听。

十二

晚上我约高小萍到文昌市宾馆一楼茶室喝茶聊天。我当然是醉翁之意不在茶,在于小萍小莲之间也。

我有意先到,等小萍进来时,我突然大喊一声"小莲"!她怔了一下,反应很快地喊一声"表哥"!径直向我走来。我俩拥抱在一起。小莲哭了,哭得那个伤心,呜呜呜地哭,好半天才止住,坐下来还在淌眼泪。

我把一盒抽纸放她面前,一大盒抽纸快用完,她才止住眼泪。

我说,小莲,你让我找得好苦!我到剧团快一个月了,今天才确认你就是小莲。

小莲说,你向我打听小莲情况时,我就确认你是我表哥了。

我说,你既然认出了我,为啥不马上相认?

表哥,我小莲没有脸呀!那年我三姑带你和表姐来看我,我当着你们的面,保证说不再跑了,不再跑了,但结果还是跑了。我对不起三姑,对不起你和我表姐,我没脸和你相认呀。

我说，小莲，这也是我最不理解你的地方，你既然答应了不再跑，还用刀砍断右手小拇指下决心不跑，在家相夫教子，后来怎么还是又跑了呢？

小莲说，我当时确实下了决心，下了最大的决心，不再跑了，在家好好过日子了，但当得知我最崇拜的豫剧名家洪恩光来温泉县豫剧团任团长，来教戏，我实在忍不住了，就又跑出去唱戏，实际是到县剧团拜洪恩光为师，学戏去了。在他指导下，我确实有很大提高。我很崇拜他，他也真有本事，学戏期间我委身于他，也是自愿的，可以说我为学戏献身了。

我说，我明白了，你生的第三个儿子是洪恩光的。

小莲说，是的。发现怀孕后师父不让留，我背着师父留了下来。等到师父让打胎时，已打不下来了。我故意卖力练功，也从八仙桌上往下跳，就是流不了产。后来下决心生下来，是我师父的骨血，也许是个唱戏的种子呢。

我说，但你为此付出的代价也太大了呀！婚离了，家散了，和丘成生的两个孩子，也不认你了。

小莲说，是，付出了惨重代价，也让我的人生遭受重大挫折。没想到师父回省里了，县剧团又不行了，我只能把孩子扔给丘成，跑去山西晋城唱戏了。听说丘成把老三送人，也不知送谁了，孩子现在在哪里。我那苦命的儿呀！说着，又哭上了。

我说，你不要难受，即使送人了，也会有线索的，我找人帮你寻问，争取让你们母子团圆。

小莲说，谢谢表哥，你还有啥要问的？

我说，你去山西唱戏的情况，你说过，我已经知道了。但我还有几个疑问想问你，一是你为什么改了名姓？二是，你不是得精神病走失了吗？怎么到了海南？

小莲说，也许这就是命，命中注定。等我细细讲，你就清楚了。

我说，好的，不用着急，慢慢说，我细细听。

小莲说，我在晋城刘峪煤矿罗老板家陪侍罗母，尽职尽责，又给她唱戏，深得罗母欢心，把我当闺女相待。罗老板对我也很好，虽然有那方面想法，因为有罗母保护，始终没有得逞。我也洁身自好，不给他这个机会。我虽是个艺人，但我也有自己的自尊，当然也多亏罗母保护。罗母对她儿子说，小莲是我闺女，你欺辱她就是欺辱我。一次，罗老板对我要用强，被罗母撞上了，一顿拐杖打过来，把他打跑了。

三年期快到了，罗老板对我说，这几年接触下来，我还是挺佩服你为人的。我也知道你心在戏上，你还是到外头唱你的戏吧！我要兑现当初给你酬金的承诺，但现在生产过剩，煤矿经营困难，我手里拿不出那么多现金。有人以物抵账，在海南岛澄迈给我一套别墅，价钱绝对值一百万元以上，我想把别墅给你，作为对你的报酬，你愿意不？

我知道罗老板说的是实情，他经营遇到困难，确实拿不出百万现金，只好答应。我问，现在别墅在谁的名下？罗老板说，过户时我办了一个假身份证，名字叫高小萍，山西高平人，和你年龄相仿。现在房子在高小萍名下，你得用高小萍名字拥有这栋房产。这是个难点，让高小萍转到你名下，还得去交易，又找不到高小萍这个人去办，她原本就是个假的。

我说，要是我就是高小萍呢？罗老板说，那就一点问题也没有了，那你就得从此改名，不叫周小莲，叫高小萍了。

我说，叫高小萍就叫高小萍吧。我们唱戏的到处跑，就像漂萍一样。再说，外头都传说你包我三年，我名声已坏了，改改名也好。我同意改名，也同意去海南拥有那套房产，从此去海南生活，你看怎么办好就怎么办吧。

罗老板找出高小萍的身份证给我，又交给我以高小萍名义办的房产证、别墅钥匙及相关证件。我俩就算交割清楚了。这时，我成了在海南拥有别墅的女人高小萍。那么，原来的周小莲怎么消失呢？我就和罗老板策划了患精神病走失这一方案。我周小莲就顺利消失了。过琼州海峡时，我把周小莲的身份证扔进大海里，从此，我彻头彻尾成了高小萍了。

我说，怪不得老家人都找不到你，不知你去哪了，原来你是这样从人间蒸发了。

小萍说，快三十年了，我还记着我扔掉周小莲身份证那一瞬间。我也感谢罗母罗老板，在我困顿时收留了我，还给我丰厚的报酬，让我以高小萍的名字获得新生，重新走上豫剧戏台。前些年我打听过，罗母罗老板都去世了，这件事的详情，也只有我一个人能说清楚了。

我是写小说的，听小莲讲这些，就像听小说故事。我追问，那你刚到岛上时的生活情况是怎样的？

小莲说，初到岛上人生地不熟，一个人守着一栋三百多平米的别墅，心里空落落的。住了几天，我就不敢住了。我租了一个地方住，每天来别墅收拾，打扫卫生，就像有人雇来打扫卫生的。时间长了，没事干，我就在澄迈老城盈滨半岛乱转，有时也去参加一些文化活动。我突然发现有人在盈滨广场唱咱河南豫剧，来看的人还不少。一天我又来看，实在忍不住，就上去唱了一嗓子，被他们发现我是专业豫剧团下来的，非要拉我入伙，唱了几次，就让我当头。我坚决不当，他们说，你是这里唱得最好的，又没有别的事可干，你不当谁当？你不带头弘扬咱河南地方戏谁带头？这高帽一戴，我就摘不下来了。

等别墅收拾打理好，我退了租的地方住进了别墅，麻烦也来了：有人借机进来查水电气，问这问那，也有男人来纠缠我。他们注意到我是在广场挑头唱戏的那个女人，一个人住在别墅里，很好奇，有的想图谋不轨。这时我已有办个豫剧团的想法，就打定注意把别墅卖掉，把卖别墅的钱作为办剧团的资金。

说办就办，我也不用同谁商量。当时海南出现新一轮房产热，房价攀升，别墅更抢手。我要价300万元，最终以300万元成交，中介费还是对方出的，我净得300万元。我拿出50万元在四季康城买了一套两室一厅的房子，其余作为开办剧团的费用，共250万元。当时，我自个就笑了，真是个二百五，拿这些钱就敢办剧团！不管怎么样，先办起来再说。服装、道具、乐器，还得买个面包车，一下子100万进去了，就好像打水漂，眨眼间没影了。这是个无底洞，咋整？

正在我为难之际，咱温泉县在海南澄迈的一个企业家出手相助了。这个企业家姓卜，在海南澄迈办了个种子培育基地，也涉足房地产，干得很大，一次企业搞活动请我们去唱戏，和我认识了。他非说见过我，在温泉县听我唱过戏，说现在剧团这水平，和温泉县豫剧团水平不差。如果我们愿意，可以用他们的企业冠名，纳入他们企业管理，所有开销由他来承担。这当然好，太好了。我们剧团过了几年衣食无忧的日子，演出水平有很大提高。任雨田、付红、郑虎来了之后，形成了以豫北戏剧骨干为主的演出队伍，名声更大，在海南更有影响了。

由于受经济大环境影响，卜总经营上出现困难，开始向内地收缩，重点放在河南省内，豫剧团也顾不上了，我们只好离开企业支撑，去自谋生路了。就是目前这种状况，你已经知道了，我就不多说了。

小莲，你真不容易！为唱戏付出太多了，做得也太多了！我由衷敬佩你！我的话发自肺腑。

谢谢表哥理解。小莲说，按说我和丘成离婚了，不能再叫你表哥了，但我还是觉得叫表哥亲切。

我说，你虽然和丘成离婚了，但不是还没办手续吗？咱还是亲戚。我不好叫你表弟媳妇，我就叫你表妹吧，咱们以表哥表妹相称没毛病。

小莲说中，我听表哥的，我背靠表哥这棵大树好乘凉，你就答应做我们顾问吧。

我说，顾问不顾问不重要，作为一个豫剧爱好者，一个文化建设者，我一定支持帮助你们剧团。

十三

第二天早上吃早餐，我正好和任雨田、付红坐一起，我说，你俩知道高小萍是我表妹吗？

两人眼睛瞪得大大的，表示惊讶和不相信。我说，你俩不像话，在温泉县剧团时，你们就知道她叫周小莲，反复问，你们就是不说这个情况，让我多费多少精力才找到她！

任雨田说，你问这问那，就是没有问她在温泉县剧团时叫什么名字呀！

付红说，我到海南才知道她改了名字。问她为什么改，她说她离过婚，不想让别人知道她在海南，让我以这个名字相称，也不要让别人知道她以前的名字，所以我就没给你说。这下好了，你表妹办的剧团，你该大力支持了吧？

我说，少废话，你还是我外甥女，雨田还是我战友弟弟哩，我能不支持吗？

在实际行动上我也更加努力。经过多次沟通，纪厅长告知我文化部门的领导看汇报演出时间定在1月15日晚上。看演出的有文化部门的工作人员、演艺界人员及观众近千人，让剧团认真做好演出准备。同时提出一个要求，因为文化部门的领导对豫剧都是外行，不好对水平优劣做出评判。为给决策提供科学依据，最好从河南省请来几个豫剧名家当评委。纪厅长在电话中说，好不好专家说了算，大作家，从河南请来几个豫剧名家没有问题吧？

我撂下电话，去找小莲和付红，把厅里的决定和要求说了。接着说，请评委的事，你们看怎么办？我建议你俩去找你们师父洪恩光，让他带几个名演员来。

小莲有点为难地说，和师父多年没联系，我又改名换姓了，还把和他生的孩子弄丢了，我张不开口呀！

付红说，大师姐都不敢去，我一个小萝卜头会中？

我逗她说，你妈认识洪恩光，要不你让你妈老将出马？

付红说，舅，你别逗了，我妈当年没同意我师父的追求，现在咋找人家？

小莲说，还是表哥你想想办法吧，你在河南省文化界肯定有熟人。

我说，那是，我认识一个熟人，说出来吓你俩一大跳，而且你俩都认识。

舅，别卖关子了，快说！付红央求道。

我说，我表哥是洪恩光，没把你俩吓着吧？

两人愣住了，齐声问，真的？

我说，绝对没有假。我父亲年幼时家贫，随一个嫁到杨门

-075-

村的堂姑到一个大户人家干活,我父亲得到堂姑父赏识,收为义子,欲把宝贝女儿嫁给我父亲,我父亲没同意。这个宝贝女儿就是洪恩光的母亲。洪恩光的母亲和我父亲以兄妹相称,我父亲结婚成家后,我母亲和洪恩光的母亲是好姊妹。后来我父亲和我母亲搬回老家村子,两家还有来往,我小时还去串过亲戚。

付红说,那你和我师父熟识?

我说,不熟识,他比我大十七八岁,小时见过几面,他叫我安弟。我大哥和他熟识,两人是发小,我哥去焦作参加工作,洪恩光去唱戏,两人有联系。我要找他,得通过我哥,还得打着你们这俩徒弟的旗号。

小莲说,只要能把我师父请来,他再请来几个评委,你打什么旗号都中!

我说我试试吧。咱们兵分两路,你们俩带人抓紧排练节目,我这就去给我大哥打电话,让我哥去找你俩师父洪恩光。

晚上,我打通我大哥电话,告诉丘成媳妇周小莲找到了。我哥在那头高兴地哭了,说,两个没娘孩终于找到妈了!又问,在哪儿找到的小莲?我说在海南,小莲正领着一个豫剧团在海南到处跑唱戏呢。人家省文化部门要支持他们,但需要河南来专家鉴定他们的演出水平,挑头唱戏的小莲和我梅花姐家如意,还是洪兄的徒弟呢!我大哥说,那就好说了,师父给徒弟撑台理所当然。我说,光他来还不中,还得来几个专家当评委呢!我大哥说那有何难,洪兄在省豫剧界那么有名气,朋友多的是,招之即来。我说,看来问题不大?我大哥说,你等好消息吧!

果然没几天好消息就来了,洪恩光不仅答应来,还要带徒弟登台献艺。那几个专家评委也已敲定，将和洪恩光同机到达。

还有好消息接踵而至，我妹妹来电话，说小莲送人的三儿子也找到了，已有确切消息，在哪里，干什么都知道了。她说了，我有点不信，说，这事你再核实，可不敢弄个乌龙。小莲拜托咱，咱得弄准了再说。

我们剧团提前到了海口，为的是熟悉剧场。我带着小莲和付红去拜访纪厅长，纪厅长带着主管副厅长、主管处长会见我们，听取了高小萍团长汇报，商定了有关演出事宜。听我说请河南豫剧专家来当评委一事已落实，由全国著名豫剧演员洪恩光带队，一行八人将飞来海南时，纪厅长很高兴，表示到时一定去接机，让我陪他去。

要上车时，我握着纪厅长的手说，老同学，你真给我面子！纪厅长笑笑说，不是我给你面子，而是你给我机遇，给了我海南戏曲文化的抓手，我们可以以此为契机，把全国各省地方戏引进来，在满足各地候鸟需求的同时，加强文化交流，推动文化创新和繁荣。他握着高小萍的手说，你们功不可没呀！一花引来百花开，现在海南是全国车牌号最全的地方，各地口音最杂的地方，还要成为全国地方戏最多的地方。你们带了个好头，我感谢你们，祝你们15号演出获得圆满成功！

洪恩光一行到达海口美兰机场时，纪厅长亲自前往接机。我把洪恩光介绍给纪厅长说，这就是如雷贯耳的豫剧演唱艺术家、我的表哥、高团长的恩师洪恩光！纪厅长说，久仰久仰，欢迎洪先生和各位专家莅临海南指导戏剧工作。安排在贵宾厅休息，做了短暂交流。晚上还设了接风宴，给予高规格接待。

晚宴后纪厅长走了，专家们也都休息了。剩下洪恩光、我、高小萍、付红和洪恩光带的徒弟周小光在一起，说话就随便多了。

我说,洪表哥,你真够意思,我给你点赞!

洪恩光说,有我这俩好徒弟在,我能不来吗?再说,她们干的是正事,让豫剧走遍全国,是多少豫剧人的梦想。能在海南打开一片天地不容易呀!我全力支持。不仅我来了,我还带来了关门弟子周小光,让他和你们一起登台演出,增添有生力量。

高小萍、付红说,谢谢师父!

周小光说,谢谢师父,谢谢两位师姐!

洪恩光说,你们要谢谢我安弟,没有他居间和纪厅长协调,进展能这么顺利?他过去也当过省文化部门领导干部,现在是大作家了,也是有身份的人了!

洪恩光一句玩笑话,把大家都逗笑了。

人散了,高小萍送洪恩光回房间,付红送我,付红悄悄对我说,舅,你看出来没有,周小光长得像周小莲呢!

我说,就你眼尖,我怎么没看出来?别想那么多,把你黑老包唱好,在海口露一手。

付红也不吱声,回头大喝:王朝、马汉何在?我弓身上前,念白:大胆狂徒,舅在这里!付红笑得蹲地下揉着肚子。

候鸟豫剧团在海口的汇报演出获得圆满成功。准备充分,将士用命,周小光的加入如虎添翼。高小萍最后用一首戏歌,把演出推向高潮:

  你家在哪里
  我家邙山头
  吃过百家饭
  走过千村路

学过百灵叫
听过黄河哭
敢哭敢笑敢愤怒
困难面前不把泪来流
爱要爱得深
恨要恨个够
人民是亲爹娘
乡亲是好朋友
谁的是谁的非
天在上头
你家在哪里
我家黄河边
中原苦难地
红旗变新天
雷声天做鼓
风动树拉弦
为了父老一辈子不生气
我唱到星落月儿圆
戏比天还大
无私天地宽
只要你想听
我唱到一百年
谁说女子不如儿男

　　唱到最后，高小萍泪流满面，引许多观众淌下热泪。
　　海南省有个省领导是从河南调来的，是洪恩光的老戏迷、老朋友，听说洪恩光到了海口，非让他登台献艺。推辞不过，只好安排一场演出,由洪恩光和河南来的艺术家,以及洪恩光的三个徒弟同台演出,这自然是一场不可多得的豫剧盛宴,好几个省领导来现场观看,赞不绝口,纪厅长为办了这样一件盛事而格外欣喜。

河南来的那些专家先走了,洪恩光和徒弟周小光留下来多待几天。我和小莲、付红陪他俩逛了海口骑楼老街、火山口地质公园等景点。他俩临行前一天,候鸟豫剧团全体在盈滨半岛南海渔港召开联欢会。联欢会内容丰富别致,洪恩光、小莲、付红公推我担任主持人。

联欢会开始,我宣布今天议程有三项:一、庆祝候鸟豫剧团荣获海南一流民间艺术演出团体荣誉称号。二、祝贺高小萍和周小光母子别离三十年后再团圆。三、祝贺郑虎、付红新婚之喜。宣布完,下面一片欢腾。

我请洪恩光兄长讲话,他站起来拱拱手说,我就不讲话了,给大家来一段。说完,就边拉琴边唱他那段平生最感人最拿手的一段戏,即在妻子坟前拉弦哭诉那一段,一悲三叹,一波三折,引不少人落下泪来,周小莲更是泣不成声。

我劝小莲说,表妹别哭了,和儿子团圆是多么高兴的一件事呀!尔后我冲大家说,咱高团长三十年前为唱戏,把刚生下不久的儿子送人了,没想到儿子几经辗转做了洪先生的徒弟,母子两人都是洪先生的徒弟,你们说巧不巧呀,要不要大大庆贺一番呀!下面一众人自是热烈响应。我说这些话是经过字斟句酌的,我不能说出周小光的来历。我要为尊者讳。但看他的名字,你就有几分明白了。妹妹对我说,小莲三儿子送人后,洪恩光托亲戚找来养活,成人后送他去戏校学戏,最后做了自己的徒弟。这个徒弟算是得到父母的真传了。

这次聚会郑虎放开喝酒,付红也不管他。我和任雨田问郑虎怎么回事。郑虎说，装上窑了，付红怀上了。我对付红说，你真要奉子成婚呀？付红说，不是你这个娘舅批准的吗？我说，是，但没想到你俩装窑装得这么快呀！

联欢会像洪湖水浪打浪，一浪高一浪，直到酒店打烊。

时间过得真快，转眼就要过龙年春节了。我决定回老家温泉县过年，郑虎、付红要回老家完婚。我动员小莲也回去，说，这么些年了，你得回去看看俩孩子。我给你安排住县城里的宾馆，到时让孩子们到宾馆和你见面。小莲同意了。因为任雨田不回去，我们就买了四张机票结伴而行。

没想到小莲临上机场前还是变卦了。她给我发短信说，表哥，我考虑再三，还是不回去了，陪雨田在海南过年，他一个人留下怪孤单的。我给你手机打了4万元钱，一个孩子给2万，表达当娘的一点心意吧。请表哥代我办这件事，并向亲人们致以问候。她这么说，我也只好照办了。

我和郑虎、付红在美兰机场登机前合影留念。蓝天、白云、海风、椰影，让我们那样留恋。我们在心底发出呼喊，美丽的椰岛，我们还会回来的！这块炽热的岛屿留下了我们太多的足迹、印记和期冀。我的剧作《椰风豫韵》写完后，还要由候鸟豫剧团在海南演出。写得好坏，到时请观众朋友们评判吧。

梅兰竹菊

一

钓鱼有河里钓的，湖里钓的，潭里钓的，海里钓的。老海最喜欢在海里钓。这不仅是因为他姓海，而是海里钓鱼兴趣更高，收获更大。

老海叫海成印，山东济南人。退休前是市直机关的一名处长。本可以有更大进步，当更大的官，但因为酷爱钓鱼，不愿意周六周日加班，便没更大进步。他性格孤傲，不愿意与人扎堆，更不愿意借娱乐巴结讨好领导，就选择了钓鱼作为爱好。因为领导很少去钓鱼，人们也不能借钓鱼巴结领导，你就是撒再多鱼饵，鱼儿不上钩也白搭。鱼儿不认领导，比人自由，在鱼儿面前人人平等。和领导一起钓鱼的人钓上鱼，不好说这是领导钓的，更不能说这都是因为领导领导得好。海成印钓鱼是出于躲清静的目的，但慢慢地上了瘾，除了上班下班和回家吃饭睡觉，他心思都在钓鱼上。周六周日如家里无特殊事，他就去钓鱼，一去一天，朝出晚归，陶陶然乐在其中。

济南素有"四面荷花三面柳，一城山色半城湖"的美誉，是拥有"山、泉、湖、河、城"独特风貌的旅游城市，是不缺钓鱼地方的。海成印喜欢在湖边钓鱼，一边钓鱼，一边欣赏湖光山色。退休后，他和朋友到海南旅游，许多时候，他都在琢磨适合钓鱼的好地方。结果,他选择了澄迈盈滨半岛的金螺湾。在金螺湾海边钓了两次鱼,他就相中了这个地方。妻子刘素英看这里闹中取静,小区墙外就是海边,在住房内就能看海景,也很满意。两人一拍即合,花40万元买了一屋一厅的海景房,简单装修后就来入住,过起了冬天到金螺湾过冬的候鸟生活。

到了这里更加清闲,又不认识亲戚朋友,海成印把全部热情和兴趣集中在去海边钓鱼上。他喜欢这片海,海边钓鱼给他无尽的乐趣。这里地属琼州海峡,狂风怒浪不多,性格温柔和气,不会动不动给人脸子看。海边的椰子树像美人翩翩起舞,又不知疲累。椰风海韵钓钩,白沙绿浪渔夫。手握钓杆稳坐,枝头鸟声啾啾。兴来诌几句诗词,兴致更加盎然。在海边钓鱼,可以看海景,可以看来海边戏水的美女老妇大人孩子,可以欣赏海湾景色,更能享受人生的宁静,快乐比在济南湖中钓鱼多出许多倍。这里是浅海湾,沙细波缓浪平,钓上的鱼都是小鱼,多是沙丁、晶鱼等,一天也钓不上几条,但钓鱼享受的是钓鱼的过程。花5元买一包沙虫(也叫海蚯蚓)能钓三天。到海边把鱼饵往鱼钩上一挂,往海里一甩,就稳稳坐那里了,一坐就是一天。开始他中午还回家吃饭,午间休息一会儿再来。后来嫌来回麻烦,就带上热水壶、水杯、饭盒,饭盒里是咸菜、花卷或馒头,就一整天待在海边。天晚收兵回家,妻子刘素英弄好几个菜,再把钓回的那些小鱼用油一炸,就着二两台湾高粱白酒,那真是壶中天地大,其乐无穷。然后一觉睡到天亮,早餐后再去海边钓鱼。如此循环往复,日子甚是惬意。

刘素英是中学语文老师,曲阜师范学院中文系毕业,比海成印小三岁,两人是介绍认识的。两人结婚后育有一女。女儿学业优秀,去美国留学后在美国寻一夫君成家,就在异国他乡定居了。他们借不上女儿的光,女儿也不来啃老。两人用积蓄在海南澄迈海边买了套房子,还剩一些存款,两人退休金也够花了,衣食无忧,晚年的幸福生活是有保障的。

刘素英对海成印酷爱钓鱼这件事,开始时是有看法的,觉得他只顾鱼不顾家,只想鱼不想她,生过几次气,也折断过几回钓鱼竿,但海成印钓鱼成瘾执迷不悟,也拿他没办法。为了逼他改邪归正,她作势要离婚,带女儿住到了娘家。老娘一看为这事闹离婚,就笑着劝她:嗨,喜欢钓鱼是好事呀,不比吃喝嫖赌胡闹强啊!有多少男人跳舞跳散了家庭,又有多少男人嗜赌欠上了赌债,把财产赔个底掉。还有的在外面找情人、包小三,胡作非为,弄出了多少纠纷,引发了多少案件?男人嘛,总得有个爱好。没有这个爱好,就有那个爱好,有爱好在身,就不会出大格。成印爱钓鱼,你就放手让他钓去,他还能钓个美人鱼回来不成?

老母亲的一番话,给刘素英洗了脑,她就不再干涉海成印钓鱼了。女儿上了大学,她也觉得闲了不少,教学之余,向学校的女老师学会了绣十字绣,成了十字绣爱好者。在家里,海成印是钓鱼爱好者,刘素英是十字绣爱好者,各美其美各乐其乐,像那句戏词:"你挑水来我浇园"。各忙各的,各琢磨各的。两人退了休,冬天到海南做候鸟,生活方式也这么延续下来。后来,海成印中午带水带饭不回家,一钓就是一天,刘素英觉得他有点过分,家里有点闲杂事照顾不了不说,对他自个儿身体也不好,容易得胃病,也过于疲累。海成印不听。刘素英说,你是在外面钓鱼吗?是不是喜欢沙滩上哪条美人鱼了?海成印说,我是啥人你不知道!你要不相信我,就陪我去钓鱼,在边上绣你的十字绣!刘素秀说,得得得，你钓你的鱼吧，我不陪你受那个罪！你就一天天在海里钓吧，我就不相信你能钓上一条美人鱼。海成印笑着说，我要钓上美人鱼，就和美人鱼过日子，把你休了。刘素英说，看把你能的，谁休谁还不一定呢！

一天，海成印又去海边钓鱼，刘素英在家绣十字绣，只听嘭的一声，卫生间水管破裂了。温泉进户，水管比较粗，一破裂，大量水就涌了出来。刘素英一时慌了手脚，急忙打物业电话，物业没人接。打海成印电话，嘟嘟嘟，房间响起手机电话铃，他把手机放家里了。眼看卫生间的水涌到了房间，情急中刘素英去敲楼下住户的门，看卫生间的水是否淌楼下了。

门开了，是个彬彬有礼的男士，60多岁，迎上来问道，请问有什么事吗？

刘素英说，我是楼上住户，我家卫生间水管爆了，我看水流你家卫生间没有。

男士噢了一声，就和刘素英去卫生间查看。果然看见天花板上已有水渗出，滴滴答答。男士说，我刚才在设计图纸，没有发现。屋漏在下，止漏在上，咱上你家看看。

进了房间，水已从卫生间涌出，向居室流来。男士说，赶快关总闸。刘素英说，装修是我老公干的，我也不知总闸在哪里。男士有经验，他很快找到总闸，把总闸关上了。水没了源头，水流止住了，那条条水流，像条失去了生命的蛇，老实地趴在地上。男士在各处检查了一遍，说没啥大事，是连接浴盆的塑料管破损了，换个塑料管就可以了。又说，咱这里离海边近，盐分腐蚀重，这是正常现象，没啥大不了的。咱小区对面就有卖建材的，你让你老公跑一趟，买回来换上就可以了。

我老公到外地去了。刘素英没说老公去钓鱼，怕说不明白,只好如此说。那位男士说,没有关系,我去跑一趟,买回来给你安上。刘素英点了点头,不好意思地说,那就麻烦你了!男士就出去到小区对门的水暖器材店买了水管、粘胶,回来三下五除二就换上了。

刘素英说,谢谢,谢谢!

男士说,我是土木工程给水排水专业的,退休前是工程师。这是小事一桩,不必挂齿。今后有啥事,你找我就是,不必客气。我走了,你赶快把卫生间和居室收拾一下,我就不打扰你了。

刘素英很受感动,问,请问你尊姓何名?那男士说,鄙姓杨,叫杨占义,楼上楼下,来日方长,有事不必客气。刘素英说,可不可加个微信,遇事好找你?杨占义说,可以,愿意为刘女士服务。这样,两人加了微信。杨占义下楼了。刘素英打开杨占义的朋友圈,发现他在朋友圈中发的,多是他的设计制作成果,知道他确实是一个工程师,在设计方面有很深的造诣。

这样一来,两人就认识了,在电梯中见面时总要打个招呼。刘素英得了人家恩惠,总思谋着给人家一点回报。那天多亏了杨老师,配件也是人家跑去给买的,给人家钱人家也没要。虽说钱不多,但总觉得亏欠点什么。再说,漏水把人家家淹了,天花板都湿透了,人家也没说什么,要是遇上难缠的,还不索赔?不索赔也会说一些难听话。杨老师一句难听话也没说,这让刘素英很是过意不去。山东人讲究,常说受人滴水之恩,当以涌泉相报。怎么个报法?请人家吃顿饭喝顿酒?这倒可以,但谁作陪?丈夫天天忙于钓鱼,肯定不乐意作陪。自个儿出面请,这一男一女也不方便。把杨老师和爱人一起请来,也不知杨老师家庭情况。否定了请客这个方案,刘素英就想着给人家送点什么礼物。送礼物方便，到楼下敲敲门就送过去了。但送什么好呢？海南不比山东老家，在老家能选出一些特产，现在家里除了去超市买的米面油和菜蔬，就是海成印钓回的那些鱼，大部分被他下酒吃掉了。剩下的在塑料桶里养着，但个头都太小，长不过三寸，重不超二两，怎么拿得出手？她跑去超市转了转，觉得没啥可买的。想买两瓶酒，却没有高档的，太便宜拿不出手，也不知道杨老师喝不喝酒。又到附近最大的免税店转了大半天，看到的都是女人的化妆品和包包，都是高档的，真贵，自己不需要，送人也不合适。听说这是海南最大的免税店，自己是头一次来，看得眼花缭乱，那就放开手脚好好转转。反正丈夫中午也不回家吃饭，她就放开转。中午就近吃了一碗螺蛳粉，继续转。中华烟倒是有，价钱也可以，拿得出手，要了两条，待要付款时又放回去了。不知道杨老师抽不抽烟，再就是她反感人抽烟，不喜欢烟的味道。

　　刘素英虽是教师，但也喜欢逛商店，所有女人都喜欢逛商店，她也不例外。她办公室有一个英语老师，兜里揣十块钱能逛一天商店。逛商店不为买东西，以逛为主，看一看摸一摸捻一捻商品，心里就满足。刘素英没这么大瘾，但逛商店购物，也是一个爱好。她今天逛免税店，是有目的的，决计买一样礼品回去答谢杨老师。转来转去，她把目光集中在男士包和腰带两款商品上。一问，一只男士包要几千元，太贵了。便宜点的也有，但又一想男士包是土豪大老板用的，送杨老师不一定合用。再想，现在哪个男的还夹着包在街上走路，也不时兴了呀！那就买一条名牌腰带，凡是男的，都得用腰带，都喜欢好腰带。她反复选，选了最中意的一条，价格666元，也算合适。交了钱，拿了东西，提着商品袋喜滋滋地离开柜台，想着总算选到了一个可心的礼物。但还没走到免税店门口,她就后悔了,心里嘭嘭地敲起了小鼓:我和杨老师素昧平生,只打过一次交道,见过几次面,上来就送条男士腰带,让人家怎么想?腰带拴在腰上,容易让人产生联想,是不是有点暧昧,让人家怎么看我?想到这里,刘素英脸红红的,好像做了一回贼。她提着东西就向刚才买腰带的地方跑,好像她手中的东西是赃物,得赶快给人送回去。

好说歹说,柜台就是不给退货。刘素英说,我是买来送礼的,刚觉得不合适。卖货的小姐姐说,不合适给老公用呀,老公也要用腰带呀!刘素英想想也是,但又一想,凭空给丈夫买一条腰带回去,还这么贵,丈夫会怎么想?怎么解释?小姐姐看她为难,就说腰带售出不退,但你可以换呀,换一条同款的女式腰带,你自个儿用,不是也很合适的啦。没办法,刘素英只得换回一条女式腰带。这条腰带,也是她自己给自己买的价钱最贵的一条腰带,也是最不需要的一条腰带。

二

刘素英回到家,估摸海成印也快回来了。就坐下喝口水,稍做歇息,洗洗手,开始准备晚上的饭菜。菜准备好,扣在桌子上,就去衣柜里翻自己的连衣裙,试了几条,找出一条和腰带颜色搭的。她把浅色带花的连衣裙穿在身上,把腰带往腰上一系,在屋里走了几步,觉得平底鞋不来神,就换上很少穿的高跟鞋。高跟鞋一下子把身高提起来了,走起来显得婀娜多姿,她不由得来回在厅里走了几趟。正走着,门有开锁声,海成印推门走了进来。他手拿的渔具、塑料桶还没有放下,眼珠就落在了刘素英身上,笑着说,这是干啥?这是练猫步,想报名进候鸟模特队吗？

刘素英说，人家模特队要我？我是在家随便走走。别说了，快吃饭吧！

等海成印把酒倒上，抿了一口，刘素英还是忍不住把今天逛了大半天免税商店，最后买了一条腰带的事说了出来。她没把原想为杨老师买男士腰带，后觉得不合适退不了，又换成了女式腰带的过程说出来。说起来话长，也不好说清楚，只说自己逛了大半天，只选了一条腰带。这时，腰带还系在腰上，把身子分成两部，上部隆起，似有年轻时的模样。

海成印抿了一口酒说，买条腰带？多少钱一条？

刘素英说，666元呢，不便宜。

海成印说，人家去免税店都是买包买化妆品，你却买一条腰带回来，真是河里冒泡——多余（鱼）。

咋就多余了？刘素英问。

海成印说，咱们要在济南，这腰带有用，也是个装饰品。但在海南澄迈这里，人人都是休闲打扮，短衣，短裤，短裙，运动衣，运动裤，你看街上的女人，谁腰上系个腰带？在海南这个地方，皮鞋没人穿，皮腰带没人系，尤其是女人。这不是多余吗？还花那么多钱，值吗？

刘素英有点不高兴了，说，有钱难买乐意，我愿意！

海成印说，好，好，你愿意就好。你就像古代县官那样，天天把腰带拴腰上当肚带吧，那多威武神气呀！最好在小区里外走走，显派显派！

刘素英不说话了，心里不高兴，又不好发火，就推说今天逛免税店累了，早点上床休息去了。躺在床上，气不但没消，反而更大了。她觉得自从到了海南当候鸟，海成印离鱼更近了，离她更远了，两人共同语言也越来越少了。本来想两人商量一下如何感谢杨老师，也懒得同他商量了。也怪自己，那次水管漏水的事，她虽给海成印说了，但没说那么严重。事实上也没有造成太严重的后果，所以也就没有商量怎么感谢杨老师的事。杨老师说"小事一桩"，自己也就当成小事一桩了。只是后来觉得不妥，才想起感谢人家，才弄出给自己买腰带这个事端。想想还是自己做得不妥，有啥办法，自己梦自己圆吧。想着想着，就进入了梦乡。

第二天早饭后，海成印拿着渔具、塑料桶、塑料凳子走了。刘素英收拾完屋子，坐在厅里靠窗的桌子前，开始每天的功课——十字绣。手中的这幅十字绣是在济南起的头，到了海南两个月，日日绣着，就像春起之苗，不见其增，却见其长，现在已完成十之八九了。做十字绣，她是跟别的老师学的，开始时学绣简单的图样，绣向日葵、西瓜、茄子等，就像学绘画，先从写生练起。慢慢掌握了全针绣法、半针绣法、四分之一绣法、四分之三绣法、回针绣法、法兰西结和平式花瓣针绣法等，可以绣更加复杂的图案了。她绣的凡·高的《向日葵》，加框挂在济南家的客厅中，许多人赞赏说，比凡·高的画还灵动，不少人要，她都舍不得送人。

现在绣的这幅图案，叫"梅兰竹菊"。梅兰竹都绣完了，菊也绣了一半，再有六七天就绣完了。她绣得很精心，这是第一次绣这么复杂的图案，想绣好了镶上镜框挂在厅里沙发后面的墙上。房子就一室一厅，卧室是休息的地方，厅里是门面，万一来了客人，可供人欣赏。即使不来客人，自己看着也神清气爽。她是语文教师，几十年书教下来养成了淡泊名利的沉静品格。梅花、兰花、竹子、菊花被称为"花中四君子"，梅花探波傲雪，剪雪裁冰，一身傲骨，是为高洁志士；兰花空谷幽放，孤芳自赏，香雅怡情，是为世上贤达；竹子筛风弄月,潇洒一生,清雅淡泊,是为谦谦君子;菊花凌霜飘逸,特立独行,不趋炎附势,是为世外隐士。傲、幽、坚、淡使它们走到一起,受到中国人尤其是文人们的喜爱,成为感物喻志的象征,也是咏物诗和文人画中最常见的题材。一些诗、文被选进中学语文教材,刘素英教学生们学习,自己也受到浸染,很喜欢梅兰竹菊。第一次选绣复杂图案,就选择了梅兰竹菊图,而大多数绣者选的都是花开富贵。刘素英选梅兰竹菊,说明她的偏爱,她打内心喜欢四君子的品德。虽不能至,心向往之,人,总得有点情感寄托。

自从去年十月两口子到了海南澄迈候鸟"鸟巢",两人各忙各的,海成印忙着在海边钓鱼,刘素英忙着绣她的梅兰竹菊,现在绣品快要大功告成,再有一周工夫就能绣完,刘素英绣得更加精心。绣完了加个边框挂在厅中,管保让房间立马变得高雅,清气荡漾。

今天上午,刘素英绣着绣着却有点走神,手指头还被针刺了一下。她还在寻思给杨老师送点什么礼物,注意力不够集中。结果,手指头又被针扎了一下。疼得她一激灵,这一激灵来了灵感:这手中的梅兰竹菊十字绣,不就是最好的礼物吗?是的。这个礼物真的最好。梅兰竹菊高雅,符合一个知识分子的情趣,又不带个人感情色彩。这是个人绣的,一针一线,代表对人家的感激之情。这不是花钱买来的商品,不显俗气。因为是个人手工制品,也不怎么贵重,有利于人家收下。

自个儿寻思这个主意真好。刘素英用右手拍一拍脑袋,骂自己一句:真笨!这么好的主意,怎么就没早想出来?劳自东跑西跑,还买一条没用的腰带回来。主意拿定,刘素英就集中了注意力,手中的针也就格外听话,就像自己上课时教的那些学生，让他们怎么样就怎么样，让他们组合成什么队形就什么队形。因为是绣了送人，她就格外用心，格外注意针上功夫。若是自己用，那是个人评价，若是送人，那就要听人家评价了，人家表面评价的是作品，实际是评价你的水平。就像一部文学作品的好坏，不是听作家吹嘘，而是看他作品的实际水平。刘素英也想利用这一次送礼，把自己十字绣的水平提高到一个新的层次。

人是有联想的，学中文、教语文的刘素英也不乏联想。她手中绣着十字绣，头脑中产生许多联想。她想到战争年代，老家山东沂蒙地区老百姓，给人民军队子弟兵做军鞋，那一针一线都满带情意。她想起母亲给她说过，农村女孩子找好了对象，在成婚前都要给男方做一双布鞋，千层底的，要做得漂亮做得结实，体现自己女红的水平，有的女孩子不会做，急得哭鼻子。由这个，她又联想到结婚，联想到新娘出嫁。这个精心绣制的梅兰竹菊，好似一个新嫁娘，她好似新嫁娘的母亲，要把女儿漂漂亮亮地送出门，让丈夫喜欢，公公婆婆高兴。又从让公公婆婆高兴，想到那首唐诗："洞房昨夜停红烛，待晓堂前拜舅姑。妆罢低声问夫婿，画眉深浅入时无。"刚想到这上头，刘素英警醒了，脸也红了。呸，自己内心骂道，怎么鬼迷心窍了？搞得好像自己要出嫁似的。至于吗，不就是一件送人的礼物吗，想那么多干什么？于是，就不再想什么，抓紧手中的活路。但时不时还有联想，像写旧体诗的平仄平仄平平仄一样，一路推敲下来，终于把梅兰竹菊完成了。在时间上，还比原计划提前了两天。

对这幅已完成的梅兰竹菊，刘素英内心比较满意，她上网和同类绣品比了一下，觉得拿得出手。要不要装裱一下，加个玻璃框再送出去？她寻思了一会儿，否定了装裱加框的想法。加了框就成了大物件，不好拿。送给人家，人家不一定喜欢，喜欢也不一定非要挂出来。人家要是不挂，放在家里还占地方。可别做那出力不讨好的事，刘素英自个儿对自己说。说轻了是自作多情，说重了是缺少智商。她找出一个没有用过的崭新的头巾把梅兰竹菊包了，找一红一黄两个彩色长尾夹夹住，放在衣柜里，琢磨找一个好时间，给杨老师送过去。

啥是好时间？就是杨老师两口子都在的时候。来海南越冬的候鸟，不管是从哪里来的，一般都成双成对，单飞的很少，这是一个规律。小区里出出入入的，基本上都是这种情况，杨老师应该也是这个情况，刘素英判断。她是中学教师，平时很注意自己的言行，不想单独和楼下男人接触，以免人家家里人产生什么误会。但她确实又对杨老师家里情况不了解，他有没有爱人？爱人是干什么的？跟他一起来海南没有？刘素英一无所知。如果不是家里水管漏了水，她情急去敲邻居家的门，她都不知楼下这个人姓杨，是个工程师。不仅对楼下邻居，她对这栋楼的所有住户都不了解、不认识。丈夫海成印更不认识这里的人，他只认识海里的鱼。这又是来海南越冬的候鸟们的一个特点。除非是同一个地方来的熟人、亲戚，否则谁和谁也不亲近，谁和谁也不怎么认识。冬天来了春天走，你飞你的，我飞我的，你过你的，我过我的，即使住对门，也很少打招呼，好像不是住对门，而是住在两个星球上。说是候鸟，实际上连鸟都不如，鸟们在一起还凑一堆叽叽喳喳，像开会似的。也许是人们退休前开会开多了，开厌烦了，扎堆扎厌烦了，退休后到海南当了候鸟，不愿开会，不愿扎堆，不愿打联联，都喜欢各顾各。好像都是在神秘单位搞保密工作的，神秘得很，警觉得很。刘素英也说不清个中原因。她心里说，自己和海成印不也是这样吗？他俩来这里两个多月了，两人除了认识小区物业的人，认识超市的几个售货员，他们还认识谁？他俩除了互相认识，就是丈夫认识鱼，她认识梅兰竹菊。两人还共同认识大海、蓝天、白云、灯塔，以及他们共有的一室一厅蜗居。

一连观察了几天，刘素英都没有发现杨老师的爱人进出，倒是发现杨老师进出，她没法判断杨老师家里的情况，决定不再等待，把酬谢的礼物尽快送出去，了却一桩心事。

刘素英家住五楼，杨老师家住四楼。来到杨老师家门口，刘素英心里有点忐忑，不知人家家里是什么情况，都什么人在家。她曾想通过微信和杨老师先说一下，又想人家如果拒绝怎么办。要是人家拒绝，自己的心愿不就实现不了了吗？想来想去，刘素英还是决定亲自登门把梅兰竹菊送去。

在门口站了一小会，刘素英平静了一下心态。她对自己说，紧张什么呢？就当作是做老师时的一次普通家访吧。那么些年，那么多次家访，她都不曾犹豫不前。想到这里，她不再犹豫地伸手去敲门。

三

听到敲门声，杨老师开了门，一看是楼上刘老师，就急忙迎进来让座。他手里拿着一支画笔，看来是正在作画。桌上放着画纸，摆着各种颜料。

刘老师，有什么事吗？杨占义问。又补了一句，是家里又漏水了吗？

刘素英笑了，不是，哪能老漏水？我是来看看你。你是在作画呀，没打搅你吧？

没有，没有，我一个人闲着没事，就把过去绘画的老底子捡起来了。我学设计前学过绘画,有点基础,没事画着玩。

嫂子没在家呀?刘素英问。

杨占义说,她呀,她是候鸟中的候鸟。原先是我们山西晋原晋剧团的,还是个角儿,到了海南这里,团里几个老家伙又组织个候鸟艺术团,在海南巡回演出,现在正在三亚演出呢!

刘素英听闻,松了一口气。她凑到桌前,边看边问,你这是画的什么?其实她已经看见画纸上的几根竹子,只是不知整幅画的画意是什么。

是竹子呀,刚开始画。我想画梅兰竹菊,梅兰都画好了,今天画竹子,然后画菊花,组成梅兰竹菊四君子图。不知能否画好,我把画好的梅花兰花拿你看看,你给鉴赏鉴赏。

妈呀!刘素英心里一惊:真是太巧合了!楼上楼下两个人从无沟通,却同喜欢梅兰竹菊,一个绣,一个画,难道这就是心有灵犀一点通吗?芝麻掉进针眼里,太巧了吧。她嘴上没说什么,仔细观看杨老师已展开铺在桌上的红梅和兰花。刘素英不怎么懂绘画,但她欣赏艺术品的水平还是有的。她喜欢王成喜画的梅花,杨老师画的自然赶不上大家,但也画出了梅花的神韵,老干如铁,花红欲燃又不媚不妖,有高洁独立的品性;兰花清新脱俗,高雅清幽,以其淡雅清幽的花色,营造出一种高雅清新的氛围,象征、显示纯洁和高尚的品格。静静地,她沉浸在对画作的欣赏中,良久才说,杨老师,你画得真好!

杨占义笑笑说,你是在海南第一个欣赏我画的人,谢谢夸奖,你若喜欢,我就送给你。等梅兰竹菊都画完了,我一起送给你。

刘素英不再回话,从手提袋里拿出用头巾包的梅兰竹菊,递给杨占义,杨老师,这是我送你的礼物,感谢你那天帮我修好了水管,解决了我的一个大难题。我以自己绣的区区微礼,聊表寸心,不知你是否喜欢?

闻此,杨占义才知刘素英来访的真正用意。等他展开刘素英递过来的礼品,打开看时,一下子惊呆了。惊的是天下事竟有这样巧,他刚提出送梅兰竹菊画给刘老师,刘老师就给他送来了梅兰竹菊十字绣。更惊的是刘老师竟如此心灵手巧,用针线把梅兰竹菊绣得栩栩如生,神韵跃然。他一下惊呆了,也愣住了,半天才回过神来,忙不迭地说,喜欢,喜欢!十分喜欢。我要把它装框裱起,挂在客厅里,让满室生辉。

刘素英看到杨老师喜欢自己的作品,自然也很高兴,她喝着杨老师沏的热茶,两个人坐在沙发上攀谈起来。两人谈得挺投机,因有共同话题,话就越说越稠,就像一个毛线团滚到了地上,从上面去拉那个线头,结果线越扯越长。刘素英知道了杨占义的父母都是大学老师,一个学水利,一个学采矿,毕业留校当了教师。他自己愿意学中文和绘画,父母死活不让,说容易犯错误,非让他学工科,他考的是太原理工大学,毕业后到了山西省水利设计院,一直从事城市给排水设计。现在没事就绘画,或者给一些客户搞些设计。杨占义也知道了刘素英的父母都是中学教员,她继承了父母职业,学中文,教语文,现在爱上了十字绣。

说到十字绣,杨占义也有自己的见解。因为是艺术类,他也关注过,说现在的图案太老套陈旧,创新不够,不是花开富贵、国色天香,就是喜鹊登枝、百鸟朝凤。新的时代,就应该有新的设计,也要突出地方特色。比如咱们到了海南,见到了许多新景色,像椰风海韵、南海日出等,就可以有新的设计。他对刘素英说，你不光绣工好，还有创意，懂设计，这样就胜出一筹了。

刘素英说，我哪有创意，会什么设计，我能绣成这样，就用了很大力了。

杨占义说，我帮你。你出创意，我帮你设计，如何？

刘素英说，那太好了，等我有了创意再来找你，到时咱一起商量。说完，一看手机，十二点半了。赶紧起身说，不好意思，耽误你绘画，也耽误你吃午饭了。

杨占义说，没有，没有，啥也没耽误。谢谢你送我的礼物。我也不留你吃饭了，家中啥也没有，哪天我提前准备，邀你过来小聚。

刘素英说谢谢，就告别上了楼。错过了饭点，她也不想吃饭。就上了床蒙头睡觉，但怎么也睡不着，似睡非睡，似梦非梦，一切好像都在梦中，梅兰竹菊反复在脑海中出现，一会儿是十字绣，一会儿是中国画，亦真亦幻难取舍。这是怎么回事？想也想不明白。

楼下的杨占义也在床上辗转反侧。刘素英上楼了，他也无心做饭，把梅兰竹菊十字绣摊开在桌面上欣赏。从意蕴上说，这和他淡泊名利的性格很吻合；从境界上说，这是知识分子人生的最高追求；从绣工上看，已趋于成熟和老到；从情义上说，这一针一线，千针万线，万线千针，凝结着多么深厚的情义！让杨占义感动的是，自己给人家修个水管，就是个举手之劳，真的是举手之劳，就得到人家如此深厚的回报，他又羞愧又感动。羞愧的是，自己并没有什么重大贡献。感动的是，这个女子竟如此重情义，竟把自己花费几个月工夫绣好的梅兰竹菊，毫不吝啬地送给自己。而更让人惊奇的是，两人竟不谋而合，都想到了用梅兰竹菊送给对方。这是巧合，偶然，天助，神示？他想不明白，一直想到脑瓜仁疼也想不明白。他不吃不喝，起身开灯，把梅兰竹菊摊开在桌子上，一遍一遍地看。看来看去，似乎看到一个女子跳出画面，向他走来，他呼叫一声"刘老师"，无人应答，方知刚才是梦幻。

数天之后，刘素英收到杨老师微信，说某日中午略备菜肴，请其共进午餐，以呈答谢之意。请其夫君同来，望勿辞。刘素英回"谢谢"。她没告是否携夫君前往，一是她觉得海成印不会答应，二是想单独和杨老师深入探讨一下十字绣图案的设计问题，她已有了一些想法，想听听杨老师的意见，以便进一步完善。

如约前来，让刘素英又一次受到震撼，她没想到杨占义的厨艺那么好，经济实惠，花色相间，美味可口，桌上放着一瓶洋酒，立马就上了档次。杨占义边开洋酒边说，从免税店买的人头马，也不知你习惯不习惯。

刘素英点点头，又摇摇头，不置可否。她这一辈子就没喝过洋酒，不知道什么味道，自然说不出来，好在杨占义不逼她。倒上归倒上，能喝多少喝多少，轻松自然。

对杨占义和刘素英来说，酒就是个点缀，是一个沟通的桥梁。有了酒杯在手，好像有了演戏的道具，偶尔碰一杯，就是一次心领神会。丈夫海成印好酒，好中国白酒中的烈酒，低于53度以下不喝。刘素英陪他喝一杯，又辣又呛，不像洋酒这么柔和。这洋酒和杨老师的性格一样，绵软、柔和。酒有度数高低优劣之分，喝酒的人也是如此，喝什么酒能显示一个人的素养吗？喜爱喝洋酒的人，是不是高雅一些呢？刘素英这么想着，陪杨占义喝着。当然，她是矜持的、控制的。

两个人讨论十字绣新图案的设计，丰富而又深入。但凡海南的热带植物、动物、海洋物产等，都在研讨之中。不但考虑单个物种的特点，还有各物种之间的搭配和生成的意境。两人一起放飞想象力、联想力，很快就形成了几个初步方案，待杨占义设计以后，再讨论定稿。

两人论了年龄，杨占义65岁，刘素英61岁。不再以老师相称。杨占义说，我是工程师，你就叫我杨工吧。刘素英想了想说，我叫你杨哥吧。她内心想，杨工颠倒过来，是工杨，工杨，公羊，不好听。杨工说不好，还容易让人听成老公。她不喜欢老公这个称呼，什么老公老母，这不是把人当成猫狗等动物了吗？她从来不称海成印老公，就叫成印，既亲切又随意。

杨占义对刘素英说，我也不叫你刘老师，叫素英妹妹如何？好的，刘素英回答后，两人碰了一下杯，彼此认可了新的称呼。

两人又说起了刘素英绣的梅兰竹菊，杨占义夸刘素英不愧是学中文的，有不俗的审美感，有创新潜力。刘素英问，何以见得？杨占义说，我只说一个细节：那天你来送梅兰竹菊，腰上系的那么一条别致的腰带，像条黄金分割线，一下子把你整个人抬起来了。我真的好喜欢。今个你来做客，怎么没系那条腰带来？

这时候，刘素英酒就有点上头，有些晕乎。她不知道洋酒喝着柔和，其实还是挺有劲的，只是发挥作用慢，有点后发制人。喝了这一会儿，虽没杨占义喝得多，但本就酒量不大，又不谙洋酒酒性的她，还是有点微醺了。说起那条腰带，她心里不怎么舒服，说，那腰带好啥呀，让我丈夫好一顿贬，我都收起来，扔一边了。

杨占义说，挺好的呀，你可别扔，要扔就扔给我吧。

刘素英说，给你就给你，我本来就是买了送给你的！

杨占义说，啥意思，你买一条女式腰带送给我？

刘素英说，我不是这个意思，但三言两语说不清，听我细细给你说。于是借着酒劲，就把选礼品的前后经过说了一遍。

杨占义受到感动，没想到眼前这个女子如此有情义，说，你根本不用那样，我那就是举手之劳，你却上了心，真让我感动。既然你丈夫不喜欢，放着也是放着，你就送我做个纪念吧。

行，送你。刘素英和杨占义碰了一下杯。此事说定。

餐饮结束，洋酒的作用也上来了。刘素英头有点晕，走路腿有点软，但她尽量控制着不失态。杨占义不放心，把她送到电梯里，又送至家门口。等她开了门，走了进去，稍停一会儿，转身准备下楼。待要抬脚，门却开了，刘素英站在门口，说，杨哥，谢谢你热情款待。这条腰带就送给你了。她手中拿着杨占义喜欢的那条腰带。

杨占义接过腰带，怔怔站在那里。刘素英关了门，他站了半天才离开，恍若做了一场梦。

四

刘素英有点醉了，她以前从没有醉过，好在没有醉得太深，就像那首歌唱的那样，"留一半清醒留一半醉"。她躺在床上，想着贵妃醉酒的样子，渐渐地就睡着了。一觉醒来，头有点沉重，心里是清朗的。她回忆在杨老师家的饮酒过程，觉得言行没有什么不妥之处。待突然想到自己送了杨老师那条腰带，就后悔起来。后悔不该那么孟浪，那么无脑，就那么轻易地把自己的一条腰带送给一位结交不深的男士。腰带是贴身之物，虽不及内衣内裤，但和自己也有肌肤之亲。送人家腰带，什么意思？她上网一查，更是吓了一跳。在古代，腰带作为男女之间定情的礼物，是有特殊意义的。腰带是贴身之物，女人送男人腰带代表她想跟男人在一起。送腰带还有搂腰的意思，这可是一个亲密的动作。一个汉代古墓里发现的腰带扣，是两个部分，可以合二为一，每个上面都有两个字，合起来是"长毋相忘"，意思是我们永远不要忘记对方。这还得了！刘素英自觉脸红心跳，觉得娄子捅大了。都是喝酒惹的祸，不喝酒，她就不会答应把自个腰带送给杨老师。这要引起误解怎么办？她后悔至极，一惯做事严谨的她，怎么会这么草率？她想找杨哥把腰带要回来，但在人家家门口站半天，也没好意思敲门，没法说，张不开口，只好作罢。

　　这么一折腾，刘素英酒也醒了。感觉嘴里吐的都是酒气，一室一厅的空间里，闻着都是酒的气味。她赶紧打开窗户放味，但似乎放不净。她意识到酒味是从嘴里出来的，就去卫生间拼命刷牙。牙是刷干净了，但味是从肠胃里产生，从呼吸道传出来的，牙刷也伸不进去，只能任由其释放。看来，排也排不掉，掩盖也掩盖不了，海成印钓鱼回来，一定会发现她中午喝了酒。与其遮掩，还不如实说。这也没什么可遮掩的，自己行端坐直，丝毫没有对不起丈夫的地方。与其遮遮掩掩，让人生疑，莫不如照实道来，有什么说什么，这样更好。刘素英想明白了，心里就轻松了。丈夫快回来了，她赶快去准备晚上的饭菜。海成印拎着渔具、塑料桶、塑料凳子回来了。他一进屋，就抽抽鼻子说，老婆，你今天又去逛免税商店了吗？

　　没有呀。刘素英说。

　　我以为你去买洋酒了，家里怎么有洋酒的味道呀？

　　刘素英笑笑说，你是属狗的，长着一只狗鼻子吧。是我中午喝酒了，喝的是洋酒。我先给你弄菜，一会儿你喝酒时，我再给你细说。

等四个菜摆上桌，海成印把酒倒上，慢慢细品时，刘素英坐在他对面，把楼下邻居杨占义中午请她吃饭喝酒的经过讲了讲，也讲了前因后果和熟识的过程，用的是写实的手法，没加任何掩盖。她只是隐藏了一个细节：把自己从免税店买回的那条腰带，作为纪念品送给了杨占义。没法说，说不清，搞不好会越描越黑。索性不讲，免得丈夫起疑心。

海成印对家里水管漏水，是由邻居杨大哥帮忙修好的事是知道的，只是不知道后面还发生了这些事。妻子把梅兰竹菊送给人家，他也没意见，是她自个儿绣的，不值几个钱，就是花个图案和毛线钱，她愿送谁送谁。再说送人家当谢礼，也是应当的。难道对帮助过自己的人，不应该感谢吗？杨大哥请妻子吃饭，也是收到礼物后的礼尚往来。人家请时是请两口子去，妻子怕影响他钓鱼，就没给他说，也挑不出大毛病。但他听了这些还是有一些失落，觉得没有尽到一个丈夫的责任，家里发生的一些事他也不知道。于是带点醋味地开玩笑说，这么好的一顿家宴，又有好酒，你也不让我去，要是我去了，非和杨大哥好好喝一场不可。

刘素英说，我不是怕耽误你钓鱼嘛！刘大哥会绘画，懂设计，我俩也想探讨下带有海南韵味的十字绣图案设计。

海成印说，刘大哥请你喝酒，没有什么图谋不轨吧？

刘素英正色道，你胡咧咧啥，想哪里去了！杨大哥是正人君子，我们两个交往光明磊落，你不相信人家，还不相信自己的妻子吗？

海成印说，我是怕他看上你。

刘素英说，你又胡说，我有啥好看的？61岁了，花早谢了,刘大哥的爱人是晋剧名角,大美人一个,人家能看上我?你把心放肚子里去吧。

海成印说,那就好。你把握好交往的度。

刘素英说,我把握着呢!我那些年在学校教书,我们那个教导主任那么追求我,威逼利诱我,我都没有动心,你又不是不知道。你放心吧,你别自己天天在海边撒欢,钓个美人鱼回来。

海成印说,那可保不准!哪天要是钓上美人鱼,先领回来给你瞧瞧。两人聊着,话越说越多,海成印一杯接一杯喝,也有点醉意了。

等刘素英洗完餐具,收拾好厨房,把厅里物品归拢好后上床,海成印已睡了一会儿。刘素英有些困乏,也许中午的残酒还在起作用。她宽衣钻进自己的被窝,正闭眼睡下,海成印像鱼一样钻了进来,把她紧紧抱住。刘素英一下醒了,推他一把说,起开,你要干啥?

海成印说,干啥?你说干啥,咱俩有多长时间没有在一起了?咱俩上一次在一起,还是刚搬到这里,快一年了吧,赶上过两地生活一年一次探亲假了,你也不想我。

刘素英说,不是我不想你,我谁都不想,我现在上了年岁,那方面欲望少了,兴趣也不高了。你现在天天钓鱼,劲还用不完!还惦着干这事,不知羞。

海成印抱着刘素英上下其手,老夫老妻,熟门熟路,边揉搓边说,我羞啥哩!我和我老婆行房做爱天经地义,有啥可羞?边说边加大攻势,终于把刘素英的心揉化了,虽不大幅度配合,但也任由他去。自己不怎么想了,但她管不住丈夫不想,丈夫想,她就得配合,她就得尽义务,况且,她今天中午喝了点酒,丈夫也醉意蒙眬,两人都有点酒意,酒意和性色有

-103-

高度重合性，古人说，酒是色媒人，在醉意蒙眬中，更容易幻想，有利于成全好事。还有，就是刘素英觉得今天才给丈夫说和杨老师的交往情况，似乎有点亏欠他，好像应该给点找补似的。于是，就不拒绝，不反对，不抗拒，任由海成印在那里折腾。

　　折腾折腾，把刘素英折腾得来了情绪。她方才对海成印说的是实话，自己确实有好长时间不想这件事了。她和要好的闺蜜探讨过这件事，了解到像她这个年龄段的女人，基本是三种情况，一是根本不想，二是有点想，三是想了就有，不想就没有。形象一点说，就像汽车发动机，有的干脆坏了，修也修不好；有的没有坏，还在岗位上使用；有的虽有些趴窝了，但修修还能用。刘素英觉得自己是第三种情况，修修还管用。关键是，得有人主动来修，还得会修。她自己不可能主动去报修。现在海成印来修理她，她配合就是了，她也没有理由不配合。啥物件都是用进废退，机器不用还锈成铁疙瘩哩。人身上的零件也是这样。海成印在那里鼓鼓捣捣，把她有点锈了的机器，捅活泛了，捅开化了，捅得春潮浮动，春心涌动了。海成印不愧是一个好机师，刘素英这架旧机器擦了油、润了滑，又匀速地运转起来了。

　　刘素英明显感受到海成印撞击的力量，她由疼、微疼转向麻酥，开始享受曾经的美好。即使在这时，她还在形式上抗拒着。虽然，她抱海成印的手已在用力，嘴上却说，别找我，别烦我，你去找你的美人鱼去！海成印哪肯罢手，一边运作一边说，你就是我的美人鱼！你就是我的美人鱼！你就是我的美人鱼！两人互相纠缠着互动着，前所未有地同时达到了高潮。

　　不知为何，刘素英现在头脑异常清醒，比以前任何一次房事后都清醒。男人就是这德性，一阵暴风骤雨真枪实弹之后，就偃旗息鼓收兵回营，心满意足酣然入睡。女人则是刚醒过的红酒，待人去深度品尝，总有意犹未尽之感。这些，刘素英都是来自个人的体会，也有闺蜜们私下介绍的经验。今天在格外清醒状态下，她在想，丈夫海成印为什么今天这么激越，这么神勇，这么奋发？是晚上喝酒酒精的作用，还是受了什么刺激？如果是酒精的作用，那他每晚都喝呀！若不是酒精的刺激，那就是受了别的刺激。难道她坦白了和杨老师的交往，使他受到了刺激？那就是一般交往呀，怎么会产生刺激作用呢？刘素英想不明白。

刘素英更想不明白，自己今天这是怎么啦，会去主动配合海成印。开始时，她没有配合，她是被动的，无辜的，是一条鱼，被浪潮推到海滩上的。但当事情运作起来后，到了过程中间，她主动配合了，像双人划桨，一起用力了；像双人秋千，你来我往了。好久没有这样了，今天这是怎么了，也是喝了洋酒的作用？但洋酒劲已经过去了呀？难道自己也受了什么刺激？那刺激是什么呢？上次两人在一起，两人都很兴奋，那是为在海南筑了新巢，新房新居新环境，家中一派新气象，床上两个老东西，那也是好一阵折腾，折腾得精疲力竭。那今天这一顿折腾是为什么呢？为什么自己也密切配合共入佳境呢？难道自己把自己估摸错了，自己的机器并没坏，只是没适时发动而已？自己并不是沉睡的港湾，只要有轮船进入，港湾就会喧嚣起来。自己的黎明也不静悄悄，只要有雄鸡啼鸣，黎明也会市声鼎沸。原来，自己也有一颗不老的春心。想到这里，刘素英兀自脸红起来。好在已关了灯，谁也不会看到，也看不到。因为这种红是在心里头的。

五

因为有丈夫海成印的提醒，刘素英和杨哥的交往，是把握度的，她心里有底线，出格的事不做。另一方面，她和杨哥该交往交往，也不扭扭捏捏。她觉得和杨哥谈得来，有共同语言和爱好，有杨哥帮助，她会提升自己。经她观察，杨哥是正人君子一个，并无非分之想无理要求。她认为男女之间是有友谊的，有同性朋友，有异性朋友，杨哥可以做自己的异性朋友。君子坦荡荡，小人常戚戚，如果自己行端走正，就不怕别人议论。刘素英不是爱张扬的女人，但做人有自己的主张和坚守。

现在，她开始按照杨哥给她设计的新图案，绣"椰风海韵"十字绣，计划用三个月绣完。杨哥把梅兰竹菊十字绣裱好装了框挂在客厅里。他是自己亲自动手裱框，色泽材料和刘素英绣的梅兰竹菊很搭，使之显得更加脱俗高雅。这一方面显露出他的多才多艺，另一方面显示了他对这手工艺品的重视。这十字绣确实让房间生辉，也因为是楼上邻居亲手绣的，具有特殊意义。杨占义看了喜欢，刘素英也很喜欢。她为她的精心之作派上合适用场，受到受礼人重视而高兴。她的梅兰竹菊就像自己新嫁出的女儿，在婆家受到待见，她很欣慰它在杨哥家客厅挂着，她每次来了看见，心里都很舒服。有时候，过几天就想来看看，就像看看女儿在婆家过得好不好。她也想念自己女儿，但远隔重洋，也不知婆婆对她怎么样。她有点后悔送女儿去美国留学，女儿到了国外，似乎也受外国人影响，对父母不怎么依赖，似乎也不怎么关心，偶尔视频一下，好像走程序似的。丈夫也说，别说在国外，就是在国内，咱们也指靠不上她。现在有几个儿女指靠得上？不躺在老人身上啃老就不错了。咱俩退休了，都有自己的爱好。我钓我的鱼，鱼是钓不完的。你绣你的十字绣，线是用不完的，艺术也是无止境的。刘素英感谢丈夫对自己的鼓励，现在有杨哥帮助设计新图案，她有信心绣出更有水平的新作品。她在网上看，还有十字绣作品评比和展览，这使她有了新的目标。

　　杨占义已把自己精心绘出的作品梅兰竹菊四幅画，送给了刘素英，刘素英用心收藏起来，也是珍藏着杨哥的一份情义。海成印还是天天忙着钓鱼，杨哥的妻子还是在外面跑演出。两个有共同情趣、共同爱好的人，有机会，也方便在一起，刘素英都不用坐电梯，出门抬脚走步梯就下楼。有时闷得慌，她就下楼看杨哥作画，自己坐在一旁绣十字绣，两人也很少说话，各干各的。有时她也留下来吃午饭，她觉得杨哥做的饭菜好吃，而海成印中午不在家，她多是自个儿对付。不是想减肥，自己也不肥，就是不愿意做。杨哥留她吃中午饭时，她也吃过几次，但她决不饮酒，杨哥也不勉强她。她去杨哥家时，只坐在客厅说话和绣十字绣，决不上人家卧室。她也不上人家卫生间洗手方便，保持一个女人的矜持。她也从没有和杨哥一起在海边散过步，或去附近集镇逛过街。凡是有情人和两性关系嫌疑的事，她都避开，把自己的行为严格限定在异性朋友之间。她相信男女是可以做不涉性事的异性朋友的。这个，她和杨哥探讨过，杨哥也认为男女是有异性朋友的，他俩就是异性朋友，他没有别的想法。刘素英放了心，两人的交往也就愈加惯常和自然。

　　一天，杨占义告诉刘素英，说，你嫂子外出演出告一段落，回来休息一个星期再出去。刘素英说，好呀，你和嫂子好好团聚一下，这些天我就不来打扰了。杨占义说，好，有事微信联系。

过了两天，刘素英注意到杨哥家有女人进出，想来是杨哥的妻子回来了。只是影子一闪，没有看清面目。后来，她听到楼下锁门声，就从窗户往下面看，看到和杨哥一起走的女人，这女人面容姣好，身材适中，走路风摆杨柳，看着就像演员，她断定这就是杨哥的妻子。

是的，这就是杨占义的妻子葛美丽。葛美丽原是晋原晋剧团的演员，一段时间还是团里的台柱子，后来新人成长起来，渐渐把她顶替了。前两年办了退休，和退休的丈夫一起来海南澄迈当了候鸟，同来的还有剧团的几个老搭档，有演员，有乐队的，有买房住的，也有租房住的，每人条件不同，只能从实际出发，大家住的地方也都相距不远，全在盈滨广场附近。

刚开始时，葛美丽和团友们同先来的候鸟们一样，都来盈滨广场跳广场舞，后觉得单调没劲，见其他候鸟有组织管弦乐队的，有组织教授新疆舞的，有河南人组织豫剧团的，他们也想组织一个晋剧团。但后来考虑这里山西人不太多，搞单一剧种怕不受欢迎，就扩大范围，成立了一个澄迈候鸟艺术演出剧团，演出歌舞、戏剧、小品、相声，以团里几个人为骨干挑头干起来，专门联络那些从专业团队退下来的候鸟们。这一张罗，网罗到的人才还真不少，弄进来七八个二级演员。这些人凑合到一起，比当地正规文艺团体的阵容还强大。经过认真组合和选择节目，再认真排练，头场演出就一炮走红。海南最大的免税店的开业典礼，也邀请他们来演出庆贺，一些机关、学校、企业、社区也请他们去演出。先是活跃在海口、澄迈、临高、儋州一带，后来竟走遍全岛去演出，到哪儿都受到欢迎。因为团里这些人都是专业文艺团体出身，演出水平高。他们虽然退休了，还有很高的职业素养，想的不是争名逐利，而是继续发挥才能，为海南人民和候鸟们服务，以自己一技之长，活跃海南当地文化生活。他们演出不向承接单位收取任何费用，只要接待单位免费提供食宿即可。因此所到之处很受欢迎，安排演出场次很密集。葛美丽较少回家和杨占义团聚，就是因为这个原因。

葛美丽九岁就进了县晋剧团，勤学苦练，一路打拼，风里来雨里去，才成了市晋剧团的台柱子。她文化程度不高，肚子里墨水不多，不会弯弯绕，全靠本事上位。因为她长得好看，扮相甜美，也有造她谣的，说她裤腰带比较松，是靠几任团长上位的。但丈夫杨占义不相信这个。他和葛美丽结婚前，曾听到风言风语，也将信将疑。但葛美丽用行动证明了自己，也打消了杨占义的顾虑。

性格直爽、敢作敢为的葛美丽，结婚前特意请了一天假，和杨占义去做婚前体检。体检报告上赫然写着是处女，而且在婚夜行房时还见了红，铁的事实证明了葛美丽的清白，这让杨占义受到感动：这说明妻子对名誉的爱惜，也用事实证明，她是洁身自爱的。做女人难，做漂亮女人更难。你漂亮，就有人打你主意，你不从，就造你的谣。你出了成绩，有人不看你付出了多少辛劳，而是嫉妒你、恨你，给你造男女关系方面的谣。这种谣言往往来无影，去无踪，让人说不清道不白，解释不清楚，造成了多少人间悲剧。杨占义从妻子被造谣一事上看出这一点，他就更加怜香惜玉，相信妻子的为人。妻子演出工作繁忙，退休以后当了候鸟演出更忙，两人离多聚少，但这不影响夫妻感情。杨占义爱自己妻子，妻子有事业，又漂亮，值得爱和尊重。唯一的遗憾是，葛美丽为了演艺事业，提出不要孩子，以免体形改变影响演出质量，对不起观众。杨占义违心同意，使得两个人没有孩子。后来葛美丽后悔了，想生了，却生不出来了。唉,世上就没有万全之事,杨占义只好认命。好在,他有自己的事业和爱好,在没有孩子、葛美丽又经常不在身边的情况下,并不感到寂寞。

葛美丽走进家门,一眼就看出了客厅中的变化,长条沙发后的墙上镶挂着一大幅梅兰竹菊图,使客厅一下子显得清雅亮丽。杨占义给她沏上一杯茶,她边品茶边问,从哪儿弄这幅漂亮的十字绣,一下子让满室生辉?

杨占义说,劳动所得。

你自己绣的?葛美丽一脸诧异地说。

杨占义说,我怎会绣这个?娘子且喝茶歇息,待我细细道来。就把楼上邻居家水管漏水他去帮助修好,女主人为感谢他送来自己手绣梅兰竹菊的经过说了一遍。

葛美丽说,这邻居不错,知道感恩图报,又心灵手巧,以后有机会认识认识。

俗话说,小别胜新婚。两个人已有两个多月没见面,很快就像年轻人那样滚起了床单。葛美丽没有生过孩子,依然保持着好体形,虽已半老徐娘,却是风韵犹存,依然对男人有吸引力,杨占义对她,像过去一样欣赏和身心向往。葛美丽经常演出节目,心情保持愉悦,又受那些节目中情呀爱呀影响,春心不老,也盼雨露滋润,一时间天昏地暗浪潮奔涌,激情好似当年。

在家的这几天时间,被葛美丽充分利用起来。她和杨占义逛了免税店,给杨占义买了他爱喝的洋酒人头马,给自己买了化妆品和一个新款包包。两人一起逛了超市,买了米面油调料等,选购了鱼肉和蔬菜,以及日常生活用品。在家里,杨占义下厨,给葛美丽做各种花式的可口饭菜。葛美丽从小吃集体伙食,十指不沾水,不会做饭菜,结婚后没有孩子需要照料，不考虑吃喝之事，"进口"之事由杨占义一手打理。葛美丽不做饭菜，还自有她的道理。她说，我是演员，得格外注意容貌，要是炒菜油点子溅出来毁了面容，那可不得了。别说溅到脸上，就是溅到手上胳膊上也不行。还说，女的炒菜再好，也没有男的炒菜好吃，你没看大饭店的厨师，都是男的吗？杨占义说，行行，你说得在理。你就是墨索里尼，总是有理！就主动地把做饭做菜任务承包起来。而葛美丽也不含糊，家里洗洗涮涮的事情全包了。她回来拆洗了被褥，洗了该洗的衣裳物件，整理房间物品，清理柜中、抽斗中的东西，还要的妥存，不要的扔垃圾桶倒垃圾站。

一天上午，她清理立柜中的物品，突然发现一个塑料袋，袋中有一条女式腰带。她努力想，也想不起自己有这条女式腰带。想啊想，终于想明白了，这条腰带不是自个儿的，是别的女人的。因为女人选择腰带的款式花色不同，体现不同的审美观。自己选的腰带都浑厚一些，颜色浓烈一些。而这条腰带纤细一些，色彩淡雅一些，应该是一个腰比较细，长得苗条的女人系的。

想到这里，葛美丽手拿腰带的手哆嗦起来，她意识到家里来过女人，女人把腰带落到她家了。既然腰带落了，那就是腰带解开了。女人在自己家解开腰带能干什么？还不是和杨占义上床了吗？不上床，解腰带干什么？做为一个戏剧演员，她演过《拷红》等剧目，太知道宽衣解带、轻解罗裙的意思了。解带后就该被翻红浪巫山云雨了。想到这些，葛美丽受到强烈刺激，好像看到杨占义和另一个女人还在床上颠鸾倒凤着，她受到了貌似正人君子的杨占义的欺骗，他竟然把女人领家里搞上了。她气坏了，也不知说什么好，就在屋里呜呜哇哇地大哭起来，边哭边叨咕，就像念戏文一样。

杨占义正在厨房准备午餐，突然听到葛美丽的哭声，以为她入了戏，在扮演一出戏里的角色。就在炒菜间隙跑过来，挓挲着手，对葛美丽说，你在那里发什么神经，赶快收拾完准备吃饭！

葛美丽气恼之极，大声喊道，我发神经，你才发神经呢！不发神经，你能把女人领家来上床？

杨占义说，美丽，你开什么玩笑？你说我领女人来家上床，你有什么证据吗？

你还抵赖！这不是证据是什么！说完，啪的一声把手中的腰带扔到地上。

卷成一团的腰带，一下子松弛开来，像一条小花蛇，在地上蠕动着。杨占义低头看时，脑袋嗡的一声，人也定在了那里。

六

啥叫跳进黄河洗不清？啥叫黄泥巴抹到裤裆里？杨占义这一次深切感受到了。葛美丽先是站着哭，后来是坐床上哭泣，边哭泣边骂丈夫，杨占义，你真不是个东西！我被你欺骗了一辈子，表面上正人君子，背地里男盗女娼！我是个演员，背后有多少男人追求，我都不理不睬，为你守身如玉，你倒好，把女人领到家里来了，还上了我的床！你说，我不在家期间，你搞过多少女人？你说你喜欢梅兰竹菊的清新高雅，我看你是喜欢野花闲草的风骚狂浪！你就是刀郎唱的，勾栏从来扮高雅，自古公公好威名，什么玩意儿！

葛美丽连哭带损，把杨占义骂了一顿。杨占义去厨房关了火，坐在床边听葛美丽哭骂。葛美丽性格刚硬，眼里容不得沙子，自己洁身自好，也要求杨占义洁身自好。现在杨占义不守身，自己却为他守着，感到受了骗，吃了大亏。她肚里没有弯弯绕，咋想咋说，把心里话吐露出来，杨占义，你不仁，莫怪我不义，这次回剧团，我就找个相好的，给你戴绿帽子，让你成一个绿毛大乌龟！

杨占义和葛美丽生活大半辈子，他太了解妻子的性格，人很善良，但嘴似刀子，得理不让人。她在气头上时，你说什么也听不进去，还会火上浇油。听她讲完了，说完了，骂完了，气消了。你再给她解释，她才能听进去。今天也是这样，只能照此办理。

葛美丽暴雨雷霆半小时过去，大概哭骂也累了，就指着杨占义的鼻子说，你说，你给我说清楚，从实招来！

杨占义笑笑说，美丽，根本就不是那么回事！

那是怎么回事？你说！

杨占义说，美丽，你为一条腰带发这么大火，值当吗？你也不动脑想想，我要是心虚，不会在你回来之前把腰带收起来、藏起来吗？没收没藏，就说明我不心虚，没背后做对不起你的事。假如是别的女人落下来的，我不会给人家送回去吗？人家不会下次来取走吗？假如我像有的男人爱收藏喜爱的女人的用品，我收藏内衣内裤背心乳罩，我收藏一条腰带干什么？这就是一条偶然得到的一件艺术品，用来欣赏和收藏而已。那年我随你去乡下演戏，还买来绣花的女性兜肚拿回家欣赏、收藏，你又不是不知道！

葛美丽听了杨占义的一席话，觉得似乎有道理，就口气放缓一点说，今天你必须给我讲清这条女人腰带的来历！

杨占义说，好，我一定给你讲清。但请你去卫生间洗把脸，我去把饭菜热好，咱俩坐到饭桌上说。

等葛美丽从卫生间出来，在餐桌前坐定，杨占义也把饭菜端了上来。

杨占义要打开一瓶人头马，葛美丽说，不许喝！这时候还喝马尿！

杨占义说，不喝酒，我说不清楚。

葛美丽说，喝可以，但不许撒谎！她不喝酒，也不动筷子，心里想，你不用像演戏蒙我，我演了一辈子戏，比你灵醒着呢。

杨占义品着酒，一五一十讲清了和楼上邻居刘素英老师的交往，以及这条腰带的来历。

葛美丽仔细听，两只眼睛也盯着杨占义两只眼睛，从眼神看他是否撒谎。眼睛是心灵的窗口，啥也隐藏不了。葛美丽从中看不出什么。杨占义娓娓道来，一点也不慌张，看不出有心理压力，讲得也头头是道来龙去脉清楚。她有点相信，她也非常愿意相信事情就是这个样子。

杨占义讲完，葛美丽说，你敢保证真实无误，没一句假话吗？

杨占义放下酒杯，手向上举起，说，我敢对天发誓！

葛美丽说，那你上楼去把女的叫来这里对质！

杨占义说，对质就不用了吧，有这个必要吗？

看看，心虚了吧？葛美丽说。

杨占义说，不是我心虚，这是对人的基本尊重！刘老师是人民教师，人家丈夫是机关公务员，应该得到我们的尊重，凭啥叫人家对质？这不影响人家夫妻关系吗？这有利于搞清情况吗？这不是越裹越乱吗？

葛美丽说，你说怎么办？

杨占义说，可以以你的名义，以感谢的方式，请刘老师吃个饭,你想了解什么情况,当面问人家就是了,我决不拦着。

好,就按你说的办!我正想会会这是哪路神仙呢。就明天中午,我后天就回团里了,必须把这件事弄清楚,请客的事你负责张罗。

杨占义说,好,那我用微信通知刘老师。

刘素英接到杨占义的微信:我夫人葛老师想明天中午请你吃个午饭,一是表示对所赠梅兰竹菊的感谢,二是想认识认识。请勿推辞。

刘素英是一个没有心机的女人,只想风和日丽,想不到风和日丽后的刀光剑影,爽快地回信应约了。还发来两个笑脸,显示心情很愉快的样子。

葛美丽是戏剧演员,演戏是她的本行。刘素英一进门,她上来就给一个拥抱,拥抱完,挺起身,仰起脸,说,妹妹可真精神,苗条身材,兰花气质,不光十字绣绣得好,人也长得好看怜人。

刘素英不会演戏,但待人实诚,人际来往礼仪还是懂的,她急忙投桃报李,说,嫂子过奖了。嫂子是梨园名角,貌美漂亮,堪称牡丹真国色,花开时节动京城,我早就想一睹芳容,今日得见果然超群。承蒙邀请进餐,深表感谢。

午餐开始,葛美丽劝酒,刘素英表示自己不擅酒,两人就喝海南原产椰子汁,杨占义自斟自饮,在一旁作陪。

话题从梅兰竹菊十字绣说起。葛美丽赞赏的同时表示致谢。刘素英说,要说谢,我要谢杨哥,他帮我家修好了水管,还帮我设计十字绣图案,我现在绣的椰风海韵,就是杨哥帮我设计的。

你家水管坏了,你老公不会修吗?

刘素英说，我丈夫迷上海边钓鱼了，那天正好没在家，多亏杨哥，才没有把事情闹大。我和丈夫都很感谢杨哥。

葛美丽说，那么客气干什么，咱们是邻居，像一家人，应该互相帮助。我外出演戏不在家，你杨哥一个人在家，你多来照顾他，没事来陪陪他。

刘素英说，嫂子，谢谢你信任我。但我有家有丈夫，有许多不便。我们是异性朋友，交往是有界限的。我还是建议你多在家待待，陪陪杨哥。老夫老妻是个伴，杨哥也确实需要你照顾。话说得不软不硬，恰当适中，挑不出毛病。

妹子说得有理，但我们这些唱戏的，把戏看得比天大，趁现在唱得动，还想发挥些艺术才能。这辈子我就这点能耐和爱好，不唱戏，我能干什么？唱戏不能在家唱，就得走出去，就得成天不着家，我也觉得亏欠你杨哥，但没有办法。上下楼住着，你就替我照顾你杨哥吧。葛美丽说得很诚恳，一副央求人的模样。

刘素英说，嫂子，我们虽是邻居，但男女有别，我不知道你让我照顾他什么？

葛美丽说，你看着办，看杨哥需要什么。你不是常到家里来，把自个腰带都落我家了吗？

刘素英这才听明白，葛美丽话中有话，便正色道，嫂子此言差矣！我的腰带不是落你家里，是我光明正大送给杨哥的。我本来想送杨哥一条男士腰带，但在免税店买了又觉不妥，给自己换了一条女式腰带，我丈夫不喜欢，把我好一顿挖苦。杨哥说这条腰带像艺术品，他想收藏，我就送给他了。送他是在我家门口，杨哥收了拿回家的，怎么说我把腰带落你家了？你家卧室、卫生间我从未进去过，怎么把腰带落你家了？嫂子你想一想，这怎么可能！说得不卑不亢很见水平。

葛美丽看刘素英和杨占义说得一致，挑不出什么破绽。笑着说，你杨哥喜欢艺术品，爱收藏些奇奇怪怪的东西。一条腰带不算什么，我下次送妹妹一条更高级的腰带。

杨占义插话，美丽，你说话算数？

葛美丽说，当然算数，我还要送妹妹高档化妆品呢。

刘素英急忙说，谢谢嫂子，我真的不需要！腰带在海南这里用不上，我从来也不用化妆品，一直素面朝天。现在老皮老脸，更用不上了，不像嫂子还要登台演出，天天得涂脂抹粉。

刘素英的话把葛美丽逗笑了，说，没办法，吃这碗饭嘛！嫂子不会说话，说得不对别介意。你俩该咋来往咋来往，做个异性朋友互相帮助。嫂子也有异性朋友，但我今天要交你这个同性朋友，讲交情，重情义，又聪明伶俐，去哪儿交你这么好的朋友，去遇这么好的邻居？说罢，又过去拥抱刘素英，还拉着手一起坐在沙发上，让杨占义给合影留念。

这次名为答谢宴的鸿门宴，最后在一片祥和气氛中结束。

下午杨占义帮葛美丽收拾行装，剧团明天集合去陵水，要在那里演出一段时间，还要去乐东、儋州（海花岛）等地，不知何时回来，须把行装备齐。

葛美丽说，晚上她不在家吃饭，要去团友处和闺蜜处坐坐。杨占义说，我接着收拾东西，你去你的，早点回来休息。

葛美丽经过在刘素英处的探底，大体知道了事情真相。她倾向于同意刘素英的叙述，因为刘素英和杨占义的叙述相重叠、相一致。但同闺蜜吕颖一交流，原本平静的一池春水又起了波澜。吕颖说，你傻呀，这么明白的事情都看不出来？你丈夫和那个女的肯定有男女关系，早钻到一个被窝里了。

-117-

葛美丽说，擒贼拿赃捉奸拿双，没有证据呀。

吕颖说，咋没有证据，这腰带就是证据，不通奸能落下腰带吗？

葛美丽说，他俩分头说的，两人说法完全一致。

吕颖说，他俩有手机，有微信，不会互相串通吗？

吕颖说，一般男女通奸都紧张，丢三落四是必然的。我不怕你笑话，我过去会情人，也落过腰带，也落过乳罩裤头，一次完事回家后竟发现内裤没穿回来。

吕颖的一番话，让葛美丽原已平和的心里又敲开了鼓点。

七

吕颖和葛美丽是同一个晋剧团的，比葛美丽小五六岁，按艺人传承的辈分，算是葛的师妹。两人在演出中多次配过戏，演晋剧《拷红》时，葛美丽演红娘，吕颖演莺莺，两人扮相、演技差不多，但吕颖不够用功、不够刻苦，不怎么上进。尤其不同的是，吕颖两性关系上比较放得开，在性方面比较随意。不知是生性风流，还是受演出角色影响，入戏太深，把戏当成了生活，把生活当成了戏。演莺莺时，就和演张生的演员搞上了，两人有一段时间如胶似漆，中间休场，趁人不注意，盖着大衣还来一盘。吕颖丈夫也和他们是一个剧团的，是个美工，受不了这个，发现后把"莺莺"打了一顿，把"张生"也打了一顿，限定他俩只能演戏，不能入戏，但他俩还是藕断丝连。丈夫看斩不断，干脆离了婚另娶。吕颖没有人约束，更放肆起来。不光和"张生"好，还和"李生""王生"好，"生""生"不息，各生之间还争风吃醋，闹得不可开交。团领导没有办法，让吕颖限期离开，否则就要开除她。正好有个草台班子拉她加入去给有钱人唱堂会，她就离开剧团，跟着人跑山西各地唱堂会去了。从此没人再约束她，她心跑野了，那方面更随意了。

人各有志，人各有好，不能强求一致，交朋友也是一样，作风严谨的葛美丽虽然看不惯吕颖那方面的作派，但不妨碍她和吕颖成为朋友。她也劝过吕颖，吕颖说，食色性也，古人都这么说，说明谁也离不开，我这辈子就是离不开男人。葛美丽说，你把心思集中在唱戏上，有事业心，就不想那个了。吕颖说，你有事业心，想成名角，我不想成什么角儿，我就想过个人的幸福生活。性是我生活的一部分，有男人喜欢我爱我，能让我满足，我就高兴。到了草台班子剧团，吕颖更是如鱼得水，更不检点，有男人就编排她，说她上面的嘴好，能唱戏，下面的嘴也好，能让男人销魂。就有更多男人想来勾引她、尝试她，但吕颖有一条原则，她只和自己喜欢的男人上床，不喜欢的男人下再大功夫也白搭。她不是妓女娼妇，不是低级动物，不是谁想上就上的。就这一点说，吕颖也是一个奇女子，也有让人值得尊敬的地方。

几年堂会唱下来，吕颖年过五十了，放弃了训练，嗓子也差了，演出有一些收入，加上一些喜欢自己的男人送的钱财，手里有一些积蓄，但也没有大富起来。现在堂会不时兴了，剧团也回不去了，容貌体形也大不如从前，喜欢她的男人也少了，她也知道自己优势不在了。现在的男人都喜欢年轻漂亮的。啥是漂亮，年轻就漂亮，漂亮就年轻。谁没有从年轻时走过？自己年轻当演员时，一上台，一上街，多少男人眼珠挂在自己脸上、身上。现在年岁大了，无情岁月催人老，吕颖接受了这个现实。她想收收心，找个男人过日子了。知道自己在当地名声不太好，又知道自己熟识的葛美丽等人都来到海南澄迈当候鸟,就投奔他们,在附近租了一室一厅,一方面放松休息,一边想撞撞大运,看能不能在这里找个男人成家。葛美丽也曾劝她一起参加候鸟艺术团演出,吕颖说,我现在功夫全废了,就不去丢那个人了。她看海边有女人钓鱼,也置办了渔具,过起了垂钓人生。

葛美丽外出演出前来辞行,也是来说说心中的疑惑。吕颖那些话,倒不是存心挑拨离间,她是站在她的理解她的角度,以她的经验来分析的。葛美丽经常外出不在家,她丈夫能不想女人?把女人领到家能干什么?况且是上下邻居,多方便呀,连去宾馆开房都不用。女人腰带落家里,太正常了。她觉得葛美丽在这方面,有些发呆,有些麻木,有些不灵醒,天天外出给人家免费唱戏,把自个儿唱傻了。

吕颖一席话,把葛美丽心里说得发毛,有点将信将疑,说,那可怎么办?

吕颖说,美丽姐,你背的小包包是新买的吧?你送给我,我替你监视着。

葛美丽知道吕颖喜欢她的包了,说,我原本就是买了送你的,怕你不喜欢,你喜欢就送你!姐的事你可要放在心上。

吕颖说,包在我身上。但我不知道这女的姓啥名谁,长什么模样呀。

葛美丽说,我手机里有和她的合影,马上发你。这女的是我家邻居,在我家楼上住,叫刘素英。

噢,记住了。这个女的虽没你漂亮,但也别有风韵,很有气质呀。吕颖边看收到的照片边说。

葛美丽说,你怎么吃里扒外,长人家威风,灭姐的志气,该打不?说着就作势来打。吕颖说,姐姐息怒,姐姐饶命。两人似乎又回到过去的舞台上。吕颖问,拉琴的李哥,现在还追求你不？你们入港没有？葛美丽说，入你个头！他是剃头挑子一头热，你以为我像你一样，男的喜欢就投怀送抱！

吕颖说，你是揭老底战斗队的吗？专揭我老底！你妹现在改好了，痛改前非了，重新做人了。想找一个我喜欢的男人，成个家踏踏实实过日子。

葛美丽说，这就对了。你天天在海边钓鱼，钓上来一个如意郎君没有呀？

吕颖说，我是真钓鱼，捎带寻男人，姜太公钓鱼——愿者上钩。

有上钩的没？葛美丽问。

有个咬钩的。吕颖说。接下来讲她在海边钓鱼认识一个钓友，两人成了朋友。

成其好事没有？葛美丽好奇地问。

吕颖说，还没有。现在是异性朋友，到我这里来过，一起拥抱过，没那个。

葛美丽说，我不信，凭你那手段，神仙也拿下了！

吕颖大笑，知我者美丽姐也。我不想图一时痛快，而是像潘美辰唱的"我想有个家"，我这次是放长线钓大鱼，慢慢来，不急。

祝你成功！葛美丽和吕颖告别，消失在椰影摇曳的月光里。

吕颖所言的"咬钩者"，就是日日在海边垂钓的海成印。

一天，天气晴好，大海波澜不惊，远处彩帆点点，是山东、天津来的舢板训练队在训练。海岸上人不多，不少候鸟在看老城候鸟管弦乐团的演出。在海成印垂钓不远处，来了一个女钓客，衣着不俗，面容姣好，看着五十岁左右，她不跟任何人打招呼，顾自在那里垂竿钓鱼。

这引起了海成印的好奇。钓鱼以男性钓者为主，自古如此。姜子牙是男的，屈原是男的，白居易是男的，独钓寒江雪的蓑笠翁是男的。李白是男的，他在《行路难》中写道："闲来垂钓碧溪上，忽复乘舟梦日边。"苏东坡也是一个热爱钓鱼的人，他所作的《画鱼歌》真实地描绘了垂钓的情景。女钓者不能说没有，但不多，古来留名的人极少，今也不多见。大概是女人受不了钓鱼的寂寞。那么，这个女人为什么来钓鱼呢？也许是图个新鲜吧。

但一周时间下来，海成印就对这个女钓者刮目相看了，她天天来，按时来，能做到这一点，不简单。海成印在盈滨半岛海边钓了两个多月，见过不少女钓客，都是短时热情，半天工夫。这个女士不仅坐得住，也不和别人打招呼，独来独往，像个独行侠，这更让海成印产生了好奇心。好奇归好奇，一个男人，又不好意思过去打问攀谈，只是在心中画下不少问号。

一天下午，海成印正在垂钓，那女士走了过来，冲他说道，大哥，我海蚯蚓用没了，你有没有多的，借我一盒。

海成印拿出一盒塑料袋中的海蚯蚓，抬起头说，借什么借，送给你！

不好意思了，大哥，我给你打钱过去吧？

海成印把那盒海蚯蚓从女士手中夺过来，说，送可以，卖不可以。不卖！你去别的地方买吧！

女的说，大哥别生气，咱们素不相识，我不能占你便宜！

海成印眼一瞪说，占什么便宜！我们山东人乐于助人，5元钱算个啥！你给我钱，就是羞辱我！

女的说，大哥是山东人，我是山西人，半个老乡呢！要不是太行山隔着，咱们离得更近。我叫吕颖，山西太原人，钱不给你了，认下个山东大哥，以后再回报你吧。

海成印笑了，说，这还差不多。我是山东济南人，叫海成印。大海的海，成功的成，印刷的印。

吕颖听了哈哈大笑，笑得蹲在沙滩上揉着肚子。

海成印说，有什么好笑的？

吕颖说，你看你的名字，海成印，海蚯蚓，两个多像！念快了就一个样。你送海蚯蚓给我，是把自己也送给我了吧？

海成印被逗笑了，也来了幽默劲，说，送海蚯蚓可以，送我自己可不行。我有老婆有家呢！

那咱交个朋友吧！吕颖伸出手和海成印握了握，就回到了自己的钓鱼处。

第二天再来钓鱼时，吕颖下竿的地方，就离海成印近了些，渐渐地就越来越近，直到并排垂钓起来。为的是说话方便，也为的是有个照应。两人也互相传授经验和体会，当然主要是钓鱼方面，后来发展到除了男女性爱以外的方方面面。两人好似成了合伙人，连钓的鱼都放在一起。在塑料桶里，两人钓上的鱼，互相认识，互相打闹，也互相嬉戏。

时间久了，吕颖也想像鱼们一样和海成印嬉戏。她对海成印很有好感，山东大汉，重情重义，对她也格外关照，凡出力的事，都不让她干。渐渐地，她把好感变成实际行动。有些天的中午，她让海成印看钓竿，她回家炒几个菜，拿两瓶"小二"来，两人就在海边垂钓对酌。有时不回家，就在岸边烧烤摊买烤鱿鱼烤生蚝烤香肠等，弄些啤酒喝酒撸串，比一人垂钓多了几分乐趣。

有时风急浪大钓不成鱼，两人就收竿到吕颖租的房子里共进午餐，这时钓上的鱼就成了他们的下酒菜，再弄些别的，也还丰盛。酒是必须有的，海成印好酒，吕颖酒量也好，每次两人一瓶酒，不多不少。海成印始终把握着量，两人超过一瓶就停杯，为的是把握和吕颖交往的度，酒能乱性，过度饮用非坏事不可。对这一点，海成印是清醒的，他把和吕颖的关系控制在异性朋友之间，他不想做对不起妻子的事，也不想占一个单身女人的便宜，他只想享受异性朋友之间友谊的温馨。

　　海成印对是否和吕颖深入交往，是有思想斗争的。吕颖比妻子年轻，有女人风韵，很会来事，知道疼爱人，给他垂钓的单调生活增添了乐趣，对此他是向往和愿意享受的。他评估了风险，这是个离了婚的单身女人，适度交往不会惹下什么麻烦。他认为，妻子可以交异性朋友，他也可以交异性朋友。和吕颖交往的事，他没有告知妻子刘素英。虽然过去开玩笑说，钓到美人鱼先给妻子观赏，但这种事还是眯着点好，以免妻子起疑心，惹麻烦。

　　在和吕颖交往中，海成印分寸还是把握得好的，一次吕颖喝多了酒，主动让他抱，让他亲，两人都滚到沙发上了，只差一步之遥，但海成印硬是忍住了，他挣脱身子对吕颖说，我们不能做那事！

　　他这样子，吕颖反而更欣赏他，说，你说这话，是个真男人，我喜欢你这样的男人。我需要你，但我不勉强你。海哥，你啥时想要我，你就来，妹子永远给你留着门。

八

　　葛美丽外出演出后，一切归于平静，就像盈滨半岛金螺湾的海面，没有台风掀起的波涛，潮涨潮退一切如常。杨占义画他的画，刘素英绣她的椰风海韵，海成印和吕颖钓他们的鱼。海岸上人来人往，各忙各的事情，各讨各的生活，互不相扰，环境安然宁静。

吕颖并没按和葛美丽的约定，去监视葛美丽的丈夫和那个叫刘素英的女人。她当时那么说，就是看中了葛美丽身上新背的包包。包包到了手，她才不会把那件事当回事。一方面，她反感这么做，她年轻时没少被人跟踪、监视，还被人捉过奸，她自己怎么能去做这样不地道的事？另一方面，她也知道这样做会挑事，引发家庭矛盾甚至命案。当然，她之所以不这样做，是基于她对婚外性爱的认识，她对此持比较宽容开放的态度。

吕颖没做监视这件事，但这件事，她并没有忘记。一天下午和海成印一起钓鱼，不知怎么就说起了这件事。他俩每天在一起钓鱼，就交谈一些关于候鸟们的见闻。今天说起了候鸟们的情感纠葛，两人交流道，人不是一成不变的，到了海南，换了新的环境，一些夫妻间感情发生了变化，出了问题。有闹离婚的，有各找相好的，有跳舞把家庭跳散的，人好像比在内地花心。

吕颖说，海哥，你说，出这些问题，是不是和这里气候有关系？天气热，人们更想那个？

海成印笑笑说，我哪知道！我没有体会，莫不是你有体会？

吕颖说，我一个单身女人，人老了，珠黄了，没人问津了。我有啥体会？是我突然想起一件事：我有个闺蜜，他老公出轨了，女方是她家楼上邻居。两人在一起快活，女的把腰带都落她家里了，你说笑人不笑人？我闺蜜常年在外头演出，让我监视他俩呢。

海成印说，有这等事，我怎么不知道？

吕颖说，你天天蹲海边钓鱼知道个啥？就是你们小区发生的事情，你注意留意一下，发现什么情况告诉我，我好向闺蜜交代。

海成印说，你让我做特务呀？这个事我可不干！再说，我也不知道这女的姓啥名谁，长什么模样。

吕颖说，我手机里有这女人照片，叫刘什么英来着，说着打开微信，找出图片给海成印看。

海成印把脸斜过来看，这一看让他大吃一惊，照片上的女人竟是自己妻子刘素英！他脑袋瓜"嗡"的一声，握钓竿的手也颤抖起来。

吕颖说，海哥，你怎么啦，这个女人你认识？

不认识，我看着有些面熟。刚才我一下子发抖，好像感冒了。咱们今天早些收竿如何？

吕颖说，好，早些收竿，你回家休息，我去药店给你买感冒药，需要时，你就到我家里取。

两人在海成印家小区后门分了手。海成印进到小区，没有直接回家，而是坐在离家远些的小亭子里。他坐在木凳子上心在颤抖，浑身上下都在颤抖！他最不愿看到的事情发生了！他的妻子他最了解，是个很矜持的人，那方面要求不高，极少主动过，怎么到海南就变了呢？难道真像吕颖说的，是海南天气热，更让人想干那事？一想到妻子和姓杨的干那事，还把腰带落人家家里去了，他心中就像有刀在割，就像有火燃烧。他还没有完全丧失理智，毕竟当过处长，经过许多历练，见过一些世面，也知道男女出轨的一些事，甚至说可以见怪不怪，但发生在自己头上，妻子给自己戴了绿帽子，这还是头一遭。真像那句歇后语说的，王八掉进热灰堆——又着急，又上火。太贴切了，太合适了，太形象了。去哪儿找王八？自己不就是活王八吗？想到这里，海成印又想笑，又想哭，又想喊，但他没笑没哭也没喊，想尽量把心情平静下来再说。他现在正在气头上，怕回去干出不理智的事。他似乎已没脸见人，磨蹭到天黑才回家，他不愿在小区和楼道里见到任何人。正在懊恼之时，他接到吕颖发来的微信：海哥，感冒药已买回，有西药金感康，还有中药同仁堂的感冒冲剂。你需要时来取。后面还有两个笑脸。海成印感到几分亮光，几分温暖，也有几分向往，心中的愤怒也有几分转移。心里说，同样是女人，咋就这么不一样呢。

回到家里，刘素英已把饭菜准备好，放在桌子上，见海成印进来，就迎上来说，今天怎么回来晚了？遇着什么事了吗？她看海成印脸色不太好，就关切地问。

没事，没什么事。海成印说着，洗把手就坐下来吃饭。说是吃饭，他也没怎么吃，就是一杯一杯地喝白酒。刘素英已吃过了，就海成印一个人在自斟自酌。

刘素英看海成印自顾自喝酒，不怎么理她，就说，成印你喝你的，别多喝。我先洗洗睡下，就冲了个澡，自个睡下了。

海成印自顾自喝酒，一杯一杯，竟把一瓶金门高粱酒喝见底了。山东人酒量大，他过去在单位时号称"八仙之首"，喝一瓶酒没有问题。年轻时，喝一瓶酒敢下大明湖游泳。现在年纪大了，金门高粱酒度数又高，他心里又不痛快。一瓶酒下肚，处于半清醒半糊涂的状态，走路也不稳，像跳舞时总垫上一步。上了床，倒头就睡，但怎么也睡不着，心如乱麻。想问妻子点啥，又开不了口。

正好，此时刘素英钻进他被窝里来了。刘素英贤妻一个，看出了海成印的不痛快，不知他遇到了什么事，是济南家里或单位有什么事，惹他不痛快，还是病了、感冒了？钻进来，用手摸摸丈夫额头，不烧，说明没病，那就是心情不好。她想让他心情好起来。就用自己尚还温暖的身体取悦他，双手搂住丈夫的身体，以求好事。万没想到，海成印不领情，一巴掌推开她，大声说，别找我，去楼下找你杨哥去！

刘素英讨了个没趣，也不高兴了，你是我丈夫，我不找你，找杨哥干什么？

你不是和人家上床了吗？杨哥多好呀，不是在楼下床上等你吗？

刘素英气坏了，起身坐了起来，胸脯气得一鼓一鼓，你马尿喝多了，胡咧咧什么！有你这样给自己老婆栽赃，给自个戴绿帽子的吗？

海成印说，你还有脸说我栽赃，你上人家的床，把自个腰带都落人家家里了，还抵赖！

刘素英一下子明白事情的原委了，还是自己那条腰带惹的祸！一定是丈夫听到什么，产生误会了。她心里想，真的假不了，假的真不了，她可以解释清楚，就把口气放缓说，成印，你不要听信别人说什么，你听我解释。

海成印说，我不听！说完，卷起自己的被子，跑到客厅里沙发上躺下了。

刘素英蒙受了冤枉，决计给海成印解释清楚，她穿好衣裤到沙发边上坐下，开始讲事情的经过。

海成印似听非听，突然冒出一句，你别说那么多，你去把你那条腰带拿来给我看！

刘素英拿不出，只得实话实说，说，腰带现在是在杨哥家里，但事情不是你想的那样！

海成印听到这里，一肚子火像火山爆发了，醉后口不择言，骂刘素英道，你个娼妇、破鞋，到现在还在狡辩，你给我住口!

　　刘素英一个中学教员,长期处在温文尔雅的工作生活环境中,和海成印生活几十年都相敬如宾,如今受丈夫这么大的侮辱,也火气蒙心,口不择言了,海成印你个王八蛋!"蛋"还在空中飘,海成印一个耳光打过来,把"蛋"打跑了,也把刘素英打傻了,打呆了,打疯了!

　　刘素英脸上立马起了五道红手指印,伤的是脸,更是心,她完全被激怒了,什么也不管不顾了,她像母狮子咆哮起来,海成印你个王八蛋,你敢动手打我!我就是和杨哥好了,就是和杨哥上床了,就是把裤腰带送给杨哥了,就是和杨哥那个了,气死你!

　　海成印气得发疯,你说的都是真的?

　　刘素英说,真的真的都是真的,我喜欢杨哥,杨哥比你好比你强!

　　海成印气得浑身颤抖,哆嗦着半天才穿好衣服,他拿起放在门口的渔具转身离去,临出门又冲刘素英大吼一声,刘素英,老子要和你离婚!不离婚我就不姓海!

　　海成印走了,刘素英跌坐在沙发上大哭起来。她怕夜深被人听见,哭时牙咬一条毛巾,在沙发上哭了一夜,断断续续,似睡非睡,天亮前醒来,以为是做了一场噩梦。等到完全清醒过来,才知道这不是梦:脸上的指印还在,海成印却没在家里。她记起了海成印临出门时的狂喊:刘素英,老子要和你离婚!不离婚我就不姓海!

　　如今丈夫没了,家也没了。刘素英又哭了起来,她从沙发上移到床上哭。没做早饭,也没做午饭,也没做晚饭,就那么躺着哭着,哭着躺着。她觉得太冤枉,比窦娥还冤!哪怕她有一点非分之想,和杨哥有一点私情,不说上床,就是拥过一

-129-

个抱,亲过一个嘴,拉过一次手,海成印就算打她骂她污蔑她,她也认了,可他俩啥也没干呀,说话中都没有涉及男女之事,太冤枉了!冤枉进门,冤枉到家了!不就是送过一条腰带吗?那也是事出有因,她已给杨哥的爱人葛美丽讲清楚了。没给丈夫说,是觉得没有这个必要,现在看有这个必要,但醒悟过来已经晚了。做人咋就这么难,做事稍有差迟,就会飞来横祸。作为前中学语文教员的刘素英,怎么也想不通想不明白。

刘素英想下楼去找杨哥诉说和讨教,甚至想和杨哥亲热、上床,把丈夫污蔑她的污名做实,再也不担这个虚名,此时此刻,她特别想杨哥,想让杨哥抱她……但转念一想,她打消了这个想法。自己的家庭破碎了,难道也让杨哥的家庭破碎吗?而且是因为自己的原因。又一想,假如杨哥没有这个意思,那今后他们连异性朋友都做不成了,犹豫再三,刘素英终于没有走出这一步。

第二天中午,刘素英收到杨哥一条微信:素英妹妹,你嫂子来电话,说她在陵水病了,我去看看她,我正在往火车站赶,走时来不及告知,等回来后联系你。刘素英回了个"好",以示礼貌,一个字也没多说。她不再想给杨哥添乱了。

当务之急,是联系上海成印,他半夜离家出走,去哪里了呢?

九

海成印夜半时分,带着几件换洗衣服和一副渔具,愤怒出离家门。他来到吕颖租住的小区,上楼敲吕颖的房门。

此时吕颖已经入睡,听是海哥来敲门,急忙下床开门,只穿着裤头乳罩,也不避海哥。她接过海成印手中的衣服和渔具,关心地问,为什么这时候来?感冒好没有?你先坐沙发上,我去给你熬姜汤喝。

海成印说,不用,你给我倒杯热水就行。边说边坐到沙发上。

吕颖穿上睡衣睡裤,沏一杯热茶放海成印面前,说,海哥,你这是怎么了?脸色这么不好?说罢就坐到海成印身边。

海成印好一会儿不说话,突然双手捂脸,泪水长流,哭着说,你海哥没脸见人了!

吕颖挽着海成印的胳膊说,海哥,发生啥事了?

海成印说,我真是没脸了。下午你让我监视的那个女人,就是我妻子刘素英,她和楼下姓杨的那个了。

是吗,让你抓床上了?吕颖问。

没抓床上,她承认了。她把我蒙得好苦,我没脸见人了。我要和她离婚!老婆跑了,家也散了!说完又哭了起来。

吕颖恰到好处地拥入海成印的怀抱,温柔地说,海哥,有我呢,我也能给你一个温暖的家。边说边把海成印抱得更紧。海成印也紧紧抱着她,两人像抱团取暖,又像在海上合抱一个救生圈,抱着抱着,两人就亲上了嘴;抱着抱着,两人就上了床。吕颖顺手关了灯。两人就在黑暗中冲浪,床像小船被他俩弄得摇摆不定,如同在海上遇到狂风暴雨,老也平静不下来。这是吕颖早就盼望的时刻,机会来了,她一定会尽心逢迎。海成印好像有深仇大恨要发泄,把吕颖当成了报复和讨债对象,以决不轻饶的架势一次次冲刺,直到精疲力竭。

海成印倒在吕颖床上睡着了,吕颖的头脑却很清醒。她觉得事情已经清楚,该给闺蜜葛美丽一个交代了。就到大厅里，坐在沙发上用手机发了一封信：美丽姐，你托我办的事我办完了。你老公确实和那个姓刘的女人上床了。那女人自己都承认了，她老公亲口告诉我的，这件事实锤了。怎么处理这件事，你自个拿主意吧，我就不参言了。不一会接葛美丽回信：知道了。谢谢。

第二天天大亮，海成印才醒，发现和吕颖睡在一起，摸摸脑袋说，咦，我怎么睡到你这里了。吕颖说，装吧，装，你咋来的，干啥了你不知道吗？

海成印一拍脑袋瓜说，想起来了，我被我家那个婆娘害惨了，我要和她离婚，和你成家！

真的吗？吕颖问。

真的！一言为定！海成印肯定地说。

吕颖乐了，心头响起潘美辰唱的那首歌《我想有个家》，自己终于找到一个可心的男人，有一个自己的家了。

刘素英不吃不喝，在床上哭哭睡睡一天一夜，到了次日中午才知道饿了，起来喝杯牛奶又睡。午睡起来，头脑清醒一些，她想，无论如何还得把海成印找到。虽说要离婚，但现在还是夫妻。他半夜离家出走，真要有个好歹，自己没法向女儿和济南海成印的亲友们交代。于是，她就给海成印打电话、发微信。海成印电话不接、微信不回。还好，手机是开通的，说明没出什么意外。但还是见着人为好，见着人才彻底放心。一夜夫妻百日恩，他不仁，我不能不义。刘素英这么想着，午睡起来后就去了海边。

刘素英知道海成印钓鱼所在的大概方位，就在金螺湾海口和澄迈交界处的海边。从自己家小区后门出来十分钟就能到。

刘素英沿观海路走过去，在不远处下到海滩，又走了不远,就看到一个熟悉的背影,对,就是海成印,他坐在塑料凳上,面朝大海手握钓竿。和以前不同的是,他身边坐一个穿着时髦服装的垂钓女人,两人离得很近,看来关系密切。刘素英眼尖,看到那女人在喂海成印吃什么东西,还给他端水杯让他喝水。

亲眼所见,她一切全明白了!海成印外面有女人了,昨晚是回家找碴儿闹离婚的。你想离婚就说离婚,动手打人,骂妻子娼妇、破鞋,这还叫人吗,这不是人渣吗?刘素英愤怒透顶失望至极,仅有的一丝温情、一丝怜惜、一丝留恋,瞬间消失得无影无踪。她头脑发晕,差点一头栽倒在沙滩上,勉强坚持着一步一步挪回小区,坐到小亭子里的木凳上大喘粗气,好不容易才平息下来。

在小亭里的长凳子上坐着,刘素英不再掉眼泪,她迫切需要找人倾诉。找女儿,没法说,找父母,也没法说,她也没有兄弟姐妹,海南这里也没有朋友闺蜜。她决定找杨占义,不管他在哪,是否有妻子在身边,她都要与他说话,否则,自己非憋屈死不可!

她给杨占义发了微信,杨哥很快就回了:你在哪儿?我在家。我回来了。

刘素英又发信:我在小区亭子里,去你家方便吗?

方便,我中午就从陵水回来了,一个人在家,你来吧。

刘素英向杨哥家走,边走边想,嫂子不是病了吗?他昨天中午才去陵水,怎么今天就回来了呢?她当然想不到发生了什么情况,连杨占义也没想到,但它还是猝不及防地发生了。

杨占义接到葛美丽的电话,说她病倒在陵水了,让杨占义去看她。杨占义急忙收拾一下,打车往老城镇高铁站上去陵水的最早一班高铁，历时三小时，到陵水站已是上灯时分，他打上出租车，到葛美丽下榻的那个酒店时，已是晚上八点多了。

他顾不上吃饭，在酒店旁边的水果店买了时鲜水果。见有药店，也不知葛美丽得什么病，买什么药好，只好作罢。他发微信给葛美丽，说他很快就到。葛美丽告诉了他房间号，让他直接上去。

杨占义提着一兜子水果走到葛美丽的房间门口，门是虚掩着的，他推开门，房间是暗的，看来，妻子病得不轻。

杨占义刚喊一声"美丽"，房间的灯突然全开了。他看见床上一个女的和一个男的抱在一起。杨占义一下了蒙了，以为走错房间了，急忙向后退。边退边说，对不起，我走错房间了！这时床上那个女人说话了，占义，你没走错房间，这就是我的房间，这是我的情人李哥，让你撞上了。

杨占义气坏了，你，你这是干什么！你是知道我要来的呀！你不是病了吗？

葛美丽说，难道只允许你在家搞女人，搞那个姓刘的，就不允许我在外头搞男人吗？一报还一报，我就是让你亲眼看看，我葛美丽在外头，也有男人喜欢！

杨占义气得说不出话来，僵在那里了。

床上那个男人要下床，葛美丽一把拉住，又冲杨占义道，我介绍你认识一下，这是李哥，我们一个剧团的，老搭档，我的相好，我的情夫，我俩早好上了，怎么样，刺激吧，你开心了吧，你过瘾了吧！

葛美丽！你他妈疯了吗？杨占义气得对妻子爆出了粗口，撸袖子就要上来打人，像一只急红了眼的兔子。

葛美丽更加张狂，我就是疯了，我今天就疯给你看！李哥，来抱我呀！她还在作势喊叫，抬头看时，杨占义已没人影了。

杨占义目睹了今生最为耻辱的一幕，他老婆和别的男人通奸，还当着他的面，故意让他看到，这不是奇耻大辱是什么！他实在看不下去，听不下去了，他也不愿看下去听下去！他飞快离开房间，飞快离开酒店，飞快离开给他带来耻辱的地方。他招手打了一辆出租车就向陵水高铁站赶去，想尽快坐高铁回家。没赶上火车，夜里开往海口方向的最后一班车也开走了，只好买次日上午的票回澄迈。

杨占义在车站附近登记了住处，他也不饿，也不困，就在陵水站前硕大的广场上转了一圈又一圈，他像上了发条的机器，一圈一圈不停地转，边转边理清了思绪：这葛美丽肯定是听了挑拨和传言，误认为他和刘素英有染才这样做的，才有意报复他的，才当场做给他看的。这事发生在别人身上奇怪，发生在葛美丽身上不奇怪，她就是这种性格这种作派的人。问题是，她是捕风捉影的，是偏听偏信的，是冤枉别人的，不仅冤枉了丈夫，也冤枉了人家刘素英。她这么闹，会不会对刘素英不利，对人家家庭产生影响？看来，葛美丽是王八吃秤砣——铁了心，要和自己一刀两断，要和那个老李过日子了。那个老李，他以前没见过，但听葛美丽说过，是剧团拉弦的，是她的铁杆追求者，为了显示关系纯洁，葛美丽一再表示她和李哥是清白的，哪知道他们早就那样了呢，真是画猫画虎难画骨，知人知面不知心呀！即使以前没那个关系，现在上了床搂在一起，能说没有关系吗？他伤透了心，对葛美丽不留恋，对这个家也不再留恋，爱咋地咋地吧。但他不想无辜，伤及单纯重情义的刘素英。要是葛美丽再闹起来，把刘素英也伤害了，把人家家庭也拆散了，这罪过就大了。他不再考虑自己,他想过两天和葛美丽联系,让她不要怪罪和伤及刘素英,把一切惩罚都留给自己,离婚时他宁可净身出户。尽管自己是无辜的,但刘素英更无辜,是自己张口要了人家的腰带,才惹出这样的祸端。他要尽一切可能保护无辜,保护刘素英。他这时还不知道,刘素英的家庭已破裂,丈夫已宣布和她离婚,起因也是那条腰带,他和刘素英已然"同是天涯沦落人"了。

十

刘素英进了杨占义家,看见杨占义在喝酒,人已有几分醉意了。

杨占义上午9点多上高铁,坐了三个小时,从老城镇站下车,已是中午时分了,打车回到小区,已经快下午两点了。他昨晚没吃饭,今早也没吃饭,觉着肚子饿了,就在附近超市买了一袋子方便食品和下酒菜,还买了两瓶剑南春。这酒不光便宜好喝,还特别对他目前的心境,葛美丽的作为,就像有一把剑刺在心头,让他时时难受。这时,他特别想喝酒,家里的洋酒人头马他不再想喝,那是葛美丽为他酿制的苦酒。他要用自己买的酒麻醉自己,忘掉不快的一切。

杨占义正举杯间,刘素英进来了。他招呼刘素英在对面凳子上坐下,给她也倒了一杯酒,要和她对饮。

杨哥,你怎么这么快就回来了,嫂子病好了吗?刘素英

杨占义说,她根本就没有病,是脑子病了。你陪杨哥喝酒,等杨哥酒盖住脸,再给你说。你这两天怎么样,没什么事吧?

刘素英没回话，两手捂着脸号啕大哭起来，任由泪水在脸上流淌，好像终于见到亲人，用哭泣诉说着心中的委屈。

杨占义站起身走过来，用纸巾给刘素英擦眼泪，越擦越多，两包纸巾一会儿就用完了。

素英妹妹，这是怎么啦，受什么委屈了？杨占义刚说完，刘素英就起身扑进他的怀里，杨哥，咱俩比窦娥还冤呀！我丈夫说咱俩有奸情，骂我娼妇破鞋，还打我一耳光，要和我离婚，我家破人亡了！

杨占义也抱着刘素英，说，他有什么证据？

刘素英说，还是那条我送你的腰带！

杨占义也哭了，素英妹妹，是我害了你，我要了你这条腰带，也害了我自己。你嫂子，她，她，她做得更过分！

我嫂子她怎么了，她对你做什么了？

杨占义说，妹子，奇耻大辱呀，我没法说，不能说呀！说完号啕大哭起来。

刘素英想知道杨占义受了什么委屈，以至如此悲痛。男儿有泪不轻弹，只是未到伤心处，看来杨哥受的伤更深。她举起酒杯说，杨哥，我陪你喝酒，咱俩今天往多里喝，往死里喝，借着酒，把心里的苦水都倒出来！

很快，两个人都喝多了。杨占义就把在妻子房间看到的那一幕，都说了出来。边说边淌眼泪，一把鼻涕一把泪，伤心至极。

刘素英有点不相信，说，杨哥，是你看错了吧？

杨占义说，没错，千真万确！葛美丽和那个姓李的在床上一丝不挂搂抱着。她以为咱俩有染，以此报复我。还说，你和姓刘的在家搞痛快，我们在外面搞也舒服！

刘素英骂道，这是畜牲，还是人吗？有人的廉耻吗？继而哭道,杨哥,没想到你受的伤害更深,心里更苦。咱俩都是苦命人呀!喝酒,喝多了喝醉了,心就不苦了!

刘素英喝醉了,平生第一次大醉,杨占义拦也拦不住,也跟着喝,两瓶剑南春喝光了,万箭穿心也不知道了。

刘素英踉跄着上洗手间,杨占义在外面等,她老也不出来,杨占义害怕出事,就进去扶她,见地上、水池吐得哪儿都是,她还趴在洗手池边上吐,连衣裙上,连内衣上都是污物。

杨占义也喝高了,但他毕竟酒量大,比刘素英清醒些,也不顾男女有别了,他把刘素英抱到床上,脱光了除内裤以外的全部衣服,放到洗衣机里去洗。尔后兑一盆温水,把一条毛巾拧干了给刘素英擦拭身体。又放一条湿毛巾在刘素英额头上,让她醒酒。还给她灌了几勺醋,喂了几口水。都弄好,他去厅里沙发上躺着。刚躺下,就听刘素英在里屋床上"杨哥""杨哥"地叫,大声喊,杨哥,我冷,我冷,抱抱我,抱抱我!

杨占义上了床,把刘素英抱在怀里,紧紧地抱着,抱着抱着,自个儿身上就有了感觉,但他还是努力控制着,不想在刘素英不清醒的状态下发生男女之事。两人紧紧搂抱着睡熟了,一直到天光透亮。

早上醒来,太阳光照射到床上,刘素英看和杨占义睡在一起,就推一把杨占义,说,杨哥,我咋睡你床上?

杨占义把经过说了一遍,刘素英说,你没把我那个吧?

杨占义逗她,那个了,你让的。

刘素英说,我那时不清醒,不作数!

你啥意思?杨占义问。

刘素英说,我让你再来一次,在我清醒的时候。

杨占义沉默了好一会儿，仿佛下定什么决心，小心道，你愿意吗？

刘素英双眼淌着泪，点了点头。

事毕，刘素英说，杨哥，我啥也没有了，你要是喜欢我，咱俩结婚成家吧。

杨占义不正面回答，学刘素英刚才的动作，一直点头。

两个人的身体幸福地扭结在一起。杨占义要去做早饭，刘素英不让，说，不吃，不饿，咱俩就这么抱着，不许走！

两人幸福地抱着睡了一个回笼觉后，已到中午时分，杨占义起来备午餐，刘素英要打下手，杨占义不让。刘素英说，那我干什么？杨占义说，等着吃，绣你的十字绣。

他已把刘素英的衣服洗好、晾干、烫平。刘素英穿戴整齐，说，杨哥，我上去取一趟东西。说完，就上楼回了自己家。

不一会儿，刘素英就下来了，手里拿两样东西。

杨占义边做菜边问，这么快？

刘素英说，我就拿两样东西，一个是你送我的梅兰竹菊画，一个是我正在绣的椰风海韵，这两件东西我都喜欢，都是你送我的礼物。其他我一概不拿，净身出户，给别人腾地方了。

杨占义说，这样好，缺少啥，杨哥给你置办！

刘素英说，不用，我有退休金，缺啥我自己买。你把你自己送我就行了。

午餐准备好，两人上了桌。杨占义提议道，咱俩喝一杯定情酒。

刘素英赞成，两人碰杯，喝了交杯酒，再没说什么话，但情意已满满地从酒杯里溢出来了。

刘素英说，杨哥，我送你的梅兰竹菊十字绣，你送我的梅兰竹菊四幅画，就算咱俩的定情物吧？

杨占义说，好！你送我的那条腰带，也应该算定情物吧？

刘素英说，可以。但你也得送我一条你的腰带，以示对等。

这个不难，哪天你陪我去免税商店选一条。杨占义说。

刘素英说，不要，不去免税商店买，我要一条特殊的腰带，就是古人用的有"长毋相忘"腰带扣的那种腰带。

杨占义说，那也不难办到，我马上上网订制，一定要手工制作的，保证满足你的要求。

刘素英说，我就是那个意思，我要用这条腰带把咱俩永远拴到一起。咱俩太不容易了，从一条腰带开始，用两条腰带终老。说着，刘素英的眼泪又淌了下来。

杨占义给刘素英擦眼泪，擦着擦着，两人又深情地相拥在一起。

故事的结局，读者朋友们都猜到了。杨占义和刘素英走到了一起。他俩妥善地处理了离婚财产的分割问题。刘素英净身出户，得到了夫妻部分存款。杨占义要了金螺湾的住房，把存款全部给了葛美丽。刘素英先是住杨占义的房子，后来两人把房子卖掉，添钱买了小区二期新开发的两室一厅新房。

杨占义将房子做了精心装修。刘素英绣的梅兰竹菊十字绣，被移到了两人卧室，杨占义手绘的梅兰竹菊四君子图，经过精心装裱，挂在了大客厅里。客厅的墙里墙外都是梅兰竹菊，寓意君子表里如一。夫妻两个喜欢梅兰竹菊，寓示也要像四君子的品质一样，表里如一，互敬互爱，心心相印。两人喜结连理后，杨占义花3000元买了个电动车，天天拉刘素英外出游览，到有风景处停下，他绘画写生，刘素英绣十字绣，互相帮助，教学相长，日子美哉乐哉。他们的电动车行走时会避开一段海岸线，刘素英不想遇见在海边钓鱼的那两口。

海成印和吕颖成家后，小日子过得也不错。吕颖珍惜得来不易的幸福，海成印也接受了以前独钓江湖、冷落妻子的教训，和吕颖一起垂钓，还一起跑步。跑步是吕颖要求的，为的是让丈夫锻炼体能。她含蓄地对海成印说，你好我才好。海成印懂她的话，也乐意服从，加强了体能锻炼，累并快乐着。他有时也会想起前妻刘素英的种种好，还有分割财产时的大度。事实已证明，错误并不在她，但她却净身出户，还提出不要一分存款，留给海成印的新家使用。重义轻利，淡泊名利，做中学教员的前妻做到了。因为海成印的坚持，她才要了一小部分存款。海成印卖了小区原来的房子，又加上自己和吕颖的存款，也买了二期开发的一套两室一厅新房，买时为避开和杨占义刘素英做邻居，选择了另一栋楼，避免两家人抬头不见低头见的尴尬。

葛美丽和拉弦的李哥回太原了，晋原晋剧团希望他们回去，给他们优厚待遇，进行老带新艺术传承。李哥当然高兴，终于携得美人归，两人商定回太原后结婚成家。三对新人中，最后悔的还是葛美丽，她飞太原前，在海口美兰机场给杨占义发了微信：占义，我经过反复验证，知道自己冤枉你和刘老师了，我更不应该演那场戏给你看。我演了一辈子戏，这场戏却演砸了，把你演跑了。我好后悔！我要告诉你，我那天晚上和老李真的是在演戏，我俩是清白的，我一直是守身如玉的。演戏是为了报复你，想让你回心转意，没想到戏演过头了，把你气跑了，跑到别的女人的怀抱了。世上没有后悔药，现在说什么都没用了，我会记着你对我的好。你是个好男人，哪个女人跟了你都会幸福。祝你新婚快乐，家庭生活美满。飞机就要起飞，我的候鸟生活也结束了，就写到这里吧。珍重。前妻葛美丽。

看了微信，杨占义瞬时生出许多感慨。他走到户外，抬头向天空望去，天空中有两架飞机往北飞，不知葛美丽在哪架飞机上。杨占义向天空挥挥手，再挥挥手，他是给前妻葛美丽送行，也是在向昔日告别。

掌叔和甩鞭的女人们

一

　　三年前的正月十六那天早上，因为中午就要从美兰机场乘飞机离开海南澄迈，我起床后到小区后面盈滨半岛的海边溜达一趟，算是和大海告别。走到盈滨广场时，突然听到一阵鞭声炸响。广场上每天早上都有一些男女在这里甩鞭锻炼身体，我是知道的，那啪啪啪的甩鞭声，我已耳熟能详，但刚才听到的鞭响声却有些异样，陌生又熟悉，激活了儿时的记忆，使我想起一个人，这个人就是掌叔。

　　掌叔与我同姓，他和我父亲一辈，我称他掌叔。看过电影《青松岭》的人都知道，影片中有个车把式，叫张万山，"长鞭哎那个一甩哎啪啪地响哎"，唱的就是他赶车的豪迈气势。掌叔是我们村远近闻名的车把式。他在村里是个牛人，不仅车赶得好，而且会驯牲口，村里牲口都怕他，没有一个敢犯犟。

　　掌叔中等个头，身材壮实，红脸膛，络腮胡，两眼炯炯有神，嗓音洪亮。他最拿手的是制作鞭子，甩得一手好鞭子。夏季夜晚乡亲们在打麦场聚谈消夏，有时掌叔会应邀甩起长鞭，那响声外村都能听见，尤如枪声密集，也如炒豆炸锅。逢年过节，掌叔家很少买鞭炮，他手执一根长鞭，站在门

-143-

口的青色上马石上，左三鞭右三鞭，上三鞭下三鞭，然后噼噼啪啪无数鞭，那声音比浏阳产的万字头响鞭还响亮。

掌叔是从哪里学的赶车和甩鞭手艺，我不得而知。他身上有一种气场，往牲口前一站，威风凛凛，口令出时，斩钉截铁，牲口只有听喝的份。一般情况下，他是不动用鞭子的。他曾经给我说过，驭手对牲口，一是震得住；二是柔和，不能往死里打，也要打一鞭揉三揉。牲口也通人性，你对它好，它才能对你好；三是教，训练它，做它的思想工作。他也真能镇得住牲口。一次，一户人家在我家磨房使一头红骡子拉磨，不知因为什么把红骡子惹毛了，拉起磨飞一样不停地跑，磨上粮食空了，还跑个不停，眼瞅要把空磨拉坏，怎么也制止不了，怕伤人，也没人敢靠前。用户急忙找来掌叔。掌叔不慌不忙，手提长鞭，在磨房外院子里连甩三鞭。红骡子闻鞭声而止步，众人皆惊叹不已。

掌叔的甩鞭在我老家三里五村那是一绝，深深嵌入我的记忆。今天远在南国他乡的澄迈，怎么会听到掌叔的鞭声？难道这是我的幻觉？抑或是掌叔教授的徒弟来了这里，或是不同鞭法的重叠和巧合？我怀着好奇的心情向广场南侧走去。

在盈滨半岛，不同爱好的候鸟们，都有自己的活动场地。他们人以群分，不是按什么规划，而是按先来后到，或别的什么理由，形成特定的活动场所。跳新疆舞的在灯塔广场，管弦乐队的演出在盈滨广场北部，爱好豫剧的在盈滨广场西部，打太极拳、舞太极剑、跳广场舞的各占广场一角。个别吹萨克斯的、唱歌的，就自讨方便了，有到海边的，有钻椰树林的，属于散兵游勇之类，也有个别切磋技艺的，谈情说爱的，就不一一提及了。

在广场甩鞭属一大门类，在盈滨广场已形成阵势，成了气候。每天早上,都有有此爱好的候鸟们来此甩鞭,多时一天早上达到数十人,蔚为壮观。他们一齐甩鞭,动作整齐,鞭声齐鸣,阵容不凡。因为各持长鞭甩动,害怕伤人,就需要拉开距离,这就占据了广场南部的一大片地方。当这里鞭声响起时,就成为颇吸引人的一大景观。

来这里的候鸟们,有甩鞭锻炼身体的,也有展示才艺的,也有拜师学艺的。最引人注目的是,这里有几个女甩鞭客,她们手持钢丝鞭柄麻绳鞭体的长鞭,头戴护盔,臂着护袖,英姿飒爽地活跃在甩鞭场地,展示了不一样的女人风采,不仅是万绿丛中几点红的点缀,而且为执鞭逞强的男人世界带来了新的气象。

二

我循着鞭声而来。这鞭声新鲜又古老,熟悉又陌生。今早与往日不同,候鸟们不是鞭鞭共鸣,各展风采,而是围成一个圆圈,在看其中一个人表演。

表演者白发鹤颜,身体精干,身着红衣黑裤,随鞭声响起左右上下腾挪,偶尔还借甩鞭之力翻一个跟头。他的形体动作、甩鞭方式都与众不同,让人们惊叹不已。当鞭声响起时,掌声就响了起来。我特别注意到,他手中的鞭子也与众不同,是我儿时便熟悉的用竹竿做鞭杆的那种长鞭,鞭绳是用牛皮合成的,而且是上好的牛皮;鞭梢是用最结实最柔韧的牛皮做成的。整条鞭子像一条灵动的蛇。但它可比蛇结实耐用,一条蛇,你抓住它的尾部一甩,蛇就散了骨架。牛皮做的鞭子则不然,越用越结实,越甩越脆响。不同的人、不同的甩鞭方式、不同的鞭具,让这场表演具有教科书式的意义和艺术欣赏的价值。

掌叔！当表演结束，我不顾别人惊诧的眼神，冲上前去和表演者打招呼。在看他表演时，我找回了儿时的记忆、儿时的影像，这就是我多年不见的掌叔，我儿时崇拜的人物！

掌叔，你怎么到了澄迈？怎么在这里表演你的甩鞭绝技？我急切地问。

掌叔一手握鞭杆，一手揉眼睛，揉了半天才说，安侄，是你吗，真是你吗？

我回答说，是的，我在这里买了房子，也成了一只候鸟了。你呢，你怎么到了这里？

掌叔说，安，这里不是说话的地方，走，回家去！到家给你细说！说完，他朝众人拱拱手，大声说，今日失陪了，今日失陪了。

我俩沿观海路往灯塔方向走，过了景廷酒店不远，掌叔领我进了一栋别墅。别墅院子不小，楼体是米黄色，掩映在椰子树和凤尾竹后面。

我说，掌叔，你就住这里？好阔气呀！

掌叔说，这里再好，也不如焦作呢！

我知道掌叔的儿子、我堂弟大营前些年搞房地产发家了，在北京、郑州开发楼盘，在焦作云台山也开发了大片楼盘。掌叔老伴去世后，大营要接他去北京养老，他死活不去，大营就在焦作给他置办了房子。我去焦作看我哥时，去看过掌叔，在焦作解放区一栋楼盘里，他有一套200平米的房子，但掌叔住不惯，非要回老家住。大营说，我回老家盖半条街都盖得起，但盖好了，你一个人住有啥意思？坚持让他住焦作，离自己开发的云台山住宅区不远，来去看老人方便。

我站在掌叔澄迈的别墅前问他，你以前连焦作的房子都不愿意住，怎么愿意大老远地来海南？

掌叔说，你以为我愿意来呀？大营说，他在这里买了一套别墅，再不来人看着，房子就被人占去了。他来了一趟，院里被别人种了菜，楼里也被别人放了货物。他找到派出所，派出所说，这种情况很多，他们也没有办法。还是得派人来看着，住了人谁敢再侵占，那就以法论处了。

原来，您老是来看瓜园的呀！我开玩笑说。在我们老家，瓜园得有人看，黑天白夜地看，不能离人。

可不是咋的，不是为了看这个别墅，哪个鳖孙愿意来！这个别墅成老鳖壳了，离也离不开了。

我说，您老到了这里，也是英雄有用武之地了，刚才在盈滨广场，您那鞭甩得可是盖了帽了，谁人不服？

那是。掌叔得意地说，他们还差得远，绝活我还没亮出来呢！

掌叔要请我进别墅喝茶叙谈，我谢绝了。我说，掌叔，我实在不能再陪您了，上午我就要飞北京，一会儿我就要去机场。再来时，我一定来看您，咱两家住得不远。

掌叔握着我的手说，你下次来时，一定来家坐坐，咱爷俩好好说说话。见天一个人，憋闷死我了！

我说，一定一定。但我爽约了。因为疫情影响，加上染病的岳父岳母需要照顾，我和妻子连续两个冬天都没有到海南，自然也就没有再见到掌叔。

三

去年冬天，疫情过去了，我岳父母也去世了。我和妻子决定到海南澄迈过候鸟生活。我们不怕房子被别人占去，有物

-147-

业帮着看管呢！我们是想充分利用它，享受晚年幸福生活。

下午刚到盈滨半岛金螺湾小区家中，正在收拾房间，接到堂弟大营从北京打来电话，说，安哥，你去海南了？

我说，你咋知道？

大营说，我在你朋友圈看到你发的照片：候鸟生活开始了。

我说是的，正收拾房间呢。你有事？

大营说，正是有事求你。我爸他病了，麻烦你去看看他。

我说，应该的。病得严重吗？

大营说，有点严重。

我说，掌叔病得严重，你该过来呀！啥事轻重缓急你分不清吗？

大营说，我爸这病，我当儿子的治不了，也不好掺和。

我说，是啥邪乎的病，你不好掺和？

大营说，安哥，我爸得的是老年婚恋综合征，你是大作家，见多识广，懂心理学、社会学、老年学，一定要好好开导开导他老人家。我们当儿女的不好参与，说啥他也不听。你就多费心，就算是深入生活体验生活了。

我说，可以，我试试，尽量有好结果，但你得给我讲真实情况，讲目前遇到的主要问题，我好对症下药、见缝插针。

大营说，我自然会告诉你。一言以蔽之，都是去广场甩鞭惹的祸。这也怨我。他到了海南澄迈，在盈滨广场见到有人在那里甩鞭锻炼身体，就非要参与。他让我把他在老家使的鞭子托运过去，我照办了，没想到他长鞭一甩显了能耐，却也惹出了麻烦。

我说，我见过一回掌叔甩鞭子呀，那叫盖帽，把一场子人都镇住了。

是呀，是镇住了，崇拜者也吸引来了，他也陷入情感纠葛中了。

我听得有兴致了，这是很好的写作素材呀！我说，说具体的，说细一些！

太细的我也说不来，大致情况是这样。通过大营的叙述，我大体知道了事情的原委。掌叔甩鞭在广场那伙人中拔了头筹，自然就受到关注和青睐。几个女鞭客知道掌叔单身，又住在广场附近一个大别墅里，都愿意和他接近，故事也就发生了。

在广场甩鞭的女鞭客个个都是奇人。她们来这里练甩鞭，一是出于好奇心，二是锻炼身体，三是欣赏男人的孔武有力和独门绝技。你想想，来这里甩鞭的男人，哪个不是闪躲腾挪壮汉一个？就像男人欣赏女人的端庄美丽，女人也欣赏男人的孔武雄壮，而这里是最能展示男人雄壮体能的地方。不是说这些女子到这里是因为对男子有什么想法，那就想歪想邪了。就像男人欣赏女人，很大程度上就是欣赏，并不曾有其他想法。异性相吸，不仅是生理上的，更是心理上的，是心理上的认同和认可。

掌叔比我大十多岁，已经七十出头，但长年的劳作和使唤牲口，使他有一副十分强壮精干的身体。被儿子接到城市后，他也是鞭不离身，一有机会就甩鞭娱乐和健身。一口气甩几十个长鞭下来面不改色，呼吸如常。常年锻炼身体，身体自然就好，肤色呈古铜色，没有一丝赘肉，往广场一站，就是一座铜雕，行动起来，就是一只猛虎。掌叔在全国甩鞭界也算一个达人，但没人替他宣传，他就是默默无闻的乡村老汉一个。但到了海南澄迈却风云际会，成了甩鞭场地的显眼人物，英雄有了用武之地。女鞭客对他欣赏和关注，那也是自然的。

掌叔受人欢迎，还在于他热情豪爽乐于助人的性格。他住着大别墅，儿子定期往卡里打钱，卡里几百万足够他花销，所以他出手大方。和鞭友们熟识后，他多次邀请大家去家里聚会。鞭友们说，去可以，打平伙，AA制。后来聚餐费用就由掌叔包了。他让几个女的去超市买这买那，买回来再由她们加工，这样更简单更日常更节省。大家在一起喝酒聊天，切磋技艺。不管论年龄、技巧、家庭条件还是贡献，掌叔都拔了头筹。他成了这群候鸟中的猴王，一些事情不言而喻地就自然发生了。

掌叔喜欢上的第一个女人是东北人。这女人五十多岁，性格豪爽泼辣，做事麻利勤快，操持家务是一把好手。两人好上后，女的说，别说你一栋别墅，就是十栋别墅，我也给你打理得井井有条。女人是从吉林梅河口来的，丈夫常家暴她，她就跑到海南，一方面谋生，一方面为离婚创造条件。男人已答应离婚了，所以她才敢和掌叔那样。在办理离婚的过程中，男方知道她傍上了一个大款的父亲，就敲诈女的，实际上是敲诈掌叔，要到手50万元才同意离婚。掌叔同意，大营也同意了，刚说好，男的就变卦了，要100万元。掌叔气坏了，但也没法，说再同儿子商量商量。女的却很仗义，坚决不干了，对掌叔说，一分钱也不给他！我不能再给你添麻烦了，我要是跟了你，他还不知道怎么威胁你敲诈你。不给他这个机会！不离就不离，看谁拖死谁！掌哥，你对我的好，我记下了，但咱俩得一刀两断了，为的是不拖累你！女的说了这话就离开了，听说是到三亚谋生发展了，手机号也换了，从此失去音信。

女的失联了，掌叔也失恋了，好长时间都在想这个女的，他想这个女人的人品，觉得世上还是好人多。

大营对我说，接下来还有那么两三个，我就不多说了，也说不出口。你和我爸关系好，他一定会亲口告诉你。

我说，那好。没想到我掌叔身上还有这么多故事。

大营说，谁说不是呢？我妈去世后，我们兄弟姐妹几个劝他再娶，他脑袋摇得像拨浪鼓，怎么到了海南澄迈就变了呢？你问问他是咋回事？目前是啥情况？他找咱也不拦他，关键是他要开开心心。安哥，这件事就包给你了呀！

四

过了一天，等我把家安顿下来，就去看望掌叔。我提着礼物，不到十分钟就到了那栋别墅。掌叔正在给菜浇水，见我来，关了水龙头就迎了上来，安子，这两年你跑哪里去了，也不来看看恁叔？

我说，我这两年都在北京，没来澄迈，没法来看你。这不刚过来，就来看您老来了吗？

掌叔说，知道你忙，也不知道你见天忙个啥？

我说，除了工作，就是写小说，是写老年人婚姻恋爱方面的。

咋？老年人婚姻恋爱的事你也要管？

我笑笑说，不是管，是把故事写出来，让人受启发。

掌叔说，掌叔身上也有故事，你写不写？

我说，掌叔，咱进屋坐下说，你好好给我喷喷。你敢说，我就敢写。

到了别墅内，坐下沏上茶。掌叔变了，烧茶用上了茶具，还用椰树牌大桶矿泉水。

茶沏好，两人一人一杯放好。掌叔说，不是让你写我，是我心里太憋闷，想找个人说说。你是咱老家村里读书最多的，又是啥作家。你小时在家，咱爷俩话就稠，你可别嫌你叔树老根多人老话多。

我说，掌叔，我现在也退休了，时间一抓一把，您老愿意说，我就愿意听。只是你得给我实话实说，我好帮你分析分析，也许能帮你拿个主意。我没说是大营让我来的，只说是为掌叔他好。

掌叔说，这你放心，我啥也不瞒你。你就给我当个军师吧。

我说，军师说不上，给你当个秘书吧。

掌叔哈哈大笑，说，中，中！

又过一天，我是上午来的。我问掌叔，掌叔，咋不见你去甩鞭了呢？

掌叔说，小孩没娘，说起话长。就从甩鞭子说开，说起因甩鞭子结识的三个女人。

第一个那个东北女人，我都已知道了，重点关注的是第二个、第三个女人。掌叔的叙述，使我更多地了解了老年人的婚恋心理和想法。

掌叔说，那个东北女人的离开，让他难过了很长时间。这个女人是个好女人，好在处处替别人着想。女人走了，他像年轻人一样尝到了失恋的痛苦。听说这女人去了三亚，他想去三亚找，人生地不熟，去不了。他让大营去找，大营不去。大营说，人家没离婚，是别人的合法妻子。你去找人家干啥？你不是给我找新妈，是给自己找麻烦呢！想想大营说得也对，就放弃了这个念头。

我适时插话道，掌叔，那次我到焦作家中看你，你说大营张罗给你找个后老伴,你坚决不让,到海南这几年咋就变了呢?

唉!一声"唉",我听出了掌叔话中无尽的含义。他接着说,过去我是真不想找,现在是真想找!

我问,为啥?是因为海南气候热吗?

掌叔说,和天热没有关系,和人热有关系。

啥意思?我问。

盈滨半岛这里人热闹,候鸟一堆一堆的,都是成双结对的。不成双成对,也成群结队。海边上的人乌泱乌泱的,红男绿女一群一群,我老汉一个人住一栋别墅,你说孤单不孤单?开始还不觉得,时间一长就显孤单难耐。这里不比在咱老家村子里,也不比在焦作,在那里住,到处都是熟人亲戚朋友,孙男弟女也常来看我。这里是外面空院一个,家里四堵墙壁,我闲得慌闷得慌,走出来看人家两口子走路,就羡慕得很!我给谁去诉说?有时想一走了之,看什么别墅,去他的吧。但一想大营也不容易,这么大一处房产,我不来看谁来看!不看着,让人占去怎么办?

按说,我已年过七十了,不该再找老伴了,但机遇来了,我也想抓一下,想抓住幸运的尾巴。我在盈滨广场甩鞭有了名声,一些人拜我为师,其中也有女徒弟。甩鞭的候鸟们到我别墅聚会时,我出钱,女徒弟们张罗。客人走了,她们留下来收拾。东北那女人留下来的次数最多,走得也最晚,再后来,我就不让她走了,我俩就住到一起了。这真是个好女人,对我那是一百个好,我对她也掏心掏肺,都谈婚论嫁了,出了她丈夫敲诈这件事,她为了我出走了,把我闪一下,我痛苦了好长一段时间,直到和第二个女人好才解脱。

五

和掌叔好的第二个女人,也是候鸟,也是爱好甩鞭子的女人。年轻时是一个公司的白领。和丈夫结婚后,两人在河北沧州开了一家贸易公司。经营还不错,挣了不少钱,但男人不正经干,拿挣的钱去赌博,结果赔个底掉,弄了个债台高筑,为躲债四处逃避。幸亏她和丈夫离婚早,及时做了切割,才没被牵连进去,还保留了部分财产。但在老家也待不下去了,一些人找不到她前夫,就来找她,她不胜其烦,就跑到海南来,把自己和孩子的户口都迁到了澄迈老城镇,也是想让孩子在海南参加高考。这也是一些人迁到海南的原因。可怜天下父母心,这也是没有办法的办法。这个女的在盈滨广场附近开一家超市,租出去经营,生意能维持,但赚钱不多,生活还是有压力的。她来广场甩鞭,是想通过甩鞭减轻心理压力。

掌叔说,他和第二个女人结识,也是通过甩鞭认识的。这女人的儿子在海南职业技术学院上学,住校不回家。女的没啥事,就向掌叔拜师学甩鞭,但她进步慢,老也学不会,甩出的鞭子打不远,收回来还缠绕到身子上、脖子上。没办法,掌叔就手把手地教。沧州女人很好学,要求到掌叔家里给自己开小灶。掌叔在东北女人走后,内心也寂寞,就同意她到家里来。在家里手把手地教着,两人就教到床上去了。

掌叔说,两人在一起那个,是那女人主动的。一次教完甩鞭,他去卫生间冲澡,正冲间,女人一丝不挂地也进了冲澡间,非要给掌叔搓澡。掌叔让搓也不是,不让搓也不是,傻愣到那里,两个男女赤裸站在一起,掌叔进退两难:进吧,没思想准备;退吧,要是女人叫起来,自己也说不清楚,于是束手就擒，那种事就发生了。

事毕，那女人留下吃晚饭。吃饭时，女的说，你这大别墅挺好，我喜欢。我以后每天来陪你住如何？

掌叔说，别墅我一个人住，闲着也是闲着，你愿来住就过来住。那女人就带点衣服用品，过来和掌叔住到一起了。

女人也就五十多岁，比掌叔小十七八岁。年轻得多，也开放得多。白天，掌叔教她甩鞭，晚上她教掌叔甩鞭。那事方面，她比那东北女人厉害，也比掌叔通透。她是掌叔的好老师，教掌叔学会了许多新花样。女人主动、乐意，他也就顺水推舟地承受，沉浸在温柔乡里了。

女人来了，家里的日常生活也有变化。女的喜欢喝洋酒，掌叔就给她买来喝。喜欢穿品牌，掌叔也花钱给她买。家里吃穿用等所有东西，都从女人的超市往这里送，自然是掌叔花费。两人在一起鱼水相欢其乐融融。

掌叔对我说，他和那女人同居一百天后的一个夜晚，两人翻脸了。在快乐一番之后，那女人说，咱俩老这样不行，是不是应该考虑结婚了？

掌叔说，我比你大近20岁，你愿意和我结婚？

女的说，那看啥条件。

掌叔说，啥条件？

女的说，就一件事，把这别墅过户到我儿子名下。

掌叔激灵一下脑袋瓜清醒了：这个女人不是喜欢我，而是喜欢这个别墅，弄来弄去，弄的是这档子事呀。他全明白了，心里很反感，但也学会了不露声色。他说，这别墅是我儿子买的，更名得他同意。待我方便时跟我儿子商量商量。

那女人一招不行另换一招。不换到我儿子名下也行，换到咱俩名下，财产一人一半如何？

女人的话把掌叔惹恼了，说，你和我好，就是图这个呀！

女人也很直白，我不图这个，我和你好啥？我都和你一起住几个月了，你说咋办？

掌叔笑了，说，你对我这么好，我不能亏待你。把口气缓和下来，逗那女人乐，笑着说，你来这里时间长，听说有男人找小姐的，找小姐一次多少钱呀？

那女人说，我又没当过小姐，我咋知道，听说一次四五百元，撑死了也就一千元。

掌叔听完穿好衣服坐起身子说，你陪我一百天，我一天给你一千元，一百天共十万元，我明天打你卡里，你现在就给我离开！

女人哭了，哭完恨声骂道，你把我当啥了？你打发叫花子呀，实话给你说，没有一百万元，休想让我离开！

掌叔也不说话，伸手拿过鞭子，大声吼道，你走不走？你不走，我甩鞭子了！女的害怕了，一顿鞭子炖肉可不是闹着玩的，急忙揣起几件值钱东西跑了。

掌叔气坏了，坐在沙发上呼哧呼哧的，呼哧半天才平息下来。这件事瞒不了儿子了，动用十万元不是小数，既然答应那女人，就不能反悔。再说，这事如何处理得和儿子商量，以免留什么后遗症。

打通儿子手机，掌叔虽然吞吞吐吐，但也如实讲明情况，以及他想到的处理方式。儿子大营在手机那头哈哈大笑，说，老爸到海南见多识广了，也学会处理这类问题了！你做得对，处理得正确，对一些想骗财的女人，决不能客气！给十万就给十万吧，破财免灾。但这钱，老爸你不能打给她。你给我她卡号，我打给她，把话讲清，一次了断，免得她再去纠缠你。我也要警告她一下，让她不去缠你，再缠我就报警！

由大营出面，掌叔和沧州那女人的关系才顺利了断。

六

第三个女人，是内蒙古呼和浩特市人，是掌叔三个女人中最喜欢的，也是他主动追求的，两人在一起形成了事实婚姻。他现在心心念念的，就是这个女人。

这个女人姓马名俊梅，退休前是呼和浩特市市艺术学校舞蹈教员，安家澄迈后成了候鸟艺术团教舞蹈的老师，比掌叔小七八岁，年龄上比较匹配。两人认识也是因为广场甩鞭，马俊梅跟掌叔学甩鞭，是欣赏他的甩鞭动作和姿势，想据此编一段甩鞭舞。

一天，马俊梅所在的候鸟艺术团要来盈滨广场演出，马俊梅提前来看场地，路过广场南侧时，被一阵清脆响亮的鞭声吸引，抬眼望去，见是一个身着红衣的老人在甩鞭，鞭起鞭落，人腾人跃，左挪右腾，上下翻飞，把她惊呆了。她年轻时下过乡，当过牧民，喜欢草原生活，特别喜欢能驯服牲口的男人。今天这人的一番表演，让她大开眼界。佩服之余，也想接近他，结交他，了解他。

等甩鞭表演告一段落，马俊梅大大方方地上前交谈，老哥，这些动作都是你个人设计和创作的吗？

掌叔笑了，说，我过去在农村是车把式，使唤了一辈子牲口，现在这手艺早没用了，到广场甩着玩，也不懂啥设计和创作，就是随心所欲，心到意到眼到鞭到，也没有程式。咋，你也想学甩鞭玩？

边上鞭友起哄，美女，你要学甩鞭就跟他学，他最会教女徒弟了！他们知道掌叔的一些事，也是在调侃他。

马俊梅认真地说，我是想学甩鞭。我是编舞蹈的老师，想把这老哥的甩鞭动作记录下来，创造一个甩鞭舞，到时请大家一起表演。说完，要了掌叔电话，说句"再联系"就离开了。

经过几个月的甩鞭接触，掌叔和马俊梅熟悉起来。掌叔知道马俊梅的丈夫也是呼和浩特市艺校的舞蹈教员，因出轨女学生，使她受到伤害，两人离了婚。马俊梅孤身一人来到海南，沉迷于教舞蹈和编创舞蹈节目。她在盈滨半岛天赐上湾小区有自己的房子，常年在这里居住。

为了练甩鞭和编甩鞭舞，马俊梅常到别墅来，掌叔也到她家去。等到甩鞭舞编好，两人也感情升温住到了一起。两人的结交，不是源于物质，也不是男女之间的欲望，而是源于互相欣赏。

马俊梅对掌叔的欣赏，是对艺术的欣赏，是对原始野性的欣赏，是对男人驯服动物的力的欣赏。掌叔对马俊梅的欣赏，则是对女人、对美、对舞蹈的欣赏。马俊梅为启发掌叔的灵感，取得他的配合，给他跳自己会的各种舞蹈，做各种舞蹈动作。这让掌叔这个农村老汉大开眼界，受到了舞蹈艺术的启蒙和熏陶。他搂着她睡觉，也觉着是一种艺术享受。

马俊梅也被掌叔身上狂野的气息感染着。看着他甩鞭就激动，就似乎回到了草原，回到了万马奔腾的年代。两人在一起那个，能感受到一种原始的狂野，原本矜持的她，也在幻想的草原上狂奔起来。

两人住在一起一年多了，从没有谈婚论嫁，就是搭伙过日子。掌叔甩他的长鞭，马俊梅教她的舞蹈，日子甜蜜悠长而柔和。

但谁能想到，就是因为谈婚论嫁平地起波澜，两人闹起了矛盾。

起因还是掌叔，他太喜欢马俊梅了。长得清秀俊丽，虽六十多岁，仍面目俊秀，身材苗条，跳起舞来像少女一样。说起话来文绉绉的，不愧是当老师的，从来都是慢声细语，以理服人。虽然自己是农村老汉，文化程度不高，见识也短，但马老师从来都尊重自己。争论也是有的，但马老师说，我可以不同意你的看法，但我尊重你的选择。特别是对待物质利益方面，马老师显得很淡泊，两人在一起搭伙，各花各的钱。掌叔要打钱给她，马老师不让，说这钱是你儿子挣的，现在挣钱不容易，省着点花吧。在床上时，马老师说，咱们年纪大了，也量力而行。他有要求时，会尽量满足他，没有要求时，也不去招惹他。不像前两个女人，好像要把他掏空似的。幸亏和第二个女人断了，否则夜夜折腾，怕是鞭杆也拿不起了。亏了马老师关照，他甩起鞭子来还能龙腾虎跃。

想想这一切，掌叔就对马俊梅马老师特别满意，无论从哪方面说，两人都般配。虽然说自己是农村老汉，但有甩鞭技艺，马老师还是很欣赏的，说这是非物质文化遗产，自己是非物质文化遗产传承人。

掌叔决定正式向马俊梅求婚。在此之前，他向儿子大营征求了意见。大营说，爸，你该找个老伴了，只要你相中，我们坚决支持。你相中马老师，说明你有眼力，我们从各方面表示支持。你拿主意吧！

掌叔说，涉及到海南房产怎么办？万一人家要一半房产再结婚，怎么办？

大营笑了，爸，这个你做主。那别墅就是给你买的。你以为我让你去看房子呀？那是让你安度晚年有个好去处。澄迈是长寿之乡,那里气候好空气好适合养老。房子你说了算,要是你找个好老伴,别说给人家分一半,全给人家我也没意见。一句话,你的房子你做主!只要你晚年幸福就中。

掌叔在手机这头哭了,为自己有一个孝顺儿子。现在有多少老人再婚遭儿女们反对,遑论给你创造条件!

掌叔放了心,决定找马老师一诉衷肠。他哪里会想到,竟然遭到马老师拒绝呢?

七

求婚遭到马老师拒绝,这是掌叔无论如何也想不到的。两人互相欣赏,说得来,又在一起生活了一年多,夫妻间该干的事都干了,就是履行个形式,做到名正言顺而已。掌叔这么做,是想缔结婚姻,真正有个家,但他更多的是替马老师考虑,是一种负责任的态度,不能和人家好一场,最后让人家落一场空。仅从这一点看,掌叔就是一个真男人。

那是一个风和日丽的午后,两人在别墅前的凉棚里喝茶聊天。对掌叔的求婚,马俊梅认真考虑后回答,说,谢谢你的好意,我也知道你为我好,但我不能答应你。在一起搭伙过日子可以,但我不想和你结婚。

为什么呀?掌叔问。

马俊梅说,我这个人喜欢自由,不喜欢让婚姻束缚自己。

掌叔说,我和儿子商量了,咱俩结了婚,他把别墅转移到咱俩名下,算夫妻共同财产。

马俊梅笑了,说,老哥,我可不是图这个,我在这里有自己房子,我要你那别墅干什么?我这个人挺看重个人自由,不会被一个水泥做的壳子束缚住。想要房子和财产的女人不少，遇到合适的，我帮你介绍一个。

掌叔挠挠头，答不上话，有些尴尬。

马俊梅说，我们候鸟艺术团要到外地演出，我要出去一段时间，估计有些时日来不了，你不要等我。说完，就收拾自己东西，放到行李箱里。待收拾完，又交代掌叔一些事项，就拉着拉杆箱走了。走时把别墅里外两把钥匙放到掌叔手里，说声"再见"，就回自个家去了。

掌叔这下是真的失恋了，他开始以为马俊梅是开玩笑，或者是欲擒故纵，没想到这一去，竟是泥牛入海无消息，再无音信。他毕竟有自尊心，开始一个星期，也没有联系马俊梅。待一个星期后联系时，对方不是忙音，就是不在服务区，真个失联了。

掌叔茶不思饭不想，甩鞭也甩不动了，天天在家里唉声叹气。儿子大营在电话中觉察到掌叔情绪的变化，和他在电话中聊了，才知道目前情况和老爸遇到的问题。大营给我打电话央求我，就是让我做他爸的疏导工作，看有没有解决问题的办法。

我在和掌叔的交谈中，了解了他的想法，他对马俊梅老师一往情深，有非她莫娶的意思。即使娶不了，也想弄清其不愿意的原因。按掌叔的话说，死也要死个明白，不能这样不明不白不清不楚，让他不甘心也不安心。他央求我去找马老师沟通沟通，再表达表达意思，让马老师给回个话。他把马老师手机号码告知了我，我说我试试。

我给大营去了电话，大营说，你去找马老师沟通沟通也好，好歹把这件事做个了结。

我很快就和马老师联系上了。自报了姓名，说自己是掌叔的堂侄，在北京工作，也是一个作家，想找她聊聊天。马

-161-

老师爽快地答应了，在电话中说，我知道你，你堂叔常提到你，说你是家族中的骄傲，写的小说获得过全国什么奖，我上网查了，还查到了你的公众号，看到你不少作品，很喜欢你写海南候鸟生活的小说。欢迎你到家里小坐并交流。她把她家的具体地址告诉了我。

确实是同代人比较好交流，和马老师见面论了年龄，我俩年纪差不多。我当兵，她下乡，后来都上大学参加工作。共同的经历，使我们增近了亲近感，聊起来畅通无阻。甫一见面，她就开玩笑说，大作家，你不是找我搜集写素材来的吧？

我说，哪里，哪里，我是来拜访舞蹈艺术家，文学艺术不分家，我来是向你学习致敬的。你看你多有气质，体形保持得多好。

马老师说，作家就是会夸人，我是吃舞蹈这碗饭的，不保持体形怎么行，艺无止境呀！

我接着她的话，巧妙地从甩鞭舞的编排说起，说她很有艺术眼光，能从生活中提炼舞蹈语言。马老师说，我们人类最早的舞蹈，就是从劳动起源的，比如狩猎、驯兽、采摘、插秧等。甩鞭来源于驯兽和使用牲口。现在的广场甩鞭已脱离实境，上升为一门艺术，把这种形体动作改编为舞蹈，需要进一步提炼和升华，这是目前她正在做的一件事。她毫不回避地说，她结识掌叔，包括和掌叔一起生活，就是为了这件事。

我开玩笑说，你这是为艺术献身了？

马老师说，也可以这么说，但我很喜欢这位老哥，也是事实，我从他身上获得很多。

我不失时机介入，说，是呀，我这位堂叔也从你身上得到许多，他真心爱你喜欢你，你为什么不答应和人家结婚呢，你把人家闪得好苦！你是怎么想的呢？

马老师说，我把我的真实想法都告诉你，怎么处理这件事，怎么处理这些素材，这是你这作家的事了。我以前结过婚，受过婚姻的伤害，为了自由之身，我再也不想步入婚姻的殿堂了。我知道你堂叔为我好，还提出分一半别墅给我，让我拥有丰厚的财产，但我怎能为这个失去人身的自由？一个人活着，不能离开物质条件，但一个崇尚自由的人，不能为物质而活着。我有退休金，有自己的住房，我要那么多财产干什么？何况拥有它会失去自己的自由。我屈从了这个，就是违背了个人意志，失去了一个女人的独立和人格。

马老师，你有这样的认识，我打内心敬佩你！我说。

这是一个方面，我和你堂叔生活一年多，发现我俩有代沟，有文化背景差异，生活习惯方面也有很大不同，这也是我们走不到一起的重要原因。马老师说。

我说，试举一些例子。

马老师说，比如在别墅前面的院子里，我提出种三角梅和各种花草，以美化环境。他力主种地瓜、玉米、西红柿和黄瓜等，说这样实惠。还有生活习惯、饮食爱好、卫生习惯等方面。他爱喝粥，端碗转着圈喝，发出很大响声。我让他注意些，我一转头他依然如故。还有更可笑的，我有一次见他蹲在椅子上吃饭，我说椅子是用来坐的，你蹲上面干啥？他说，蹲上面吃饭舒服。

我说，这是河南农村人的生活习惯，我也有这个毛病。

马老师说，在你堂叔身上也有属于他自个儿的毛病。儿子搞房地产挣了钱，放开让他花，他也养成了大手大脚的习惯，花钱冲，说话口气大，有些"土豪"的做派。在那个方面，也会许多花样。我尽量满足他，但内心是不乐意的。也不知这个农村老汉，从哪里学的花花样。他平常也洁身自好，不怎么和女人来往，这也让我心里困惑，内心也不托底。

还有，就是行事老派，爱走老规矩。一次过春节，我俩准备好饭菜正待开席，他却去海边沙滩上烧纸，说请去世的父母和亡妻回家过节。不仅不考虑我的感受，还污染了海边的环境。

我知道马老师和掌叔走不到一起的原因了。我说，马老师，我理解你的选择，婚姻是不能勉强的，应该尊重双方的选择。

马老师说，是这样，但我愧对你堂叔对我的好，他对我是真好，为了我不惜一切代价。我为之感到幸福，只是我无福消受而已。个性使然，我不能勉强自己。但我还是很欣赏他的，他是我生命中的一个重要的男人，我会记住他。你回去不管怎么回话，都不能伤害到这个可敬可爱的老人！

我说，我会的。我会帮他逐渐走出失恋的痛苦，但走出来之前也需要你配合，我们共同帮他找到新的幸福生活。

马老师说，这没有问题。你有事随时联系我。离开马老师家时，我俩加了微信。

八

我把和马老师交流的情况告诉了大营。大营明白了，说强扭的瓜不甜，马老师的瓜咱也扭不了。说实话，我也挺佩服这个女的，追求独立人格，不为金钱物质利益所动。如今能做到这样的人有几个？

我说，是的。当务之急是解决掌叔失恋的问题，让掌叔从失恋中走出来。我让马老师和掌叔保持适当联系，不使他绝望，另一方面咱们寻李代桃，赶快为掌叔物色新的婚恋对象，填补他的情感空间，使他振作起来。

大营说，你说得对。这是个好办法。但现在去哪里找合适的对象？我爸认识的女人，都是甩鞭的女人，别的女人他不怎么接触。你现在在澄迈，就在他身边，又是作家，认识的人肯定多，你就帮拉葛拉葛吧，拜托你老哥了！

嗨，这件事弄来弄去，还缠到我身上了，也只好应承。我找掌叔回话，只说人家马老师是因为在以前的婚姻中受到过伤害，不想再结婚。别的一句不提，避免掌叔自尊心受到伤害。我开导掌叔道，天下好女人有的是，咱不必一棵树上吊死吧？跟你学甩鞭的女人不少，还有没有其他合适一些的？

掌叔说，别的女的我不考虑，马老师不是没把话说死吗？我可以等呀。但我明显觉察到掌叔精神不愉快，也不去广场甩鞭了，在院里种地也打不起精神。我常看他，和他说说过去村里的陈年旧事，以分散他的注意力。

也是天无绝人之路。一天，我和我哥通电话。我哥近日回老家上坟，了解不少村里新情况，谁死了，谁添孙子了，谁外出打工老婆让人拐跑了，一一说给我听。当他说到邓有林去世时，我问，就是身有残疾家里困难，从四川带回一个年轻女人成家的邓有林？我哥说，就是他。我说，他那女人乔月娥，不是掌叔的相好吗？我哥说，也不能算是掌叔的相好。掌叔仗义执言，看到身有残疾的邓有林和四川来的乔月娥受欺负，就出头打抱不平。有个二流子去调戏乔月娥，被掌叔撞见了，三鞭甩下来，那人吓得抱头鼠窜。掌叔站在当街，连甩几十鞭，说，哪个男人敢再欺负月娥，我手中的鞭子决不饶他！那些想打乔月娥主意的男人，那些嫉恨掌叔的男人，就造谣说，乔月娥和掌叔相好，掌叔容不得别的男人。有人向乔月娥求证，这个四川女人胆大嘴快，说，我就是和他相好了，我乐意！这就把掌叔和她的关系坐实了。掌叔也不否认，似乎两人真相好，其实两人关系很纯洁的，当然，两人感情还是有的，但应该不是相好的关系。说者无心，听者有意。我在心里盘算开了，邓有林去世了，他妻子乔月娥还在，也才六十多岁，应该是掌叔最佳的婚恋人选呀！

我把想法给大营说了，大营说，哥，你这是锦囊妙计呀！她是咱老家熟人，知根知底，我爸一定愿意！

我说，主意好，还得操作好。你听我的，照我说的办，我如此这般地交代他一番。大营负责乔月娥那边，我负责落实澄迈掌叔这边。

一天，我去看掌叔，看他坐在沙发上，好像苍老许多。我说，掌叔，大营来电话了，说怕你孤单，在咱老家村子里给你找了个保姆，已经坐飞机过来了。

掌叔生气了，雇什么保姆！我真的老了吗？不能自理了吗？这么大事，也不给我商量！

我说，大营也是好心，这保姆是在咱村找的，你要不愿意，咱再退回去。你见人家，可不敢发脾气，好言好语地说话。我现在去机场接人，你抓紧把家里收拾收拾，给人家准备出一个住的地方。

我把乔月娥接到，领进掌叔家的别墅，走在前头喊，掌叔，人来了，不知你认识不认识？

掌叔看着乔月娥，两手反复揉眼睛，不相信这是真的，月娥妹妹，你真的是月娥妹妹？

乔月娥向掌叔扑过去，掌哥，我是月娥，邓有林不在了，我就一个人了，你收留下你这个妹妹吧！说完，就抹起了眼泪。掌叔也哭了。

我一看这阵势，赶快关上别墅大门溜走了。

事情的结局已然清楚，掌叔走出失恋痛苦，和乔月娥过上了新生活。

很快，掌叔又加入到了盈滨广场甩鞭的队伍，他甩的鞭声更加清脆洪亮，激越中透着喜悦。掌叔对我说，乔月娥也想跟他学甩鞭，说自打嫁到村子里，就喜欢看掌哥甩鞭，掌哥用鞭子保护了她和全家。现在，乔月娥也加入了盈滨广场的甩鞭队伍，成了一名女鞭客，得掌叔真传，已经甩得有模有样了！

我和掌叔开玩笑说，您老这一辈子和甩鞭的女人有缘呀。

掌叔说，那是，我最早的老伴，是个赶车的女把式，我们是在赶车交公粮的途中认识的，赶着赶着就赶到一起了。说罢自个哈哈大笑，兀自挥鞭在别墅院里甩了起来，鞭声密集透亮，在盈滨海岸上空回荡，与齐鸣的鞭炮声融合到一起。大海边潮落潮涌，海南又一个美好的春天来临了。

老熊与白鸽

来到海南澄迈金螺湾康养度假中心一周了，心里还是不太踏实，走路好像踩在云里雾里。那椰子树真是好看，像一个个披头散发的漂亮女人，但她们的婀娜起舞，更使我心神不定。

我和妻子是从东北的吉林市来的，东北那疙瘩，冬天贼冷，不适合养老，我俩退了休，就琢摸着去哪儿养老。女儿在澳大利亚定居，让我们去她那儿。我妻子说，打死我我也不去，不认识人，语言不通，到那里还得给女儿带孩子，当老妈子。我当然也不同意去。那我们养老去哪里呢？

这些年，东北人跑出去不少。到了冬天，一些退休老人就扎上翅膀成了候鸟，飞云南西双版纳，飞广西北海，广东珠海、惠州，更多的飞去海南。我们飞哪里呢？妻子提出去惠州租房或买房，她是一所中学的语文教师，市教育系统的退休老师结伙去了惠州，说那里气候好，离香港近，去香港方便。我不同意，提出去云南西双版纳，或是苍山洱海。我在市作协任秘书长，在为作家服务的同时，自己也写点小说，小有收获。心里想的是借休养去异地采采风，写些东西，搞点创作，圆自己的作家梦。正争执不下，天上掉了个大馅饼。妻子姑姑的儿子元葵，也就是她的表弟，突然从海南澄迈来电话，说他在海南澄迈金螺湾养老，养老院是他女儿白鸽开的，生活设施一应俱全，让我们啥也不用带，直接拎包去入住就行了。又说，白鸽白霞记着你们当年的恩德，让我打电话一定让你们来。打完电话，元葵和我妻子加了微信，发了养老院的照片和视频，有大楼，有房间，有餐厅，有运动设施，有温泉泡池。养老院濒临琼州海峡，海面上可见白帆点点。靠路一侧，有块牌子"我在澄迈最美丽的海湾等你"，几个美女穿着泳装，在向我们招手呢！

妻子很是兴奋，我却有点顾忌，说，冷静，冷静，稍安勿躁，谨慎决策。妻子眼一瞪说，你啥意思？

我说：这不会是一个美丽的陷阱吧

妻子说，你意思是元葵是在骗咱们？

我说，我没这么说。但现在社会上骗子不少，现在利用亲戚朋友关系骗人的骗局太多了。事发又这么突然。多年不见，元葵咋就突然发家了，白鸽也突然出息了，还在海南澄迈办起了康养中心，那得多大投资呀？

妻子说，你想多了。你不知我家和我姑家的关系，不知我和元葵的关系。说起来话长。我爸和我姑就姐弟俩，亲着呢。三年困难时期，我爸妈在省城工作，把我寄放在我姑家，那时候缺吃的，我姑全家人不舍吃不舍喝，吃的先尽我吃，把我养得白胖，元葵却饿得瘦骨伶仃。瘦成那样，他还下河摸鱼捞虾，到处给我找吃的，对我这个表姐好着呢！

我说，这话我信。但人是会变的呀。多年不见，元葵会不会变化？会不会被别人拉下水，当枪使？

我妻子说，这绝对不会，你可不要把别人的好心当作驴肝肺！元葵又来过几次电话，白鸽白霞记着咱们的情义，记着咱们的好，让咱俩去，是为了报恩，报答咱们当年对他们的帮助。元葵说，孩子们在走投无路时，得到了你们的帮助，你就让她们尽尽心意吧！

元葵说的这件事，我清楚地记得，大概是二十多年前的往事了。一天，元葵从辽宁老家来到吉林市，摸到了我家。一进门就坐椅子上哭了起来。我和妻子赶忙问他这是为何？元葵说，小女儿白霞考上了白求恩医科大学，刚上了一学期，就被发现患有先天性心脏病，别说坚持学业，医生说要是不动手术，命都保不住了，他是来向我们借钱的。借多少？我妻子问。元葵说，得借5万元。我们张罗让元葵吃饭，说，吃了先住下，钱的事容我们想办法。

晚上让元葵在客房睡下后，我和妻子小云商量借钱这件事。妻子说，元葵这个忙咱得帮。我说，救人一命，胜造七级浮屠，何况救的是大学生？帮！没说的！存折在你手里，你明天领元葵去取就是。说来也巧，我们存折上刚攒够5万元。20世纪90年代初，平常百姓家中有5万元存款的不多，我家有5万元存款，那是我发了一笔横财。那时出版业刚改革，图书市场很火爆，啥书都能卖钱。我们作协的几个作家，有靠写小说挣钱的，有靠给企业写报告文学挣钱的。我文笔不行，写不了这些，但我脑子灵活，琢磨市场上啥书走得好，就选个题目去编。编也是和妻子合作，两人一起动手。半年时间编了两本书，一本是《人生自我预测》，一本是《家庭宠物的饲养和训练》，都是东拼西抄的。但书商很看好，每一本出价2万元买断书稿。买断就买断，我们得够自己的就行了。后来听说书商每本书都印了几十万册，发了大财。我有点后悔，说，要是咱自个儿经营，说不定多挣好几倍。妻子说，咱操那个心干啥？弄不好还会赔进去，知足吧！

4万元，加上平时我俩存的1万元，共是5万元，妻子都取出来让元葵拿走了。元葵临走时千恩万谢，哭着来，又哭着走了。

　　妻子说人家知恩图报，说的就是这件事。实话说，我和妻子做的这件事，还是有情有义的，是一般人不容易做到的，倾家中所有去救治一个亲戚的孩子，我们也算尽到了心力，但那时也没想到什么回报。况且，这5万元后来也被元葵退回来了。他说，有什么慈善机构救助，又遇到什么企业家善人，把白霞治病的医药费解决了。这钱用不上，就退给了我们。

　　妻子说，退归退，但当年帮了人家，人家是心领的。我表弟是个讲情义的人，白鸽白霞也都知恩图报，接咱们去他们康养中心养老是真心的，这你不用怀疑！

　　我说，真心归真心，但他们有那个能力吗？在海南投资建康养中心，最少几千万，多则几个亿，他们有这个钱吗？

　　妻子说，你这人，就是爱怀疑，凭脑子空想，你要知道真相，去海南看了不就知道了吗？你不是想采风，搜集素材吗？这后面也许有什么感人故事，让你抱个"金娃娃"写篇好小说呢！

　　妻子最后这句话打动了我，我很快收拾行装，和她一起飞海南来了。元葵带着白鸽白霞去美兰机场接我俩，直接就拉到澄迈盈滨半岛金螺湾康养度假中心来了。

　　我和妻子像做梦一样，从白雪皑皑的东北，飞到椰风海韵的海南岛来了。来到长寿之乡澄迈，住进了位于海滨的金螺湾康养度假中心。其中的一户公寓供我和妻子单独使用，有人打扫卫生，也有人按时量血压，服务很周到。一日三餐，也都定时供应，让人有到了家的感受。这一切，好似虚幻的，是以前没有想到和经历的。但这一切又都是真实的。房屋是真实的，环境是真实的，海边的风，海滩上的沙子，路边的椰子树，都是真实的。但，这一切都是哪里来的呢？

这一天，我和妻子去游览海口火山口公园。海南海口火山国家森林公园位于海南省海口市秀英区石山镇，面积为2000公顷。这里实际是一个大火山口的遗存，海拔222.8米的马鞍岭火山口，像一口深不见低的大锅，正扣在锅台上。妻子看到有人走向"锅底"，就说，咱也下去走走？我说，不去！我咋看着像个陷阱？就像咱们贸然来到海南一样，是不是也走进了陷阱？

妻子瞪我一眼说，你咋成天神经兮兮的，什么陷阱不陷阱？不去拉倒，咱们往回走。离开"锅底"不远，我看到几棵露兜树，这是典型的热带植物。露兜树是露兜树科露兜树属的常绿分枝灌木或小乔木，根常左右扭曲，具多分枝或不分枝气根，一些根在外裸露着。我盯着看半天。妻子说，盯着看什么，看着美女啦？我笑笑说，这个树名取得有意思，叫露兜树，不知人会不会露兜？元葵他们的骗局会不会露兜？

妻子笑骂道，你真是个神经病！我给元葵说了，说你姐夫是个作家，想采访一下你们的人生经历和创业经过，想知道你们是怎么办起这么大一个康养中心的，他和白鸽白霞，以及白鸽的丈夫老熊都答应了。你安排时间采访他们吧，我就不陪你了，海南岛美景很多，我要放开去游玩了。白鸽白霞还安排我环岛游呢。

此举正合我意。下面就是我的采访记录文稿。

元葵说：咱家白霞遇到好人了

从吉林拿回你们的5万元钱，我们送白霞去了沈阳一家大医院，好不容易住上院了，手术迟迟排不上号，我和她妈在医院外头租了一间小房子等着，她姐白鸽在病房陪护她，等了半个月，等来了可以做手术的消息，但也等来了一个晴天霹雳：医院说，白霞这个手术太复杂，还得请专家会诊、名医主刀，手术费得30万元，30万元交上，可以立马动手术。30万元哪，那不是数字，也不是钱，就是一座金山啊！白鸽瞒着白霞，到租住的地方给我和她妈一说，我俩惊呆了，三人一起抱头痛哭。哭了一会儿，她妈说，收拾东西，一会儿接白霞出院，咱们回家去，手术不做了，生死由命吧！我说，就这么把白霞扔了吗？我不干，我去卖血，就是把身上的血卖干，我也要给女儿治病！她妈说，你净说傻话，你身上有多少血？你以为你身上的血是河沟里的水，抽不干、流不完吗？咱们抓紧收拾东西，一会儿就去医院退床。她妈比我大三岁，是个能拿主意的人，也比我理智，我只好选择了顺从。

没想到白鸽不干，趴在床上呜呜地大哭，说，我就这一个妹妹，不能把她丢下！我们家千辛万苦供她一个大学生，她是我们全家的希望，我要给妹妹看病，我要把她的病治好，让她把大学读完。你们为父母的，怎能狠心不给女儿治病啊！

她妈哭了，说，孩子，咱是实在没有办法了呀！

白鸽说，我去借钱！白鸽比白霞大5岁，早早就出来打工了，结婚早，夫妻俩开了一个小超市，小本经营，现在把挣的钱都搭到给妹妹白霞看病上了。

我说，你去哪借钱？谁会借给你钱？

白鸽说，我丈夫小崔有亲戚在沈阳，说是这几年搞房地产挣了大钱，上次见面时说过，说家里有急用可找他，借上几十万都不是问题。

她妈说，即使人家愿意借给你，这30万元，咱以后可咋还呀？

听说能借到钱，我也看到了希望，就说，留得青山在，不怕没柴烧。能借就借，借了以后咱全家当牛做马还，等白霞身体好了，大学毕业了，她也能还。

她妈没说什么，白鸽从包里拿出一面小圆镜，照照脸，拢了拢头发，出门跑走了。我和她妈流着眼泪在家等消息。

一直等到天快黑的时候，白鸽回来了，眼睛哭得像肿桃子似的，我们一看就知道没借到钱。白鸽从背包里掏出5000元说，我找到人家公司，有人说老板不在，好不容易等回来了，我一说借钱给妹妹看病，那个亲戚说，唉呀，我最近做房地产生意赔了，别说30万元，3万元我也拿不出呀。说罢，从钱包里摸出一沓钱说，这是5000元，算是我帮你妹看病的一点儿心意吧！我不要，他把钱硬放到我包里。我当时就哭了，因为最后一点希望也破灭了，我妹妹的病治不了了，我妹妹好命苦呀！

白鸽说完，我和她妈也哭了，为我那命苦的女儿。哭了一会儿，白鸽说，不过，还有一点希望。

什么希望？我和她妈问她。白鸽说，我从那位亲戚的公司出来时，亲戚的一个合作伙伴、一家公司的大老板跟了出来，说他愿意借30万元给我，为了不使那位亲戚脸面难堪，他让我今天晚上8点到和平宾馆找他。

我问，这个人姓啥名谁，不会是个骗子吧？

白鸽说，他说他姓熊，是个农民企业家，也是做房地产生意的，老家离咱家不远，说是看到老乡有困难，他不能不管。

她妈说，咱和人非亲非故，人家凭什么帮咱？你一个姑娘家家的，晚上叫你去他住的宾馆，能有什么好事？你可不要上当受骗呀！

白鸽说，为了给我妹妹治病，是火坑我也跳了！说完又哭了起来。

我不再吱声了。白鸽说，眼前就剩一条路了，我晚上就去见熊董事长。我是一个大活人，他还能把我吃了吗？

她妈说，也许咱家白霞命好，真的遇到大善人了？

我说，白鸽不能去！我不能那个女儿有病没法治，又让这个女儿跳了火坑！

她妈说，你就让白鸽去试试吧！你要是怕孩子吃亏，晚上你就跟着白鸽去，我去医院看护白霞。

白鸽说，跟我去干什么？人家约的是我，又没约你们，你们这不是不相信自己女儿，也不相信人家熊董事长吗？就是他有什么想法，清平世界朗朗乾坤，他能把我怎么样？

说到这里，事也就只能这么办了。吃完晚饭，她妈去医院照顾白霞，我留在家里，白鸽去赴晚上8点熊董事长的约会。

我们家两个女儿都长得漂亮，就像城里人说的，走在街上回头率很高。白鸽虽说结了婚，也才23岁，还属于风华正茂的年纪。但女儿很自重，婚前婚后都没有绯闻。爱美是女人的天性，白鸽出门前把包里的小圆镜拿出来照照，涂了口红，把头发梳了梳，背着小包出门去了。

白鸽出门走了，清晰的脚步声在夜幕中消失，却在我的心头响起，嗒嗒嗒响个不停。我不放心女儿，赶快穿件衣服也出门跑入夜色中，随白鸽去的方向而去。和平宾馆我知道，离我们租住的房子不远。我怕白鸽发现我，不远不近地跟随着。她进了宾馆大堂，我隔着玻璃向里窥视。

一个男人，瞅着比我年龄要大些，身材也比我高大，上身穿着西服，脚上穿着布鞋，土不土洋不洋的，一看就是农民企业家，一个从农村走出来的成功人士，这从他的气度、脸色和举止可以看出来。他迎着白鸽走上前，脸上微笑着，说着什么我听不见，因为隔着玻璃门玻璃墙。这应该就是老熊了吧？他姓熊，白鸽叫他熊董事长。我看他不是一头熊，而是一只狼。一个发了财的农民企业家，让白鸽夜晚来找他借钱，他想干什么，我心里一清二楚，这就是一只色狼，白鸽落到狼嘴里了。我猜想，这个老熊一定图谋不轨，要把白鸽领到他的房间去，然后……我正琢磨着如何跟踪，怎样知道他住多少层哪个房间，好在女儿出现危急时去解救她。然而事情没有向我想象的方向发展。老熊没有把白鸽领向电梯，而是领向大堂正面的咖啡吧，两人坐了下来，只见老熊手一挥，要了两杯喝的。喝什么我不知道，远远的看不清楚，他和白鸽说什么，我更听不清楚。我把脸贴到玻璃上看，只见两人除了喝东西，嘴一开一合的，肯定在说什么。大约过了一个小时，老熊和白鸽站了起来，我心里想，一定要上电梯了，上老熊房间了，我心中登时紧张起来，正想冲进玻璃门，却见两人握手告别，白鸽向玻璃门走来，是要离开宾馆往外走的意思。一看这阵势，我撒腿就跑，借着夜色，一溜小跑着跑回租住的地方。

约莫十分钟，白鸽回来了，满脸喜色。我迎上前问，闺女，事情谈得怎么样？

白鸽眉飞色舞地说，爸，咱家白霞真是福大命大造化大，我们遇到好人了，熊董事长是个大企业家，经营房地产、汽车轮胎、废旧物资回收，家大业大，一年有几千万利润，他每年都从这几千万利润中支出一部分做社会福利事业。他领养孤儿、资助贫困学生、帮农村学校盖校舍，做了不少好事善事。

我急忙问，那他答应借30万给咱们了？

白鸽说，不是借，是资助，是给咱们，不用咱们还的。

我问，有这么好的事，那人家对咱们有什么要求？

白鸽说，人家没什么要求，是自觉自愿的，是当作社会公益事业来办的。

我说，这怎么可能？我们不要人家的钱，就是借，以后一定要还！

白鸽说，人家说了，不借，是白给，是自愿做公益事业，说救助患病大学生是他分内的事，遇见了这事在所不辞。

我态度坚决地说，不行！借我要，送我不要！我再穷，我也不欠人家的人情，我也不让他为以后打你的主意找借口。

白鸽说，爸，你这个人怎么这样？都啥时候了，你还硬撑着。人家打我什么主意了？损伤我一根头发了吗？

我俩正在争论，白鸽她妈回来了，问白鸽事情办得怎么样了？白鸽把经过说了，我也把顾虑说了。我媳妇说，现在顾不了那么多了，天下还是好人多。咱姑娘白霞命好，真是遇到活菩萨了。白鸽去找人家办事，人家不是没把她怎么样吗？

我说，那倒没有。说罢，我后悔了，差点暴露了我"尾随"的行踪，好在她娘俩没注意，继续在说世上还是好人多、咱们家白霞遇到好人了那些话。

我心里不以为然，说，不要高兴得太早，现在钱不是没有到手吗？他还会让白鸽去找他取钱，到时，真面目就露出来了。

白鸽说，爸，你想多了，熊董事长说不用我再跑了，他和那家大医院熟，会以白霞的名义直接从银行汇30万到医院，还找人让白霞尽快动手术，他负责把白霞的病看好，让她恢复健康顺利复学。后来事情果真如白鸽说的那样，老熊，我还是习惯叫老熊，把30万元直接汇入医院账户，解决了白霞的手术费问题。

白鸽说：没想到事情弄成了这样

因为有熊董事长给的30万元手术费，我妹妹白霞获救了，恢复健康后又上大学了，爸妈很高兴，我当然也很高兴。但我也有很大的压力，这个压力，就是欠了熊董事长的人情。我爸称熊董事长叫"老熊"，怕我这个白鸽落入熊口。我也就称熊董事长为老熊吧，叫老熊也顺嘴，显得亲切一些。

老熊这么大的人情我可怎么还？

我没给我爸妈讲实话。老熊答应拿30万元给白霞动手术时，是有一个条件的，他的条件是：你以后要对我好。我是一个结了婚的女人，我知道一个男人说我要对他好的含义。

这是老熊提出的唯一条件。他是笑着说的，我也笑着点点头。这个男人拿出30万元给我妹妹动手术治病，救人一命，要我回报的条件就是这个，我能不点头？我虽然知道一个男人对女人说这个话的心思，但也有侥幸心理。"好"的范围很宽泛，包括记住人家的好、知恩图报，人家家里有事时主动帮忙，人家有求自己时不推辞、不含糊等。之所以有这样的误解，是因为老熊说这个话时并没有淫邪挑逗的意思，眼神是纯正的，好像是顺嘴一说，就像朋友表示亲切的意思，也像长辈对小辈的一种嘱托。事实上，老熊给我妹拿30万元治病后，也从没有提出过什么要求。老熊在和平宾馆有个长期包住的套间，我第一次去，还是和我妈一起去的。白霞手术成功后，为了表示感谢，我和我妈到他的房间去送了一些土特产，说了一些感谢的话。他本来还要请我们在宾馆吃饭，都订好了位子，却接到电话，说他捐赠的一所学校，在修建中墙倒砸伤了人，他就匆匆赶往工地去了。

从老熊的房间出来往回走，我妈说，我看老熊是个正派人，不像是色狼，怕你这个白鸽被色狼祸害了，这是我和你爸想多了。我看这人是个善良人，人家不光资助白霞看病，还捐建学校，做善事，是个慈善家。

我说，我爸是被那个《狼和小羊》的故事吓怕了。其实，狼也没那么可怕，况且人家不姓"狼"，姓"熊"。

我和我妈说这话时，怎么也没想到，我后来会和老熊结婚，成为老熊的妻子，产生了一辈子的纠葛，难道这是命运使然吗？

话还得从给我妹白霞借钱治病开始说起。我找我丈夫小崔家那个亲戚借钱，没有借到，人家给了5000元把我打发了。后来老熊给了30万给我妹看病，这5000元就没有用上。我爸说，咱看病的钱有了，那5000元还给人家吧，别欠人家人情。因为小崔在老家经营超市出不来，这件事就没有跟他说，我同意了我爸的看法，把钱给人家还了回去。说一句真心话，我内心里对这个亲戚也有一点气，平时说话吹牛如山响，当真遇到事去求他，他就说大话，施小钱，不肯伸手帮忙，还是自家亲戚呢，还不如人家老熊一个外人。

我去还那5000元时，小崔的亲戚，那个叫庞总的脸色很不好看,问我为啥把钱还回来?我说治病的钱有了。他说,30万元呀,谁一下子能拿出那么多?我说是熊庆生董事长给拿的(老熊大名叫熊庆生)。那位亲戚脸色登时更不好看了,说,哟,你这个小媳妇还是挺有办法的嘛。我说,我有什么办法?人家熊董事长是个慈善家,办了不少慈善事业,捐建多所学校、收养孤儿、办养老院、资助贫困大学生,人家是看我家白霞可怜,才出手相助的,我家白霞命中遇到好人了。

我越说,庞总脸色就越难看,当我意识到说这些话有些不妥时,话已秃噜完了,完了就完了,心里挺痛快的。但我当时没想到,这些话打了庞总的脸,也给自己埋下了祸根。

妹妹白霞的病好了,复学了,全家头上的阴云散了,心头的忧愁解除了,家里生活恢复了正常,爸妈又回到他们的小县城去住,我和丈夫小崔继续经营着超市,天天忙忙乎乎的。小崔叫崔志国,是我上中专时的同学,在学校就追求我,说我漂亮有气质,这一辈子非我不娶,甜言蜜语把我灌晕了。中专毕业,我俩共同创业,开办了县城的第一家超市。在共同创业中增进了感情,我们很快就结婚了。为了把事业发展好一些,我们两人决定暂时不要孩子,等挣了钱买了房子再说。没两年,我们就在鞍山买了房子,有了自己的安乐窝。在准备扩大经营规模时,刚上大学不久的白霞病了,还是严重的先天性心脏病。我生意做不下去了,让小崔一人顶着,和父母一起到处寻医问药,借钱筹钱给白霞看病。现在我又回来了,夫妻两人经营着超市,又有了往日的快乐。两个人在自己的小安乐窝里恩爱和睦,结束了节育,把要孩子提上了日程。

这期间,我和小崔一起提着礼物去看过老熊。老熊做买卖的大本营在鞍山,叫总部。他最早是做轮胎生意起家的,后来规模逐渐扩大,涉足房地产、物资回收等行业,在沈阳、大连、营口都办有分公司。但他日常还是在鞍山的总部坐镇。我和小崔到了老熊办公室，老熊领我俩参观了他的公司，特意参观了公司荣誉室，老熊是慈善家名不虚传，在荣誉室里看到有许多褒奖他从事公益事业的匾牌、锦旗，荧屏里有市里表彰他、市领导为他颁奖的录像。我俩很受感染，自然也对老熊千恩万谢，感谢他对白霞的大恩大德。老熊笑笑说，那都是应该做的，资助白霞看病是他做公益事业多起中的一起，不必特意提起。我和小崔不仅受到感染和教育，小崔还说，等咱们以后挣大钱了，也从事公益事业。

从老熊那里回来的当天晚上，我们在爱巢进行激动人心的房事，我俩再也不用担惊受怕，决定从今天晚上开始不再避孕，抓紧怀上孩子，让他成为夫妻关系的纽带。从那以后，小崔每次都格外卖力气，想让我早日实现怀上宝宝的愿景。我也幻想着，等有了孩子，两口子带着孩子去公园等娱乐场所游玩的场景。

俗话说，天有不测风云，没想到这幸福的一切，都被小崔去沈阳进一次货改变了。我们想扩大经营规模，再开一家超市，小崔去沈阳开辟进货渠道，见到了那个亲戚。他本来是想找亲戚借一笔资金的，没承想资金没借到，却搬来了压在心头的一块石头。那位亲戚就是庞总。庞总说，你还忙着开辟进货渠道呢，你老婆的渠道都被人家开辟了，老熊凭啥给她妹妹30万元治病？那是你老婆拿身子换的，有人看见她和老熊在沈阳和平宾馆出双入对的，别人谁不知道，就瞒着你一个人了。现在男人有钱就变坏，女人变坏就有钱。一些女人为了钱，连脸都不要了，两腿一叉，一月一台桑塔纳。不过，你不要怪罪你老婆，她是为了给妹妹治病，有情可原啊！庞总不仅胡编乱造，还借着酒劲，把我和老熊在一起的场景，说得活灵活现，好像他在现场一样。最后还总结说：老熊是什么人？是个商人，无利不起早，他是贪图你老婆的美貌，想用30万元长期霸占她，老熊就是一只色狼，你老婆就是一只鸽子，鸽子飞到狼口中，连肉和骨头都被吞吃了……

小崔受了庞总的蛊惑，回到鞍山就找我算账，让我交代如何卖身为妹妹治病换钱的事，让我交代在沈阳和平宾馆和老熊出双入对的事。我自然不能承认。我说，你听谁挑拨离间，胡说八道，哪有这么回事？你这是污蔑我，也是侮辱帮我妹妹治病帮咱渡过难关的恩人！

小崔问，你说，你去没去过和平宾馆？小崔眼里喷着火。

我说，我去过两次，一次是在和平宾馆咖啡厅，是谈借钱的事；一次是在老熊的房间，是白霞手术成功之后，去感谢人家，是我妈和我一起去的。

小崔说，还是你妈把你送去的，是把你送到老熊的床上去了吧？

小崔侮辱了我，还侮辱了我的母亲，我哭着骂道，小崔你个王八蛋！有你这么侮辱老人的吗？有哪位老人会干这样的事，带着姑娘去干这种坏名誉受屈辱的事？你侮辱我还罢了，你侮辱我妈，我跟你没个完。为了证明我的清白，我死给你看！说着我就拿起一把大剪刀戳向自己的胸口。

小崔上来一把夺过剪刀，说，我不应该污辱我老岳母，但你总得给我坦白实情吧。

我说，我没有实情，坦白什么？

小崔说，老熊是个商人，他能白给你30万元？那30万元肯定是用你身子换来的，你这只鸽子，连骨头带肉都进入熊口了！

我自然是极力否认，并一再说人家老熊是好人，是为了做慈善，白霞的事让他碰上了，即使白霞没有我这个姐姐，老熊碰见这种事，也会伸手帮忙的，咱俩不是在他总部的荣誉室看到他所做的善举了吗？

小崔说，你还不承认，你俩要是没睡在一起，没产生感情，你会替一个色狼说话？

无论我怎么解释争辩，小崔就是不信，还变着法地伤害我侮辱我。我体会到了爱得越深伤害得越深那句话的含义了。

小崔人也变了，心思不再放在超市经营上，开始酗酒，每晚酗酒回来，就琢磨床上那点事，关心我身上那点事。我不配合他，他就打我骂我侮辱我；我要是配合他，他就说，你这是在床上跟老熊学的吧，还挺会玩儿的呢。房事进行中间，他边做边问我，你和老熊也是这样做的吧？我不说话，只是屈辱地默默流泪。他见我不回答，就打我、掐我，说我再不回答，明天就去老熊的公司闹事，让老熊臭名远扬。为了保护救我妹妹命的恩人，我只好屈从小崔，照他说的去说去做。我按他的要求做了，他又说，看看，承认了吧，你这个贱妇！就更加倍地折磨我。但这些我都忍受了。只要他不做得更过分，不伤及我家的恩人，他愿意胡说八道就胡说八道吧！也许我命该如此，为救妹妹必须付出代价吧。这些事我不能给我爸妈说，若去爸妈那里，大热天我也得穿长袖衣服，因为身上胳膊上都被小崔拧得伤痕累累，我怕父母看了心疼。日子一天天过去，我就像在地狱里一样煎熬着。回想起夫妻俩过去美好的生活，我就落泪，想到前途，我感到黯然无光，不寒而栗。我偷偷地戴了节育环，美好生活成了泡影，我不能生个孩子让他受罪。要是真有了孩子，小崔会说这是老熊的种，我和孩子更得遭罪。小崔看我迟迟不怀孕，就破口大骂我，说，你认为你有多好，中看不中用，原来是个不下蛋的母鸡。就更加变本加厉地折磨我。我连死的心都有，但我不能死，我死了，他会把脏水泼到老熊身上，那时死无对证，老熊有口难辩，我会害了帮助过我们全家的恩人。我还有我亲爱的养育了我的父母，有如花季般在大学里上学的妹妹，我对这个社会还有许多不舍。我白天在超市里忙业务，晚上就受小崔蹂躏，过着生不如死的日子。

但是，就是这种日子，小崔也不让我过下去。一次，他又喝了大酒，在别人撺掇下，跑到老熊的公司去报"夺妻之仇"。那天老熊不在公司总部，恰逢全家在一家饭店给老熊过五十大寿。有好事者把这个消息告诉了小崔，他跑到饭店，进到老熊祝寿的房间，掀翻了宴席的桌子，虎超超地让老熊还他老婆白鸽。老熊的几个儿子上来揍他，他骂道，你爸给你们找了个小妈，那小妈就是我老婆白鸽。老熊当场被气得犯心脏病送进医院。小崔被赶来的警察带到派出所关了一夜。第二天，派出所让我去领人，我才知道这件事。这事在鞍山市很快传开：老熊是乱搞别人老婆的色狼，白鸽是贪图钱财和老熊乱搞的淫妇。老熊的老婆孩子也来找我，让我吐出贪占老熊的钱财。经这么一闹，整个鞍山市没人不知道这件事了。这件事受到伤害最大的还是老熊，有人说他，什么慈善家，就是以慈善为名勾引女人！闹得他灰头土脸的。我当然也成了被人嘲笑指戳的人。我和老熊是清白的，但在舆论的风口浪尖上，我们就是浑身是嘴也说不清了。

在这种情况下，我毅然决然地和小崔离婚了。小崔这么做也很后悔，毕竟他没有我和老熊有染的任何证据，只是道听途说，受别人挑拨，但事已至此，也只好将错就错。毕竟是自己的初爱，毕竟夫妻一场，小崔还算有良心，离婚财产分割时，他只要了超市，把房产留给我，所有存款一人一半。他继续经营超市,我躲在分到自己名下的房屋中,舔着心头的伤口,思谋着未来的日子。

等把自己身上的烂事打理清楚,我开始打探老熊的情况。医院一个姐妹告诉我,老熊被小崔气得犯心脏病,现在好得差不多了。因为老婆孩子对他大把撒钱在外搞慈善事业有意见,又听说他在外乱搞,所以很少来医院照顾他,只是雇了一个护工来看护他。知道了这个情况,我便去医院看望老熊,并想留在医院护理他。

老熊对我来看他很意外,也很高兴,拉着我的手,让我坐在他的床头。握着他温暖的大手,我哭了,哭得稀里哗啦,边哭边向他道歉,对不起,实在对不起!怎么对不起,为什么对不起,就说不出来了,就是一个劲地哭。

等我哭停了,老熊才说,你这时候来看我,不怕你老公再来闹事?

我说,我离婚了,刚刚离婚了。我自由了,他再也管不了我了。

老熊拍拍我的手说,你离婚了,好,我娶你!

我说,你开玩笑吧?和我结婚,你妻子怎么办?

老熊说,我老婆也在和我闹离婚,想用这种方式保全财产,限制我搞慈善,她已经找律师了解财产分割方面的事了。

我说,我妹妹的事给你添麻烦了,我们全家给你添麻烦了,不光添麻烦了,还把你们家庭拆散了,真是对不起!

老熊说,不关你妹妹的事,也不关你的事,她和孩子早就对我搞慈善这事有意见,说我不应在这方面大把撒钱,让我把钱搂住,不要再给别人撒了,说给外人撒钱一点好处也捞不着,图个啥呢!我不听他们的,他们就和我置气,正好就着你老公来闹这件事,把矛盾公开了。我怎么跟他们解释,他们都不听,说,有谁家男人主动往自己头上戴绿帽子的,人家都气得掀翻你生日宴席的桌子了,你还不承认?

我问,你和你妻子没有缓和的余地了吗?

老熊说,她选用离婚的方式来保全全家财产,已在思谋着怎样瓜分财产了,几个孩子都支持她,哪还有什么缓和的余地!

我沉了沉心说,你要真离了婚,我就嫁给你!

老熊说,使不得!你不嫌我老?我比你大25岁呢!

我说,我不嫌你老,你有一颗善良的心就足够了。

老熊掉了几滴眼泪,没说什么,使劲把我的手握了握,好像是答应了这件事。

我要留下来看护老熊,老熊死活不让,说,我现在能吃能喝,能下地走路,不用人看护。再说,也有护工,你留在这里,还会惹出一些麻烦。你放宽心,我会照顾好自己的。你回去调养身体,耐心等我的信吧!

老熊出院不久,就和妻子离婚了,走的是协议离婚的形式,整个家庭财产共分为八份,他和妻子及六个孩子一人一份,老熊只占了财产的八分之一,但他还是在协议书上签了字,正式办理了离婚手续,在50岁时过上了单身一人的生活。

一天,老熊到我家中找我,告诉我他离婚了,可以履行和我结婚的诺言了,只是目前的财产已大幅缩水,大不如前了,问我嫁给他的想法变没变。我说,我提出嫁给你,不是图你的钱财,你为了给我妹妹治病,落得这么个下场,我和你结婚,是真心实意心甘情愿的。你现在就算是一个穷光蛋,我也要嫁给你,和你过一辈子。

老熊说，那我也不能让你受委屈。我想和你商量一件事，咱们结婚后，我把我的财产全部转到你名下，一切财产供你支配。

我说，那怎么行，那人家不更说我是贪图你的钱财才和你结婚的吗？我不要，我不同意你这么做！

老熊说，你要不同意，我就不和你结婚。

我说，你这是为什么呀？

老熊说，我要对我心爱的女人做出补偿。

我说，你这样做，就真的成了一个穷光蛋了。

老熊说，谁说我是穷光蛋！我拥有你这么一个又漂亮又善良的女人，就是天下最富有的人。

我深受感动，一下子扑向老熊的怀抱，老熊也紧紧抱住我，是真正的"熊抱"，我俩第一次有了肌肤之亲，得到了男女之间那种难以言说的幸福。当欢乐的浪潮退去后，我说，咱俩这一结婚，真的是弄假成真，对以前的传言有口难辩，真像人们说的黄泥巴掉进裤裆里——不是屎也是屎了。

老熊说，管他呢！是屎又怎么了！只要咱俩觉着好，谁也管不着！我明天就领你去办结婚手续。

就这样，我和老熊结了婚。老熊说话算数，虽然我一再阻拦，老熊还是通过公证，把在他名下的财产，包括沈阳的公司等，都更改到我的名下。我俩结婚后搬去了沈阳，我名副其实地当了老板娘，和老熊的新生活开始了。

老熊说：走到这一步我始料不及

和白鸽走到这一步，是我始料不及的。

你问我对白鸽有没有好感，当然有好感；你问我喜不喜欢白鸽，我当然喜欢。但我开始认识她时，并没有和她结婚的打算。

我第一次在沈阳合作伙伴庞总那里见到白鸽，就被她的美貌吸引住了。但吸引我的不仅是她的美貌，更是她的善良、仁义，她对患病妹妹表现出的焦急和责任心。她借钱受到拒绝后，大概是觉得最后一线希望破灭了，竟当着两个男人的面痛哭起来，哭得身子都抽搐起来，让人同情怜悯心痛。她的漂亮的颜面像梨花，那眼泪就像洒在梨花上的春雨，给人美感，也让人伤感。当她说到如果没借着钱，妹妹的先天性心脏病治不好，别说复学，就连生命也不保时，又呜呜地哭了起来。她的话敲击着我的心，我这些年拿钱资助一些贫困大学生上大学，还没有拿钱给患病的大学生看过病，那就从这一次开始吧！老话不是说"救人一命，胜造七级浮屠"吗？况且我救的是一个风华正茂将来对国家有用的大学生。想到这些，我就打定了资助白鸽妹妹白霞看病的主意。但我当时不能表态，我不能当面打合作伙伴庞总的脸。

从他们的对话中，我知道庞总是白鸽老公小崔的亲戚，既然是老公亲戚，那就说明白鸽是结了婚的，是已婚女人，我不可能和她有结婚的想法。

你问我拿30万元给白鸽妹妹白霞看病，有没有一点私心，或者说，想没想从白鸽身上得到点儿什么，我实话跟你说，我对这一点不确定，不确定并不是说没有，只是没想好能在她身上得到点儿什么。我喜欢白鸽的年轻漂亮，欣赏她身上的善良和责任心，当时就只是想帮她，帮了她，我心里就舒服。我对白鸽说，我愿意拿30万元给你妹妹治病，你以后要对我好。怎么个好法，我也不知道，也没想清楚。但这里面有和她继续往来的意思，也有让她关心帮助我的意思。愿意和漂亮女孩来往，是男人的正常心理。我是男人，自然希望白鸽和我交往。在一些企业家中，流行"家中红旗不倒，外面彩旗飘飘"，我不可能一点不受影响，我又不是圣人，也想得到漂亮女人的青睐，在自己压力大的时候给自己减减压，有什么心里话时可与之倾诉。把白鸽当作"彩旗"，我没这么想，但作为一个红颜知己，有个一来二往，还是有这个念头的。但我可以对天发誓，救助困难、扶贫济困，想帮助她妹妹看好病是第一位的，我没有在背后藏着卑鄙的个人目的。想让她做红颜知己，也是一个朦朦胧胧的想法。但是，有一点我可以肯定地说，我愿意同年轻人打交道，年轻人能给我青春活力；我愿意和白鸽这样的漂亮女孩打交道，因为她赏心悦目，可以给我带来快乐和美感。

　　白霞的病看好后，她妈带着白鸽来和平宾馆向我致谢，我了解了她们家更多的情况，白鸽白霞出身于贫困家庭，白鸽为了供妹妹上学，自己选择上中专早些就业，早早就挑起了家庭生活的重担，是一个厚道懂事的孩子。后来，白鸽和丈夫也到公司看过我，表示谢意，我看到两个人和睦恩爱协力创业，打内心为他们高兴，连那"红颜知己"的一闪念，也都消失了。我原先曾有想法让白鸽到我企业工作，我给她一个合适岗位，让她多挣些钱供妹妹读书，现在看他们超市办得不错，这个想法也就打消了。

　　我小时候家里很穷，穷得真是连裤子都穿不起。父母过世早，我是在村里乡亲的帮扶下长大的。托改革开放的福，我成了一个农民企业家，自己发了财，致了富，我不能忘记众乡亲。为村里一些贫困户盖了新房，帮村里通了电、修了路。出名后，其他乡镇其他村的村民也来找我帮助，因而我的慈善事业也就开始了。钱财生不带来，死不带去，能用自己创造的财富,为需要的人办点事,何乐而不为呢?渐渐地,我成了县里、市里的名人,一些单位的公益事业来找我,一些扶贫基金会来找我,一些人遇到困难也来找我,一年用去的钱不少。渐渐地,家里人有意见了,阻止我这么做。但我不改初衷,见不得人求我,况且我做慈善已成骑虎难下之势,你以前做了,现在不做,就有人不高兴。你给张三做了,没给李四做,李四就不高兴,还引发了矛盾和非议。我老婆儿子说,你这么做是图啥呢?

我到底图什么?我不懂大道理,也说不清楚,但我知道,一个人、一些人富了不算富,全体人富了才是富。共同富裕是我们社会的追求,不能把一些人落下来。要一起走向富裕,单靠国家、社会还不行,先富起来的人还要帮后面的穷人一把。我就是这么想的,也是这么做的,但没想到,做好事也会引起一些人反对,还会给自己惹来麻烦。

白鸽老公小崔掀翻了我的50周岁生日宴,把我营造几十年的家庭港湾也给我掀翻了。

我不怨我的老婆孩子。我老婆是和我一起创业的,一起打拼多年。几个孩子也吃了不少苦,企业发展到今天,也有他们的功劳。人活在世上想法不同,人各有志,不能勉强。我把财产分为八份,我只占其中一份,以后我用我的一份去办慈善做好事,他们就管不着了,也不能出来拦三阻四了。他们有了自己名下的财产,今后也就衣食无忧了。

白鸽提出嫁给我,我知道这不是出于对我的爱,而是出于报恩的心理,是一种对她老公破坏我家庭的内疚和补偿,也是对我受伤心灵的安慰。我在同意和白鸽结婚时,也有一些犹豫,因为我毕竟年纪大了,比她大25岁,比他父亲年龄还大。老夫少妻,年龄上实在不般配。我也没有多少文化,白鸽虽然学历不高，也是中专毕业，我们的经历和爱好会有很大的不同。但犹豫过后，我还是选择了同意。是白鸽给了我惊喜，我接受了这个惊喜，开始筹办我俩的婚事。我向白鸽提出，婚后将个人那一份财产转到白鸽名下，不是一时冲动，而是经过认真思考做出的决定。我和妻子离婚时，我不能提出把家庭财产分给白鸽一份，那样会惹来更大的麻烦。我也没有要求多分一些，由于补偿心理，我选择了平分，其实，我是法人代表、主要创业者，分一半财产都不为过，但我认为我雄心犹在，以后还可以创业，何不大度一些呢，让当事人都提不出意见呢？而且，他们以后也不会因财产分割再找我和白鸽的麻烦了。我这样做，类似于"净身出户"，谁还能再说出什么呢？

　　我把分得的一份资产转到白鸽名下，是出于对白鸽自愿嫁给我的补偿，更是出于对于白鸽的爱，对白鸽的信任。我是一个发了财的民营企业家，已到这一把年纪，除了钱财，实在想不出别的补偿办法。资产转给了白鸽，她也会继续创业，不会坐吃山空。有人问我，你把资产全部转到白鸽名下，她以后不同意你搞社会慈善事业怎么办？我说，白鸽绝对不会，她是一个善良的人，是社会慈善事业的受益者，我俩是通过救助她妹妹认识的，她怎么会不同意我去做社会慈善事业呢？

　　我和白鸽低调地结了婚，我俩都是二婚，又有被人诬陷的经历，东北人也不时兴二婚大操大办。人家初婚都选择在上午或中午，二婚则是选择在下午或晚上，以示二者的区别。

　　结了婚，我俩搬去了沈阳，在沈阳办我俩的公司，又在和平宾馆附近买了一处房产，筑上了自己的安乐窝。白鸽也不再外出上班，在我俩的公司负责接待和相关业务，在公司，她从不干预我的决策，虽然财产已转移到她名下，但仍像在我名下一样，我一个人说了算。过了一年，我俩生了宝贝女儿果果，果果长得像白鸽，真好看，我打内心里喜爱，这是我和白鸽的女儿，这是我们爱的结晶，这是上天赐给我们夫妻的"白雪公主"。自从有了果果，白鸽就不怎么上班，在家带孩子，教育孩子。我们俩对孩子那个好，真是捧在手里怕摔着，含在嘴里怕化了。我有时候上着班，就突然跑回家来，白鸽问我回来干什么，我说看一眼女儿就回去。

果果的出生，更加深了我和白鸽的感情，我们的结合不仅有甜蜜的结果，而且有了甜蜜的未来。虽然两人年龄差别很大，但还是经常腻在一起，说一些卿卿我我的情话。我也好像重新焕发了青春，事业上更能开拓。一次两人聊天之后，隔着窗户看到和平宾馆的轮廓，大概是触景生情，白鸽问，第一次我去和平宾馆见你，你那时就心生不轨了吧？

我说，天地良心，那时我虽然喜欢你，可没想要把你怎么样。

白鸽说，那你说的"以后你要对我好"那句话，是什么意思？

我说，我看你漂亮、善良，就想和你交个朋友，当一个红颜知己。因为是老乡，天生有一种信任感。第二次你去见我时，我就想表达一下这个意思，但当时你母亲在，我也就没有说什么。到了鞍山那次见面，是你和小崔一块儿来的，我这种想法就消失了，因为看到你们这么和睦恩爱的一对，我怎么能插足，影响你们夫妻感情呢？后来阴差阳错，歪打正着，咱们就走到了一起。

白鸽笑着说，得了吧，你那时候就没有安好心。你说让我对你好，就有那方面的意思。我为了救妹妹，什么也顾不得了，你当时要是非那样，我也认了。但你这个人确实是个好人,是个真心做慈善事业的好人,没有把这个作为条件。仅见了一面,你就把30万元治疗费打到医院账户上了。这是我内心非常感激、非常敬佩你的地方。你那时没得到我,我现在心甘情愿地加倍补偿你。

时间过得好快,转眼女儿果果六岁了,我们一家三口恩恩爱爱,甜甜蜜蜜地度过了这段时光。

白鸽说:美好的时光总是短暂的

时光很快到了2000年,"千年等一回",人类迎来了千禧年。人们在迈进千禧年门槛的时候,似乎看到了新的希望,但我们家老熊的生意却越来越难做了。

生意难做有两个原因。一个是老熊把自己最熟悉的资产和产业,分给了前妻和儿女,像轮胎行业,这是他最熟悉的,他就是干这个起家的,最兴盛时,他经营的轮胎曾占据着东北的半壁江山,有很好的产业基础。还有其他几个产业,都是老熊拿手的。而他恰恰选留了不熟悉的房地产。他的房地产经营主要在沈阳,而要拓展房地产,必须背靠很硬的关系。老熊没有这些关系,找不到靠山,而他又不是干这个出身的,对这个行业不熟悉。揽了几个工程,都是转手包来的,结算之后也没有挣到钱,有的连先期投进的钱也没有收回来。

还有一个重要原因,是我们公司的现金流快要断了。钱哪里去了?大部分是让老熊拿去搞慈善事业了,他一会儿捐助这个,一会儿捐助那个,大把地撒钱,但资产分割后,原先的资产只剩八分之一,他仍像以前那么撒钱,就有些撑不住了,积蓄越用越少,新钱又挣不来,不几年就捉襟见肘了。

我和老熊结婚了,天天在一起生活,也更了解了老熊这个人。他是个出身贫寒能够艰苦创业的人，一个知恩图报热心慈善的好人，但也是一个轻信别人特别容易受骗的人，他可怜别人，相信别人，当别人遇到困难时，就出手相助。但许多时候是别人骗他的，一些钱用到了正地方，一些钱就是被人骗去了。

老熊还是一个有很强虚荣心的人，他因为做慈善事业出了名，当选了市人大代表、省慈善事业先进个人，在整个辽宁省和鞍山市都很有名声。树大招风，常有一些人找他搞慈善。他几乎来者不拒，对我说人家不容易，能上门来找咱，肯定是遇到难处了，要不怎么会找咱？有老家村子里来人找他说要修路，他给了几十万元，第二年又来找他要修路的费用，我说，你们路是怎么修的？头一年刚修好，第二年就坏了？对方说修的是沥青路，冬天一冻就翻浆了，只好重修。老熊不问青红皂白，就又给他们钱，说乡里乡亲的，他们不会骗我。

老家熊家村要修熊家祠堂，村长带人来找老熊募捐。村长说，你是咱熊家名人，财大气粗，可得为咱熊氏家族做点贡献。一出口就要100万元。我从中挡了一下，给砍了一半，还是给他们50万元。过不久，村长又带人来了，说上次给的那50万元，是建筑费用，现在选了一块风水宝地，因为上面有几户住房要拆迁，还得付给人家拆迁费，张口又要50万元。老熊又给了30万元，两次加起来就有80万元。几年过去了，熊家祠堂也没见盖起来，钱也不知去向了。

过年过节，老熊回生养自己的村子，都要给老人们发红包，现在老人逐年增多，红包也逐年增多。有人说，现在物价都涨了，红包里的钱也该涨了。老熊无奈，每年发的红包都要涨钱。老熊过去逢年过节，给每家每户发一袋面粉、一桶豆油，要是偶尔有事忘了发，就有人打电话来要，说今年年货咋没有了呢？老熊赶快找人去补。类似这样的事情，每年都不少，而且逐年增加，老熊用于这方面的开支可想而知。

我对他做这些事情有些看法，也不好多说什么。毕竟钱是老熊挣来的，财产虽然在我名下，那是老熊硬给我的，人家花自己的钱，我怎么好去劝阻？

有时忍不住劝他两句，老熊说，人家来找咱，就是人家遇到了难处。咱是市人大代表，又得了慈善家的名，咱不能空担虚名，让人笑话咱。

我说，照你这么整，家里的钱非花干不可。老熊说，花干了，他们就不来找咱们了，谁让咱们现在兜里有几个钱呢？

我说，我不反对你搞慈善，但能挣才能花，只有多多挣钱，才能应付这些开支。老熊说，你说得对，我刹下心在沈阳开几个楼盘，专心搞房地产，挣更多的钱。谁再来找我，你就帮我挡着，让他们见不了面。照这样不挣光花，非坐吃山空不可。

我心里很高兴，看来老熊也不是榆木疙瘩脑袋，道理说清楚，他还是听的。他决心刹下心来搞几个楼盘，专心找关系，终于拿下来了。在经济开发区圈了一片地，把公司剩余的资金划拉划拉，全都投了进去。还托关系在银行贷了几个亿，算了算，等这几个楼盘售出，能挣上亿利润。

那几年老熊很辛苦，天天戴着安全帽跑工地。我劝他注意休息，不要太劳累。他说，我一定再挣一大笔钱，让你和女儿果果这辈子享用不尽。我心疼他，每天尽量做好吃的，给他补养身体。这时候，果果上了寄宿制小学，我没有多少事干，就帮着老熊忙活，他有时上工地，我也跟着，也戴着安全帽随他到处跑。我是农村长大的孩子，什么苦没吃过？又不让你亲自干活，就是到处督促协调，为老熊服务，跑腿传话什么的。有些时候老熊不便出面，我就出面。人家笑话我夫唱妇随，也有人开老熊玩笑说，我要有个像你一样年轻漂亮的老婆，累死我也心甘。

眼瞅着两个楼盘七八栋高层住宅楼拔地而起，一天天往上长，我和老熊都很高兴，盼望早日出手，回笼资金，把银行贷款还了，剩下的可是一笔不小的利润。老熊高兴得吹牛皮说，谁说搞轮胎的不能盖楼房？我让他们看看我这个搞轮胎的，就把楼房盖起来了，还赚到了大把利润。

沈阳的这两个楼盘，是老熊和前妻儿女分割资产之后，做成的第一个大工程，老熊对此寄予厚望，而且充满信心。但没想到，老熊的牛皮还是破了。严格地说，老熊的牛皮不是吹破的，而是突然变化的形势，把老熊的美梦打破了。

2003年春天突然而来的SARS病毒，一下子从广东传开，直入北京，在全国迅速蔓延开来，给我国的经济造成很大打击，首当其冲的是房地产业。在北京、沈阳等大城市，新开盘的楼市无人问津，银行又催要贷款，无奈何只得降价销售，降价少了没人买，就大幅度降价。房价降了，房子卖出去了，银行的贷款也还了，但最后一算账，把原先自有的一两个亿也赔进去了。等疫情过去之时，也是老熊美梦破灭之日，楼盘售完了，还完贷款和原材料欠款，我和老熊落了个"白茫茫一片大地真干净"，两人欲哭无泪，只好打碎牙往肚子里咽。老熊想让我和女儿果果一辈子衣食无忧的愿望破灭了，我们家只剩下在沈阳的一套住房和几十万元存款，再就什么也不剩了。公司财务账上空空如也，连给员工发工资都要东挪西借了。

老熊心有不甘，想东山再起。他去找前妻和儿女借钱，没人给他一分；他去朋友处借，朋友们也都躲着不见面。老熊倍感世态炎凉，当着我的面大哭一场，说自己一辈子做善事，帮助别人，没想到陷入困境时，竟没有人拉自己一把。他把公司关了，公司员工辞了，自己躲在家里不出门。因为那些想让他搞慈善的人还在找他，他们不知道他做买卖干工程已经赔了个底掉，还像以往那样，理直气壮地找着各种理由让他捐钱。老熊只有躲起来才能避免这些麻烦。

这一年老熊已经60多岁了，受到这么一次沉重打击，有点一蹶不振。我劝他想开些，赔了就赔了，没啥了不起，没钱我们就过普通人的生活。老熊一再说，白鸽，我对不起你和孩子。我说，你不要说这话，我同意和你结婚，也不是冲你钱来的。你有钱是我的丈夫，没有钱也是我的丈夫，你有钱是果果的爸，没有钱也是果果的爸，咱们一家不离不弃和和睦睦，就是最大的幸福。老熊哭了，说，我这辈子见过的女人多了，你是我遇到的最好的女人，是与我患难与共的好妻子，我这辈子报答不了你了，等下辈子再报答你吧！

我说，你不必这么灰心。富贵钱财就是过眼云烟，踏踏实实过日子，才是我们追求的生活。我们两人都能跑能动，都有两只手，做不了大买卖，我们可以做小买卖，比如开超市、办饭店、办小旅馆等，只要有收入能维持咱们正常生活，能够把女儿果果供到大学毕业就可以了。

老熊说，我受到这次打击，再也提不起精神了。再说我年纪大了，跟不上形势了，老行当干不了，新行当不熟悉。你说干啥就干啥，我给你打下手当帮手，也可以出出主意。咱俩颠倒位置，好比你是董事长，我是你的助手。

我说，让我想一想，我再征求一下我一些中专同学的意见，他们有的在沈阳办餐饮服务业很有经验。

老熊说，你想好了，打定主意了，需要资金我去找人借。大钱借不来，凭着老脸面，借上几百万元，还是没有问题的。

我说,不用你去借。结婚前你给过我200多万,我把这笔钱,以我父母的名义存着呢,如需要时,我把它取出来用就是了。

老熊说,你还真有心计,能把这笔钱留下来,否则咱连这点资本都没有了。

我说,我原先是想用这笔钱为我父母养老的,现在也只能拿出来应急了。

老熊说,等将来咱们挣钱了,再给你父母加倍偿还。

我说,我父母不是你父母?尽管你比我父母年纪大,你也得认我父母不是?

老熊说,那是,那是。随即做了一个戏剧动作,用道白腔调说道,岳父岳母在上,小婿这厢有礼了!

老熊的动作把我逗笑了,老熊也朗声大笑起来,夫妻俩脸上积聚很长时间的乌云散去了,云开日出,我们相信没有过不去的坎,阴云过去,晴朗的日子就要来临了。

正好在沈阳的中专同学聚会,有人建议我开一家中档饭店,说现在沈阳高档饭店已经不少,低档饭店遍地都是,就是缺少中档饭店。要是开一家有特色的中档饭店,肯定受大众欢迎。我说,我从来就没有开过饭店呀!中专同学洪有志说,我开过,我还会掂勺炒菜,你要不嫌弃我,我愿和你合作。但我没有那么多资金,只有百八十万元,我出小头,你出大头,你当经理,我当店小二跑堂的,挣了钱按股分红。同学们就撺掇我俩开饭店,说,你们开饭店,以后有饭局,就安排到你们饭店,保证客源不断。我们也不要你们提成,只要同学聚会时到你们那里,你们免单就行了。这事当场就议定了。洪有志单身一人,不用征求谁的意见,自己就能定下来,我得回去征求我家老熊意见。

我回家把这事跟老熊一说，他立马表示同意。老熊说，开个饭店好，以后来了客人，咱也领到饭店去。我说，按投资比例，咱家占大头，由咱家主事，你就来当总经理吧。老熊说，你饶了我吧！我现在就是"大事干不来，小事又不做"，一切交给你打理了，法人代表、总经理都是你，你一个人说了算。但也要和合作方处理好关系，不要亏待人家，谁都不容易。老熊这么说，我就给洪有志回了话，说我们家愿意办饭店，也愿意和他合作，请他考虑下一步办饭店后续的具体事宜。

洪有志很快就在繁华的太原街看中了一处往外出租的饭店。饭店是二层小楼，楼上有包房七八间，楼下是大厅，能容纳四五十人用餐，地理位置、客流量都不错。洪有志跟我和老熊一说，我们都觉得条件不错，就一起去看了一下，当场就拍板定了下来。

老熊围着饭店转了一圈，又里里外外看了看，连声说好。把有关事情议了议，关于投资合作，关于入股比例，关于饭店办理手续，关于饭店管理，讨论了个大概，我们就分手回家了。

回家路上，老熊说，你这个同学不错，看来很精明，经营饭店也有经验，内部管理那一套都得靠他，有这么一个帮手，饭店肯定能开好。我说，你不能把我推到前台，你得出来主事，没听说"老将出马，一个顶俩"吗？老熊说，我是什么老将，我就是一个败将，今后这饭店的生意就靠你了。咱俩年纪相差太大，站在一起也不般配，人家会以为我是你的爸爸或公爹呢。我以后就在幕后帮你出出主意。

你还别说，老熊还真有点子，他说办饭店关键得办出特色，尤其是中档饭店，没特色就会高不成低不就，不会有人来光顾。他出的主意是：从营口鲅鱼圈那边进鲅鱼，以经营鲅鱼馅饺子为主，开发鲅鱼系列菜，如五香熏鲅鱼、家炖鲅鱼等。

我把老熊这个主意跟洪有志一说，洪有志兴奋地一拍巴掌说，姜还是老的辣。你老公这个主意出得好，照这么整，咱们这个饭店就整出特色了。虽然老熊比我大25岁，但我还是不想让别人说他老。我对洪有志说，我们家老熊有那么老吗？洪有志说，怎么不老？我开始见到他时，还以为他是你公爹呢！你那么年轻漂亮，配这个老头子有点儿可惜了。洪有志当年在学校时，也追求过我，但让小崔捷足先登了。他为此还耿耿于怀，一直也没有找对象，现在一晃就三十八九了，他和我年纪相仿，又是同学，说话直来直去的。

我说，以后不许你这么说我们家老熊，他是我家果果的爹，你这么说他我不乐意。

洪有志说，你当初和老熊结婚，同学们议论说，你是为了报恩，也有人说，你是图人家老熊钱财。

我说，报恩的心我有，人不报恩，还是人吗？但说我图人家钱财，这是贬低我。现在老熊没钱了，是穷光蛋一个了，我离人家而去了吗？我是那嫌贫爱富、朝秦暮楚的人吗？闭上你的嘴，今后除了饭店业务上的事，咱们不扯这个。洪有志从此就不再说老熊的长短了。

很快，我们饭店就办起来了。因为以经营鲅鱼菜系为主，干脆取名"鲅鱼圈饭店"，很快就形成独家特色，食客盈门，生意开始红火了起来。

老熊说:"夫妻店"让我妒火中烧

我实在没有想到,白鸽还真能干,不知是前些年办超市锻炼出来的,还是她本身就有经营才能,过去和我在公司时,还没怎么看出来,也许让我遮盖了,现在有了用武之地,终于展示出了经营才能。作为总经理,她把饭店打理得井井有条。当然,这得益于洪有志这个好帮手。洪有志是辽阳人,是白鸽上中专时的同学,他们相互间比较了解,能想到一起,分工明确又协调配合得当,把饭店经营得风生水起,头一年付了房租还有几十万的利润,第二年就赚了上百万利润。白鸽给我办了一张银行卡,把分得的利润存到了我的名下。我开始不干,白鸽说,你是一家之主,再说这投资饭店的钱还是你在婚前给我的,以这钱为本钱挣了钱,理应放在你名下。我说,放在我名下就放在我名下,反正我也跑不了。

饭店刚开始办时,我还去过几次,但去了几次就觉得有点尴尬。一个是去了没啥事可干,白鸽忙外面的事,洪有志忙厨房里面的事,我在店里溜溜达达,像是区里下来检查防火、防疫的工作人员。一个是身份不明,我没在饭店任什么职,没法介绍我。再一个是我和白鸽年纪相差太大,常常令人产生误解,一次一个服务员初来乍到,我一进门,她就把我拦住了,说,大爷,现在还没有到营业时间,你等下再进来。我说,我是你老板白鸽家里人。服务员一听急忙进去喊白鸽,大声招呼道,经理,经理,你爸找你来了。我一听很生气,扭头就走。白鸽在后面追上来说,你不要生气,新来的服务员不了解情况,以后我会给她交代清楚。我气消了,说,这没有什么,我就是年纪大嘛,比你爸年纪还大,人家以为我是你老爸很正常。

话是这么说，我以后就尽量少去了。忍不住又去了几趟，有人把我当成来吃饭的，或者当成来送鲅鱼的、送青菜豆腐的，还有的把我当成白鸽的亲戚来混吃混喝的。白鸽能管住服务员，但管不住那些顾客，有些常客就把我当成来蹭吃蹭喝的，人家看我年纪这么大，吃饭又不交钱。我不好解释什么，脸上又不能刻上"我是白鸽的丈夫"几个字，心里不高兴，又说不出什么，也就能不去就不去了，反正我不去也不影响经营，饭店依然红火，流水不断增加，生意甚是兴隆。

不久，我承担了接送果果上下学的任务，精力就转到这上面去了。因为家庭经济条件发生了变化，果果从寄宿的私立小学毕业就不再住校了。我们送她上了一所比较好的中学，为了锻炼她的自主能力，都是让她自己上下学。但不久前发生的一起绑架中学生案件，把家长们都吓坏了。两个罪犯专门找家庭条件好的学生实施绑架，一天看到一个中学生男孩从一处豪宅里走出来，就尾随着，在一个没人的地方，突然把面包车开到男孩前面停下来，装着车子坏了要修车的样子，让这个男孩帮忙去车厢拿个扳手递给他俩，男孩刚上车就被堵在里面，劫持到郊外一个空厂房里去了，歹徒向家长敲诈50万元。家长急忙四处筹钱，按歹徒说的把钱送了过去。就在这个过程中，歹徒怀疑家长报了警，又担心这个中学生能辨认出他们，就残忍地把这个孩子杀害了，掩埋到一处废墟里。案件破获后消息传开，家里有上学孩子的家长人人自危。白鸽对我说，我经营饭店顾不上，你可要把咱家果果看护好，上学跟她到学校，看她进了校门再走；去接她时，从校门出来，一直把她带到家，一步都不要离开。果果可是咱俩的命根子，也是咱俩未来的希望，可不敢有丝毫差池。又说，要不咱俩换换，你去经营饭店，我在家里照顾果果，接送她上下学？我说，饭店你办得正顺手，怎么能离得开？我闲着没事干，接送果果上下学的事我包了。我是个男的，有什么事，也好应付。又开了一句玩笑说，你这么漂亮，女儿又那么出众，要是让坏人盯上了，把你娘俩一网打尽怎么办？

白鸽立马变了脸色，说，老熊，你胡咧咧个啥！有你这么开玩笑的吗？快闭上你的乌鸦嘴！

我假装着扇了自己两个嘴巴，说，叫你长个乌鸦嘴！叫你长个乌鸦嘴！这下把白鸽逗笑了。从此之后，接送果果上下学的任务，就落到我的肩上了。此后随着公安部门加大打击犯罪行为力度，社会治安形势好转，再没有发生类似案件，但我还是坚持接送果果上下学，一直到她初中毕业上了高中。

除了接送果果上下学，空余的时间我就去附近的和平公园闲溜达，看人跳舞、下棋、打扑克，慢慢地也结识了一些人。他们也不知道我是干什么的，认为我就是一个退休工人。其实，我连退休工人也不如，就是一个退休的农民企业家，也没人给我开工资。我没有发家前，就是一个农民，曾经戴上过农民企业家和慈善家的光环，现在因经营不善一下子被打回原形，还是一个农民。因为都是来自底层，我和这些退休的人也说得上话。有时候也打几把扑克，这里打扑克是带"彩"的，钱不多，一场输赢下来也就几十元。一次，我手气好，竟赢了上百元，一同打牌的人不服气，非要接着打，我说，不打了，我得去学校接孩子了，改天我请你们去鲅鱼圈饭店吃鲅鱼馅饺子去！几个老哥很高兴，说，这敢情好！你说话算数？我说，我说话算数。其中一个老哥说，鲅鱼圈这家饭店开得好，小夫妻俩经营得不错，一个管前台，一个管后厨，把整个饭店盘活了。尤其他家那鲅鱼馅饺子，可是全沈阳头一份。哪天你请我们老哥几个去享享口福。

我一边答应着，一边拔腿就走，心里被那个"夫妻店"弄得怪不是滋味。在接果果回来的路上，果果说，老爸，你今天是咋的啦，有什么不高兴的事吗？怎么一句话也不说？我今天考了好成绩，你也不奖励我，不仅没有物质奖励，连精神激励也没有！她哪里知道，我头脑中都被"夫妻店"三字填满了。

我知道他们是闹误会了。什么"夫妻店"？那是两家合作开的饭店。我是白鸽的丈夫，我去那里搞经营才叫"夫妻店"，怎么现在被人家叫成"夫妻店"了？是人家误会了，还是白鸽和洪有志两人背着我，私下里做成了"夫妻"？这我可得去好好盘查盘查。

晚上白鸽回来了，听说果果在学期考试中考了全班第一名，很是高兴，全家人又说又笑，我虽然心中有事，也强作欢颜。等果果睡了，白鸽来了兴致，我却没话找话地说，最近饭店经营怎么样呀？白鸽说，不是说营业收入又创新高了吗？我说，顾客上座率如何呀？白鸽说，长队都排到外头了。我又问，你和洪有志关系处得如何呀？白鸽说，挺好的呀。我害怕说走了嘴，补了一句，在一起合作可别闹矛盾啊！白鸽说，不会的，我知道深浅，你放心就是了。待我再要问什么时，白鸽却已经打起鼾，她实在是太累了。

白鸽进入了梦乡，我却翻来覆去怎么也睡不着觉。和白鸽做了十多年的夫妻，我对她还是了解的，她不是那种水性杨花朝秦暮楚的女人，性方面欲望也不是很强烈，她对我对女儿都是挚爱的，应该不会在外面做对不起我的事。但现在社会上婚外恋很多，有些人以此为时尚。有些年轻人甚至都没有了贞操观念，也不讲什么婚姻道德，追求新潮和实惠。白鸽和洪有志是年轻人，他们会不会受这种思潮影响？会不会一来二去密切交往越过了男女大防，真的做起了夫妻？

可是回过头一想，白鸽确实不是那种人。虽说我俩不是因爱产生的婚姻，但共同渡过了难关，还是有很深的感情的。特别是有了果果之后，孩子是我俩的小天使，成了夫妻感情的纽带，白鸽对我的尊重，对我的好是没说的，既有对丈夫的好，也有对一个老人的尊重，还有很深的报恩情结。我们夫妻俩相互尊重，互相体贴，我尝到了从未有过的幸福。刚结婚时，夫妻性生活也很和谐，相互也能得到满足。这几年我的能力下降，往往草草了事，让白鸽意犹未尽。我有点惭愧，就偷偷买了药。没想到被白鸽发现了，白鸽说，你买这个干什么？俗话说十药九毒，把身体搞坏了怎么办？再说我也不需要这个。你只要这辈子对我和果果好，我就知足了。说完，把我买的药倒进马桶里冲走了，还说，今后你买一次我给你扔一次。按说我不应该怀疑白鸽，但因为有"夫妻店"这三个字在作祟，我就想多了，我想，她现在不需要我了，是不是在哪个年轻人那里得到了满足？这么一想，胸膛里就妒火中烧。

过一会儿，我又从另外一个角度说服自己：白鸽如果和洪有志有那个的话，应该有异常表现呀，我从未发现她有什么异常啊，晚上饭店打了烊，都是按时回来，也没有在外面开房住宿过，没有这个时间怎么在一起？但转念又想，这又有什么难的呢？白鸽虽在家住，但洪有志是以店为家，吃住都在店里，两人打烊之后温存一番，也用不了多少时间，半个小时足够了。再说了，上午、下午都有歇业的空档，他们不会借着休息在一起吧？男女这种事能看得住吗？即使白鸽欲望不强，那洪有志可至今还是单身，孤男寡女在一起，不是干柴烈火一样吗？想到这里，我的心又一剜一剜地疼。

-205-

这种疼出于一个男人的嫉妒心。当一个丈夫知道他老婆可能和别的男人有性关系时，没有不嫉妒的，没有不生气的，没有不气得五来豪疯的。五来豪疯是东北方言，是形容气得不行要发疯的意思。我当然也是如此。除了这种嫉妒心，我还害怕失去白鸽这么漂亮、能干、又很体贴人的妻子，怕果果失去母亲。这些想法搅和在一起，我自然睡不着，心情也不会好，心中像十五个吊桶打水——七上八下，又像怀揣二十五个小兔子——百爪挠心。但在白鸽面前，我还得装着像没事人一样。白鸽起床时，看我脸色不好看，就问，你怎么啦？我说晚上受凉了，可能有点儿感冒发烧。她急忙去给我找药，还端来一杯水，看着我服下。临去饭店时叮咛我说，如果吃了药不好使，就到医院看看，不要硬挺着。这又让我心里产生一阵感动。

"夫妻店"三个字让我中了魔，也得了心病，饭也吃不香，觉也睡不好。本想兑现诺言，请打扑克那几个老哥去吃鲅鱼馅饺子，现在也没心思了。在一次打扑克时，我故意输了钱，把以前赢的钱又还了回去。从这之后，我就没有赢过，因为心不在焉，别人在琢磨牌时，我在琢磨"夫妻店"，后来干脆也不打了，就在边上看别人打牌，看的是桌上的牌，心里想的却是"夫妻店"。这"夫妻店"快把我折磨崩溃了。

我决定主动出击去侦察情况。待送果果上学之后，在公园溜达一会儿，我就去饭店那边走走。开始我不进去，就在外面撒目。太远了看不清，太近了又怕被白鸽和洪有志发现，就戴个帽子，装成吃饭的顾客，隔着玻璃往里瞧，看到有人在吃饭，服务人员在忙活，也看到了白鸽和洪有志的身影，看不出什么，一切都很正常。

有两次我干脆走了进去。白鸽问，你怎么来了？我说我散步走到这里，顺道来看看。我问，生意怎么样呀？上次那个服务员也认识了我，说生意好着呢，你没看我们转得像陀螺吗？这时洪有志也看见了我，他急忙过来说，董事长好！我虽然不担任饭店职务，没有头衔，但听他这么叫我，我也很高兴。白鸽是总经理，洪有志是副总经理，我不就是董事长吗？再说，以前办大公司时，我也当过董事长呀。

我问了一下经营情况，洪有志说，向董事长汇报，在您的指导下，咱们这个饭店确实办出特色了，全沈阳想在饭店吃鲅鱼、鲅鱼馅饺子的人，都被咱吸引过来了。白鸽说，洪有志厨艺好，带出来的徒弟，都成了做鲅鱼的高手了。他不断调整菜品，满足不同人的口味要求。洪有志说，这是白鸽懂经营、会管理，把前厅大堂打理得好，服务质量上乘。我说，你们俩都很辛苦，配合得不错！照这样下去，咱们的饭店大有前途。我说这个话时，是发自内心的，把自己来干什么都忘记了。

洪有志说，董事长，您难得来一次，我去整几个菜，咱们在一起用餐，我敬您酒。您是个大企业家，我在老家时就知道您，很敬佩您，我出来创业，还是受您的事迹影响呢！我说，过奖了，过奖了，我老熊过气了，过时了，好汉不提当年勇了。今天就不在店里吃了，有几个老哥们等我去办事，我走了。跟白鸽和洪有志打过招呼，我就走出了饭店。

远观也罢，进去实地考察也罢，一切都很正常。我想起了"杯弓蛇影"这个成语，也想起了"郑人失斧"那个典故，看那样子，那神情，洪有志不像个偷斧子的人呀，难道我成了那个毫无根据怀疑邻居儿子偷去斧头的人了吗？

一次在超市碰到我认识的那个饭店服务员，因为和她认识，她就跟我打招呼。我灵机一动，在结账时帮她付了款，又给了她500元。这个姑娘说，老板，我不能要你的钱。我说，你不白要，你帮我办个事。什么事？她问。我说，你帮我盯着白经理和洪经理，看他俩在一起时，都做了什么事，做没做对不起我的事。那姑娘啊了一声，我没等她"啊"完，就把钱塞到她手中，转身走了。

没承想这件事捅了马蜂窝。当天晚上，白鸽一回到家中，就冲我大闹，还痛哭起来。因为这时果果上了高中，住校，家里只剩我俩，白鸽啥也不顾忌，大闹起来。原来那个姑娘回去见到白鸽，把我让她做的事说了，把500元钱也还了回来。白鸽把500元从兜里掏了出来，啪地拍到桌子上，厉声说道，说！这是怎么回事？我说不出话，白鸽就哭喊着说，你个老熊，你真没有良心！我成天在饭店里忙死累死，你还怀疑我，怀疑我和洪有志有一腿，让人监视我，你说，你这是人干的事吗？你老婆是什么人，你难道还不知道吗？说罢，就蒙上被子呜呜地哭起来。我怎么劝也劝不住。

第二天早上，白鸽眼睛像肿烂的桃子，她给洪有志打了电话，说今天感冒了，不舒服，不去上班了。她不去上班，在家继续和我闹，非要让我说清楚，为什么怀疑她？为什么这么做？

我只好实话实说，把听到别人议论鲅鱼圈饭店是"夫妻店"的事说了。我听了感到很刺耳，就怀疑她和洪有志有染，便托服务员打听一下。我在这里偷换了概念，把"监视"换成了"打听"，目的是尽量降低白鸽的反感。

白鸽知道了事情的原委，看我实话实说老实交代，气消了一些，就指着我的鼻子说，知道你过去爱偏听偏信，我没想到你这么爱偏听偏信。我知道你心眼儿小，没想到你心眼儿这么小！人家说"夫妻店"，就是开个玩笑，我和洪有志谁都没有当真，你却当真了，往心里去了，你说说你的心眼儿有多小？白鸽说，来的客人看他和洪有志年龄相仿，都很能干，配合得又好，就误以为他俩是小夫妻开店。开始，他们还做一些解释，后来也不太解释了，也解释不过来了。有的顾客还是冲着小夫妻开的店来吃饭的，夫妻店都传出名了。白鸽说，这嘴上说说的事，能当真吗？我和你是夫妻，是受法律保护的，你东想西想、无中生有干什么？

我想想，白鸽说得有道理，都是我的嫉妒心在作怪，我就向白鸽承认了错误。

白鸽说，你要是不放心我，你就天天和我一起去上班，早上一起走，晚上一起回来，时时在店里看着我。

我说，我才不去呢，像押解劳改犯去劳动似的看着你，像什么话！再说了，你要是想出轨，我看也看不住。

白鸽说，看来，你现在已经不信任我了。这样吧，咱们干脆撤资，不干饭店了，我天天在家陪你。

我说，那可不行！我还指望你挣足够的钱，以后送女儿果果出国留学，让她一辈子衣食无忧呢，怎么能说不干就不干了呢？我相信你就是了，我百分之百向你保证。

这场矛盾终于过去了，一天的乌云消散了。白鸽又去饭店上班了，我开始反省自己的言行，思考自己和白鸽的婚姻。我开始认识到，我之所以怀疑白鸽和洪有志有关系，关键还是自己不自信，而且我也失去了自信的资本，经营的企业失败了，庞大的商业帝国不复存在了；过去耀眼的光环也褪色了，失去了光亮，成了默默无闻的人。更为重要的是，身体也逐渐老迈了，过了65岁，开始向七十古稀迈进了。不仅事业上不可能东山再起，身体也开始走下坡路了。

继而想到我和白鸽的婚姻，怎么想我这个"老夫"和白鸽

-209-

这个"少妻"也不般配。自从那一次被误为是白鸽的"爸"之后，我就没和白鸽一起出过门，怕人家再弄错。我也想年轻，和白鸽般配一些，但岁数不饶人，发如霜降，公共汽车上已有人给我让座了。我觉察到这一点之后，就很少一家三口一起上街，害怕人家把我们当成祖孙三代人。这些尴尬，让我觉得当年就不该和白鸽结婚。我倒是无所谓，关键是害了白鸽，她应该有年龄相当志趣相投的伴侣，就像现在的洪有志一样。抛开自己的身份、立场，做一个路人来看这件事，白鸽和洪有志不是很般配的一对吗？人家就是看着像夫妻，顾客们说是夫妻店有啥错？但事已至此，生米都煮成熟饭了，果果都上高一了，后悔有什么用？白鸽这么好一个姑娘，就因为需要钱给妹妹看病，生生就被我毁了。我心里不落忍，又没有办法，能提出和白鸽离婚，成全白鸽和洪有志，让他们真正成为夫妻，真正开成"夫妻店"吗？这个我没想好，有时头脑中也会冒出这个想法。

　　常言道：忧思成疾。我就在这欲进不可、欲退不能的景况中天天思虑，终于得了疾病。先是胃部出了问题，天天胃疼，吃不下饭，睡不好觉，去医院看，医生说是得了胃癌，要动手术切掉二分之一的胃。我一听吓坏了，白鸽也吓坏了。她陪我去北京大医院看病，到处找人。这时她妹妹白霞也已研究生毕业，在北京一家大医院工作。通过导师的关系，找了一名专家给我这个姐夫诊断，结果排除了胃癌，诊断为深度胃溃疡，对症治疗即可，不需要手术。胃保住了，我们都很高兴。白霞拿出一个月工资，在北京饭店贵宾楼请我和她姐吃大餐、喝名酒，庆贺我排除胃癌获得新生。白霞也是一个知恩图报的孩子，动情地说，姐夫，没有你当年出手相助，就没有我的今天，你对我的恩情我永世不忘。我说，这要感谢你姐，是你姐救了你，她做出了牺牲，还阴差阳错地嫁给了我这个老帮子。我比你姐大25岁，走到街上都认为我俩是父女俩，真是让你姐受委屈了。

白霞说，只要有感情，夫妻年龄差别大些有什么关系？你看人家82岁的杨振宁还娶28岁的翁帆呢，不是过得好好的吗？

我说，人家杨振宁是获得诺贝尔奖的大科学家，我是什么呀？一个失败的农民企业家。你姐现在好比是凤凰，我就是剃了毛的鸡，做夫妻不般配呀！

白鸽说，不许胡说！再说我就揭你老底。大概是想揭我误认她与洪有志有染让人监视她的老底吧。我不敢再吱声了。

回到沈阳，按医嘱抓了几服药吃，胃溃疡好了，胃也不疼了，一切如常，白鸽去饭店上班，我也去公园溜达了。

没想到入冬时天气比往年冷，大概是没注意加衣服，我得了重感冒，老是发烧咳嗽，吃了药几天也不见好。白鸽要陪我去医院瞧病，我说，这有啥好瞧的，就是个感冒，哪年不感冒几次？年纪大了，抵抗力差了，不必大惊小怪的。

说是这么说，我内心还是很害怕的，当白鸽去饭店后，我就自己去医院看病。医生让我去胸透，又做CT，看到片子上有个阴影，医生指着阴影说，现在空气质量差，尤其咱们沈阳是重工业城市，空气污染严重，这几年得肺癌的人增多，对此不可掉以轻心，过几天你再来复查一下。因为有被误以为胃癌的经历，我增长了见识，虽然内心有些害怕，但也不特别慌张，能够稳住神。白鸽问我看病情况，我说去医院看了一下，也就是个感冒，开点药就回来了。白鸽给我从饭店带来可口饭菜，陪我吃完了，叮咛我注意休息，按时吃药，也以为没什么大事。

-211-

一连半个月,每当白鸽去饭店上班后,我就跑沈阳的大医院,多跑几家,听听他们都是怎么诊断的。最后将医生们给出的意见归纳为两种,一种说这就是癌症,如不动手术切除,将会扩散到全身。我说,你们说是癌症,我也没感到疼痛呀?医生说,肺上神经少,一般疼痛你感觉不到,等到感觉疼痛了,就已向全身转移了,再动手术就晚了。另一种意见,说肺上长个阴影,说明不了什么问题,即使长个东西,也可能是良性的,况且目前只是个阴影。给出的办法是保守治疗,除了吃一些药,就是到空气好的地方,如海滨、湖滨或深山老林空气清净的地方去疗养。通过疗养治好肺病的例子不少。疗养要有耐心,最好离群索居,假以时日,肺病会好,阴影会消失,长的东西也不会变为恶性。

对医生给出的两种建议,我决定接受后者,采取保守治疗,去空气好的地方疗养,我目前有这个条件,一是有空闲,我是闲人一个,没什么事可干;二是有钱,白鸽给我卡里打了一百多万元呢。此外,我还私存了一个卡,上面也有几十万元,是为果果以后出国留学准备的,现在用不上,我先用来应急吧。

既然选定去空气好的地方疗养,那肯定就要离开东北去南方。听说广西巴马那个地方适合疗养,许多有病的人去那里疗养后都好了,这吸引了我。当然这是保密的,我不想让任何人知道我的行踪,包括白鸽。在这寻医治病的过程中,我想明白了一件事,就是不想再拖累白鸽,我此去千里万里,结局无非两个:一是得了肺癌治不好,客死他乡;一是疗养成功驱除病魔。但即使能治好病,我也垂垂老矣,我不如趁此次外出疗养,一刀砍断和白鸽的关系,解除两人的婚姻,给她自由,让她去重觅如意郎君,和洪有志开夫妻店也罢,另选佳偶也罢，她有广阔的选择空间。这样对果果也好，我这个亲生父亲离世了，还有她妈和继父照顾她，不至于我们现在看似完整的家，在我因病或年老去世后，剩下孤儿寡母没人照看。说到底，我觉得我这辈子欠白鸽太多，我没有别的报答办法，只有做出这样的选择。小时候母亲就常常教育我，要与人为善，懂得报恩，现在，我就用这种独特的离家出走的方式，再做一件善事吧！

下定决心后，我开始筹划离家出走事宜。星期天把果果接回来，全家吃了团圆饭。果果是个大孩子了，独立生活能力很强，学习排在班内前几名，以后读个大学没有问题。我对孩子有这个信心，更不担心她以后的前程。放开手，让她去走自己的路吧。

离家出走以前，我找律师帮我写好了离婚协议书，一式两份，写明家里财产归妻子白鸽所有，女儿果果也归她抚养。我在离婚协议上签了字，待白鸽签字后去办理相关手续。我的那一份协议由律师保管，并代我处理相关事项。

留下离婚协议的同时，我给白鸽留了一封简短的信。信文写道：

白鸽：

　　我亲爱的妻子，让我再最后一次这样称呼你。等你签了离婚协议，我就没有这个资格了。我不幸得了肺癌，拒绝了医生让我动手术的建议，选择去了南方空气好的地方疗养的保守治疗方式。此去凶多吉少，我不想再拖累你。离婚协议我已签字，你签字后去婚姻登记处办理离婚手续。手续一办，咱俩就断绝关系了。你不要去寻我，你找不到我，我也不会再回来了。感谢上苍让我认识你并结成夫妻,感谢你和女儿曾经给我的爱和温暖。从此别过,望你另觅佳偶重结良缘。我在你看不到的异地他乡为你祝福!

熊庆生 即日

把计划中的事办完,我打车去沈阳机场,随意选择一趟飞往南方的航班,开始了行踪不定的漂泊生活。

白鸽说:跨千山越万水也要把他找寻

我从饭店回到家,老熊不见了,看见了他留在餐桌上的信和离婚协议书,我匆匆看了一遍,立时火冒三丈,抓起离婚协议就刺啦刺啦几把撕得粉碎。本想把那封信也给撕了,想到上面可能留下一些老熊的信息,也就没撕。信写得很简单,就是说他离家出走去疗养,再也不回来了,让我另择佳偶去过新生活。我边看边流泪。我怎么也想不通,事情怎么会是这样?我没有任何思想准备。我一夜没睡觉,坐在沙发上想这件事,怎么也想不明白,不明白老熊为何这么做,家庭美满和谐,女儿活泼可爱,开的饭店生意兴隆,就说是得了病,哪怕真是癌症,看病就是了,也不用不打招呼偷偷地离家出走呀!想不明白也得想,不知不觉地把和老熊结婚以来的前前后后回忆了一遍。

我和老熊结婚有阴差阳错的成分,但两人完全是自觉自愿的。我嫁给老熊有报恩的成分,但里面也有爱,这是我慢慢品出来的。我爱老熊什么呢?我爱老熊的善良。老熊拿出自己的血汗钱捐助这,捐助那,从事慈善事业,如果没有一颗善良的心,没有爱心,是不可能做到的。老熊是真慈善,不是假慈善，不是图虚名，而是拿出大把的真金白银，到底拿出多少，他没有算过，别人也没有算过，但这绝不是小数目。这些钱让多少人受益？没人统计过，但得到帮助的人绝不是几个、几十个，而是一批人，我妹妹白霞只是其中之一。白霞因为得到老熊的帮助，保住了性命，读完了大学，有了美好的前程。那些得到过老熊帮助的人，或多或少都改变了人生。这是一个农民慈善家对社会的贡献，是对中华民族传统美德的传承。口头说献爱心容易，但献爱心是要有实际行动的，像老熊这样子的人能有多少？仅从这一点来说，说老熊有一颗金子般闪光的善良的心也不为过。

是的，老熊在做慈善中也被骗过，使一些人得到了私利，中饱了私囊，但这同样是因为老熊的善良。

我还爱老熊的仁义。老熊与合作伙伴和朋友相处，不是把利益放在第一位，而是把义气放在第一位。他说生意场上谁都不容易，不要老想着自己，还要想着别人，自己得到利益，也要让别人得到利益，就像在黑土地上犁地，土要朝两边翻，这样才仁义，才会有朋友。老熊是我们东北黑土地上讲义气的大老爷们。朋友遇到难处，他第一时间解囊相助，或借或送，有了就还，没有拉倒。非典时期经营房地产亏了本，蒙受重大损失，他首先想的是还银行贷款，还借朋友的债，就是场光地净一分不剩，也要把借的钱还了，决不赖账和转嫁损失，做到亏了我一个，保全一批人，是个有责任感有担当的男子汉。我和他共同经历了这场苦难，也加深了对他这美好人品的认识。

老熊的单纯、憨厚也是我喜欢的。我这人单纯、不复杂，也喜欢单纯的人，不喜欢那些浑身机巧的"老狐狸"、八面玲珑的"巧八哥"、事事算计的"弯弯绕"。喜欢有一说一、有话直说，直接对话交流，别有什么心思让别人猜，别把简单的事情弄复杂。这一点我和老熊很对脾气。一个人的单纯，并不是阅历简单。老熊的阅历不丰富吗？单纯来自憨厚和善良，是先天使然，也是后天养成，它让人与人之间的交往有一种信任和仁爱。这个世界已经够复杂了，再不简单一些、单纯一些，天天绕来绕去的，还让人活不？老熊在和前妻离婚处理财产时，简单地采取了切西瓜的方式，一瓜八瓣，六个子女连他两口，一人一份，不偏不倚，没起任何争端，也没有留下任何遗留问题。能做到如此简单，是以忍让和妥协为前提的。懂得忍让和妥协，事情就会简单。处理事情背后透露的是人品和人格。老熊爱不爱我？那得去问老熊，但我认为他是爱我的。我不想把老熊对我的爱说得多高尚，他爱我，是拿钱给我妹妹治病开始的。那天晚上在咖啡厅，他答应我的要求后，只说了一句"你以后要对我好"，就说明他那时就喜欢我了。说实话，那天晚上我是有思想准备的，我爸我妈都担心"鸽入熊口"，我当然也很担心，那是30万元呀，简直是天上掉下来的馅饼，人们都说，哪有天上白白掉下的馅饼？就像我爸说的，你跟人家非亲非故，人家凭什么花重金帮你？这其中肯定会有交换的条件。我当时就做好了准备，假如老熊提出那样的条件，让我拿身子去换我妹妹的治病钱，我也会同意，我甘受屈辱。可老熊虽然喜欢我，却并没提出这种要求，这使我欣赏他的人品，也赢得了我对他的敬重，最后也成就了我们的婚姻。

老熊当然喜欢我的年轻漂亮，凡是男人，谁不喜欢年轻漂亮的女人呢？我确实长得出众一些，第一次见老熊时我23岁，还算是花季。老熊说，我当时为借钱哭得泪水涟涟的，像一树梨花带春雨一样，他一下子就喜欢上我了。如果不发生小崔折磨我、找他闹事，引发他离婚那些事，我们也不会结婚走到一起，但也许会成忘年交、异性朋友、红颜知己之类，这个我说不准。

老熊对我的爱是在结婚之后。他把自己名下的唯一的一份财产转移到我名下，这不仅是爱，更是一份信任。结婚后他对我那个好是没说的，既有夫妻间的恩爱，也有老辈对小辈的呵护。只要我愿意，又条件允许，他没有不满足我的。就连我让女儿随我姓白，他也同意了。我说，我姓白，姓白好起名，姓熊不好听，孩子们吵架，人家会骂咱孩子是狗熊呢。老熊笑笑，宽厚地说，好，好，姓白就姓白，那咱女儿就是白雪公主了。老熊和我结婚前，在妻子之外，有没有别的女人，我不知道，也不敢打这个保票，但在结婚后，我敢打这个保票，没发现他和什么女人有来往，加上经营失败，他即使有这个贼心，也没有这个贼胆，即使有贼心贼胆，贼款也没有了。一直等到我们开了饭店，经济条件才好起来，而这时老熊又担负着接送孩子上下学的任务，晚上给孩子做吃的，陪孩子学习，即使有外心，也没有时间和这个精力了。近一二年，他就是有贼心贼胆贼款，也没有那个贼身板了。

老熊不仅爱我，更爱孩子果果，果果是他的骨肉，是我们爱的结晶，他老年得女，将其视为掌上明珠，这种爱就是不说，人们也会想象得到。他还爱我的父母、我的妹妹。他虽然比我父母年纪大，但始终对我父母执长辈之礼。我的父母都是农民，后随我搬到了县城，都是老实人，没见过大世面，但老熊尊重他们，爱戴他们，关系处理得和谐融洽。

把这些都捋了一遍，想不明白老熊为什么非要出走。但天快亮时，脑袋来了灵光，光亮一闪：老熊就是爱我、爱孩子，才选择了这样做。爱是他的出发点，为了让我去找到新的爱，去过我这个年龄应有的生活；为了让果果在我重新结婚成家后，有新的、长久的、坚实的呵护和依靠。

想明白这一点，接下来就简单了，我不能同意老熊这样的决定和安排，不能让他的"阴谋"得逞，因为我对他的爱还在，我爱他一辈子的承诺没有过期。他说"你以后要对我好"时，我是点了头的。我也不能没有他，女儿果果也不能没有他，我千里万里也要去把他追寻，跨千山越万水也要去把他找回来，活着见人，死了见尸，只要我还有一口气，我就一定要把他找到。天亮了，我的决心也下定了。

我给洪有志打了电话，说我县城父母那里有事，我要回去一趟，今天就不上班了，让他全面照应酒店的生意。

到了县城，见了父母，我忍不住又是一阵痛哭。等我说了事情的原委，同时说出自己的决定时，父母都支持我。父亲说，老熊这是为你好，害怕拖累你，让你找不见他，痛痛快快地在离婚协议上签字。但咱们不能这么做。老熊是你妹妹的救命恩人，是果果的爸爸，咱们即使做不到知恩图报，也不能忘恩负义。再说，老熊现在年纪大了，又为了你和全家闹僵了关系，咱怎么能不管人家？我妈说，你放心出去找吧，果果那里有我们呢，需要我们干什么，你就痛快说。

我说，爸妈有这么一句话，我就放心了。咱们抓紧收拾，明天就去沈阳。你们住家里给我看着门，果果周六回来，你们给她做个饭，替我照顾她，我就无牵无挂地找老熊去了。

我爸说，那你那饭店怎么办？不开了吗？我说，我不打算开了，把股份转让给洪有志，让他经营，我就一门心思地找老熊去了。咱们统一一下口径，对外人对果果都说老熊得了肺病，因为北方空气不好，要到南方疗养治病，我陪他到南方疗养治病去了。我爸我妈说，记住了，咱就这么说，省得不了解情况的人，会说你们夫妻闹矛盾了，你把老熊气跑了，到处说闲话败坏你。

在县城父母家里待了一晚上，第二天我带父母到了沈阳，把父母安顿好，一应事情都交代清楚了，我就去了饭店。

洪有志问我，你父母病了吗？现在好了吗？我说，他们没有病，身体棒着呢，我把他们接到沈阳来了。咱们现在先忙活生意应对客人，等打了烊，我有话对你说。

我已经琢磨好了怎么对洪有志说，但还想细想想，怎么说得适当，怎么把后续事情处理好。虽说"夫妻店"那是说瞎话，但洪有志对我确实有那么点意思。他在中专时就追求过我，但他胆子小，不敢明确表示，我也不知道他的想法，两人就失去了机会。现在"再续前缘"，共同经营饭店，抬头不见低头见，两人自然是有感情的。但我一直把这种感情限制在朋友的范围，不给他任何希望和机会。俗话说，男追女隔座山，女追男一层纸。男女交往中，两情相悦的男女，女方要是主动，男方十有八九是把控不住的。我知道这一点，我必须在和洪有志交往中把持住自己。为什么如此"画地为牢"，因为我是已婚女人，是孩子的母亲，更是老熊的妻子。洪有志几次试探我，一次喝醉了酒，对我说，白鸽，你是我最中意的女人，我这辈子非你不娶。你说你有丈夫，好，我等你。老熊大咱俩二十几岁，等他老了没了，我娶你。我说，有你这么咒我们家老熊的吗？洪有志说，要不这样，现在社会上流行情人，我就做你的情人吧，我不要什么名分，只要你对我好就行，我做你的"地下情人"。我真是喜欢你，你又漂亮，又温柔，又性感，又懂经营……大概酒精拱起了荷尔蒙，他胆子肥了起来，上来拥抱亲吻我。我这时来了愣劲，向后一撤身，把一杯茶水朝他脸上泼去。幸亏这是一杯凉茶，没在他脸上烫起泡，但也着实把他吓了一跳，酒也醒了，不好意思地说，给你开个玩笑，干吗这么当真呢？我说，今后你别开这样的玩笑。不开玩笑，不做傻事，咱们还能当朋友处下去，还能在一起合作经营，你要是再做这样过分的事，咱俩不仅做不了朋友，合作经营也就走到头了。

洪有志说，行，行，今后再不这样了！但爱一个人是我的自由，我暗恋你还不行吗？

我说，我不承你的情，你也不要给我压力，我不愿耽误别人，沈阳好女孩有的是，赶快找个媳妇成家吧，成了家就不胡思乱想了。

洪有志说，那你给我介绍一个。

我说，你要啥样的？

洪有志说，就你这样的。

我说，又来了，又来了，我是有夫之妇，是在我们家老熊名下的。

洪有志说，你和他那是感恩报恩，不是爱情，你这年纪轻轻的，怎么就冲不破传统观念呢？要勇敢冲出家庭，去寻找属于自己的爱情。

我不再和他讨论，而是坚守自己做人的原则。好在洪有志很尊重我，没有再发生强行拥吻之事，我们和平相处，依然合作愉快。

饭店打烊了，客人都走了，服务人员也都休息了。我对洪有志说，洪哥，你看厨房里还有什么菜，我要和你喝酒。洪有志比我大一岁，我平时就以哥相称。

洪有志很惊奇，说，你平常下了班就像狼撵一样，今天怎么了，不着急回家会你的老熊了？

我说，少废话！我今天就是想和你喝酒。

洪有志去弄了几个菜，打开一瓶桃山白酒，倒到两个杯子里，把一杯递给我，说，今天喝的是什么酒？

我说，喝的是辞行酒，我要向你辞行！

洪有志说，饭店经营得好好的，辞什么行？到哪里去？

我说，我们家老熊病了，肺上长了个东西，医生建议他到空气好的南方去疗养，我得跟着他去，饭店经营不成了，咱们合作也到头了，我和你喝个散伙酒，也喝个感谢酒。

洪有志说，你们去疗养，又不是不回来了。别人到南方去疗养，就像候鸟一样，难道你俩还一去不回头了吗？我一个人先撑着，你啥时回来接着干。

我说，我想把我的股份让给你，你一个人经营算了。你把该给我的钱给我，我要用这笔钱去给老熊疗养治病。

洪有志说，现在饭店生意这么好，营业额唰唰上升，是咱们经营的最好时期，你把股份让给我，让我占便宜，我不干，我不做这种乘人之危的小人。

我说，那就重新组合，你占大头，我占小头，今后经营完全由你说了算，我分红利就是了。

洪有志说，那我也不干。你真的要出门，又迟迟不回，就让你父母来经营，我像以前对你一样，给他们当助手。

我说，这怎么能行？我父母没开过饭店，也不懂经营。

洪有志说，你让他们看好门、管好账就行了，经营有我呢。但你要尽量早点回来，你早点回来我就解脱了。

洪有志挺讲义气，不愿乘人之危，也不愿占便宜。而且还说，你啥时需要钱，我就给你打到卡里，以后从股利分红中扣除，我保证你卡里随时有钱，决不让你受难为。

话说到这里，也只好如此。我敬他一杯酒，感谢他，也把我的父母托付给了他。

洪有志把我送到饭店门口,我即将离开经营好几年的饭店,忍不住流了眼泪。洪有志用纸巾给我擦眼泪,尔后把双手搭在我肩上,说,白鸽,看样子你很长时间不会回来了,别离之际,我可以拥抱你一下吗?我没说话,也没拒绝,在寒风中,他拥抱着我在我脸颊上轻轻一吻,算是为我远行作别。

一切安排好之后,我踏上了去南方寻找我丈夫老熊之路。我学历低,只是上到中专。从小到大,我的活动范围就是在老家附近的区域内,跟老熊到了沈阳,这是我住过的最大城市。我对外交往少,也很少出远门,刚结婚和老熊办公司时,跟他去过几趟深圳,他到那里谈买卖会朋友,我就到深圳的周边去玩,记得去过欢乐谷、大小梅沙等地方。外出寻找老熊,对我来说像大海捞针一样。老熊留的信里说他去南方疗养,南方是个多大的区域呀?没人给南方和北方确切画线,在我心目中,长江以南都是南方,要在这么大区域找到老熊谈何容易!但我决心已定,不是做做姿态,而是真的下定决心去找。"活要见人,死要见尸",是我的既定目标,什么也阻挡不了我,什么困难也难不倒我。

出发之前,我和妹妹白霞通了电话。白霞现在不在北京,在海南省海口市一家医院工作。海南建省后急需医务工作者,去北京各大医院寻求支援,白霞获得医院批准,离开北京到了海南。她现在还是单身一人,下了班没什么事,就和我通电话,我俩电话联系密切。我在电话中把我要外出寻找老熊的事跟白霞说了。白霞说,姐,你疯了吗?你一个小女子,天下这么大,你去哪里找他?我姐夫是个大活人,他一会儿东一会儿西,是移动着的。他既然离家出走,就不会让你找到他,知道你在找他,他还会刻意躲着你,这你怎么找得着?你莫不如继续在沈阳经营饭店,守株待兔,我姐夫在外面转悠烦了,就自动回来了。我说，他要是不回来呢？他要是真的患了绝症，谁照顾他呢？他要是真的在外面病死了，我也要把他的骨灰背回来，不能让他在外面做孤魂野鬼。说完，我哭了。白霞不吱声了，过一会儿说，我姐夫真是的，好好的日子不过，整这么一出，这是干吗？我说，不准你这么说你姐夫，没有你姐夫，你能有今天吗？你姐夫是咱们全家的恩人，我们要报恩，吃尽千辛万苦，我也要把他找到。你在海口那边也帮我撒目着，也许他跑到海南去了呢。白霞说，海南这一块你交给我，只要他到海南，我就让他跑不了。这一下，我妹妹也加入到了寻找老熊的队伍。我叮咛她，此事宜悄悄进行，不要声张，这毕竟是自己家里私事，要是别人不理解，还以为老熊是因家里闹了矛盾赌气出走的，是我把丈夫气走的呢，好说不好听，我可不愿担不贤惠气走丈夫的恶名。

白霞说，姐，你真没气我姐夫？真没做对不起我姐夫的事？

我说，你啥意思？我真没气他，我能做啥对不起你姐夫的事，你姐是啥人你不知道？

白霞说，你要是把我姐夫气走，我可不依你！

我说，你这是说啥呢！

白霞说，你不是说我姐夫是咱家的大恩人吗？

我说，死妮子，翅膀硬了，敢给你姐顶嘴了！

白霞说，姐，你去找姐夫我不反对，他肯定是去哪个条件好的地方疗养去了。你专门到景色优美、山清水秀、空气清新的地方去找，放轻松一些，就当成去旅游了。这些年你办饭店挣了不少钱，别舍不得花，要是舍不得花钱，东奔西跑地吃苦，面黄肌瘦像个黄脸婆子，忍饥挨饿像个要饭花子，就是找着我姐夫，我姐夫也不会要你了。

白霞把我逗乐了,我在电话里骂她油嘴滑舌,但内心里也接受了白霞的建议,把寻找老熊当成旅游的过程,就不会那么辛苦那么孤独那么寂寞了。

我第一站飞到了深圳。这里来过几次,还有些印象,我在深南大道找到和老熊来往过的一家投资公司,找到了蔡总。蔡总是广东客家人,还记得曾经和老熊的合作。蔡总热情地接待了我,问我熊哥还好吧?多年不见了,还挺想念的。我说,他没到你这里来?蔡总说,没有呀,多少年没有生意来往了。我说,我们家老熊得了肺病,自个到南方疗养,我不放心,就找他来了。蔡总说,深圳是创业的地方,不是疗养的地方,如果仅仅是疗养,他不会到这里来。你去惠州那边找一找,现在有些老板不干后就在那里买房子养老。那里环境好,空气好,其中也有老熊认识的老板,他会不会到那里去?说完,把一个姓段的老板的电话告诉了我,说到惠州可以找这个人。蔡总请我吃了一顿饭,尽地主之谊,然后要派车送我去惠州,我谢绝了,自个儿上了去惠州的客车。

在惠州,我见到了段成修老总,段总比蔡总还热情,招待我吃住,都是高档饭店、宾馆。我说了找老熊的意图,段总说,你找老熊,我还找老熊呢!我问,你找老熊干什么?他说有一笔生意上的事,有一笔陈年老账,惦着找老熊了结,这事只能找他说。我心里咯噔一声,莫不是老熊欠人家一笔款,人家正追他讨要?我不明情况,不好再问这件事了。就转移话题说,你怎么买卖不做,躲到这里享清闲来了?段总说,年纪大了,在商场上拼打不动了。我把资金抽回来炒股票,一边休息,一边在网上炒股。现在股市行情好着呢。你找到老熊,让他到这里和我一起干,我保他轻轻松松就能赚得盆满钵满。

我问,段总,你看我去哪里才能找到老熊呢?段总说,老熊肯定没在惠州地界，如果他在惠州，肯定能来找我。你把你电话留下，他若来惠州，我一定告知你。据我估计，他既然是出来疗养肺病，一定是选择条件好、空气清新的地方。我建议你去青岛、烟台、蓬莱等海滨城市找找。我说，那不是南方呀。段总笑了，说，对你们东北人来说，那里就是南方。老熊祖上是闯关东的，也许是想叶落归根，到山东地界去了。我说，你说得有道理，我就去那里找一找。段总说，若是山东还找不到，有几个地方一定去看一看，像湖北的神农架，湖南的洞庭湖，广西的北海、巴马、桂林、阳朔，云南的大理、丽江、西双版纳、腾冲，贵州的安顺、六盘水，四川的雅安、阿坝、康定、西昌、泸沽湖，海南的三亚、澄迈、文昌等，这都是疗养的好地方。热心的段总还给我找来一张全国地图，把要去找的地方都画了红圈，还帮我设计了路线图。真是处处遇到热心人。在寻找老熊的过程中，我遇到许多热心人，段总是其中最热心的一位。他留了我的电话，过一段时间还给我打电话，问我找到没有。我告诉他没有找到，他就远程指导我去哪里寻找，走什么路线合适，注意克服什么困难，需要不需要提供帮助。我拒绝了他，心里曾经想过，他这么热心找老熊，是不是盼老熊早点还他那笔债务呢？后来的事实证明，我这是以小人之心度君子之腹了。

　　我接受段总的建议，把寻找老熊的重点放在了山东沿海一带。先到了青岛，青岛是有名的海滨城市，重点放在崂山一带。老熊既然是出来疗养，就不会住在城市里的高档酒店，肯定会选择在海边的疗养区，疗养区的酒店、度假村、出租公寓，我一家一家查找，在这里用了一个月时间，也没有老熊的踪影。于是只身沿海岸线北上，到荣成转了转，到成山头看了"天尽头"，然后经刘公岛到了威海。离开威海，我到了烟台、蓬莱。我登上了蓬莱阁，面对八仙默默祈祷：吕洞宾、张果老、韩湘子、何仙姑呀，你们都是神通广大的神仙，祈求你们能帮助我找到老熊。山东龙口市我也去了，这里过去叫黄县，记得老熊说过，他们祖上就在这一代生活，然后去闯了关东。我在这里仔细寻找，遍访村村镇镇。在新修的南山大佛面前，我祈愿佛佑老熊身体安康，指引我顺利找到老熊，我送上香火钱，虔诚地跪下叩头，表达自己的诚心。

一晃半年过去，山东的天气凉了下来，我也成候鸟飞去了鲜花盛开的云南。

在外期间，我和父母、妹妹、女儿保持着通话联系。每次通话，父母都说他们挺好的，果果也挺好的，让我不要忧念。问起饭店经营情况，父亲说好得很，洪有志那个小伙子是个人才，把饭店打理得很好，为人也仗义，对我和你妈很尊重，也很照顾我们。这一点我相信，我离开后，洪有志按月往我卡里打钱，次次不落，而且很准时，使我在外寻找老熊有足够的经费保障。就这一点，就证明洪有志的仗义。

女儿果果上了高二，学习成绩在班里不错，自己知道努力了，比过去更懂事了，在电话中常问我和她爸的身体情况，还说，我爸咋不给我打电话呢？我说，你爸想静心养病，谁的电话也不打，谁的电话也不接。他说了，我女儿考上大学时，我再打电话祝贺！女儿说，知道了，我老爸是以这种方式鼓励我上进呢！

和我通电话最多的自然是妹妹白霞。白霞说，姐，你放心，海南这一片你就承包给我吧，我节假日就外出找我姐夫。我已经跑了三亚、兴隆等几个地方，下一步进行撒网式网格化搜寻，分南北两头、左中右三线推进，只要你那只老熊窜到海南来，我就能把他捉住。

白霞到底比我年轻，思想开放，不仅开她姐夫的玩笑，还开我的玩笑，说，姐，你这么天南地北地逛，遇没遇到白马王子呀？别没找到老熊，却找到了另一个让你动心的男人，跟人家走了，把出门的初心忘记了。

我说，那是你，你姐才不会干那种事。我即使遇到白马王子，白马王子也看不上我这个黄脸婆呀。

白霞说，看看，动心了吧？

我说，动你个头！洗洗早点睡吧，不跟你闲磨牙了。

和我通话的还有段总。他隔一段时间就会来电话，问我寻找老熊的情况，叮嘱我注意安全。还要我的银行卡号，说是要给我往卡里打钱，我婉言谢绝了，我不能随便花一个男人的钱。再说，我也不缺钱。但是，对段总，我内心是充满感激之情的，觉得这是一个特别真挚的人，是一个当你遇到困难时可以帮助你的人，值得信任的人。

现在该说哪了？噢，该说到云南了。我先到了昆明。昆明这个城市真美，不枉担春城之名，一年四季温暖如春。北方已是隆冬天气，这里却是鲜花盛开。这里的过桥米线、鲜花饼真让我喜欢。我特意到鲜花市场去参观，这里真是百花争艳，我购买几枝，带回放到了宾馆的房间，一时间心情大好。也就是从这时候开始，我一面寻找着老熊，一面开始了旅游。旅游使我增长了知识，也减少了心理上的压力。在昆明，我除了到滇池旁的旅游度假村去寻找老熊，还游览了西山龙门、大观楼、翠湖、金殿等旅游景点。还去了石林、抚仙湖。尔后出昆明到大理，游览了苍山洱海、蝴蝶泉，品尝了白族的三道茶。再往前到丽江，看了丽江古城，参观了木王府，坐索道登上了玉龙雪山。然后转道，跨过怒江去腾冲，这里的温泉很有名，在这里我泡了温泉，吃了煮饵丝，在"大滚锅"前留了影。这里的温泉水温高达80摄氏度,鸡蛋放进去都能煮熟,严禁游人靠近,人掉进去会严重烫伤。我还到城里国殇墓园凭吊,为牺牲的抗日将士献上菊花以示敬意。看到这里一排排层层叠叠的墓碑,想到这些成千上万的热血男儿,为保家卫国献出了鲜活的生命,我的心灵受到极大震撼。我折回昆明后,坐飞机去了西双版纳,参观了热带雨林,观看了大象表演。这里的大象也会耍流氓,那些个胆大的女孩子躺在铺有地毯的地上让大象按摩,大象专盯着她们的乳房部位按。看到这一幕,我紧张得都喘不过气来,一旦大象失控,一脚下去那还有好?好在有惊无险。这里的大象还会用鼻子画画,一张画卖100元。大象成了主人赚钱的工具。在云南,我还走了不少地方,领略了少数民族风情和奇异的自然风光。当然,我并没有忘记自己的初衷,我是寻找老熊而来的,还是把寻找老熊放在第一位,只是找人和游览已经密不可分地结合起来了。

我在云南大约转了半年,仍然没有找到老熊的踪影。天气转暖之后,我去了广西北海。此时北海已走出楼市泡沫的困境,重新振作起来,银滩附近来疗养的人很多,增加了许多楼盘和疗养设施。我在这里没找到老熊,受人指点去了广西巴马瑶族自治县。巴马是著名的长寿之乡,依托青山绿水发展旅游业和疗养事业。一些患癌症的人听说这里能康复,便蜂拥而来,一些人想长寿,也结伴到这里疗养。全国各地的人都有,从各种口音可以判断他们来自不同的地方。到了这里,我冥冥中觉得老熊会在这个地方,所以我对这里的每一个地方都找得很仔细。我在命河边一个宾馆住了下来,每天出去转,一个个辨别在疗养院和河边休养的人。我也到景点去游览。一天我去号称"天下第一洞"的百魔洞游览,这是巴马最为雄伟壮观的石灰岩溶洞。它的特别之处,在于洞内有个天然大坑,植被茂盛,负氧离子含量极高。吸引了许多"候鸟人"来此吸氧和打坐,成了景区的一大景观。因为这个缘故,我对来这里的人格外留心。

在离开百魔洞往外走的时候,我看到往外走的人流中,有一个人像老熊,这个人走在我的前面,无论身形、步态、轮廓都像。我心里一阵激动,快步赶上前去,但又怕认错,就一直尾随着他,想等他侧身或回头时再仔细辨认,以免弄错造成尴尬。一直跟了几十米远,在我基本确定这个人就是老熊,就要大声喊"老熊"之时,一个小商贩突然冲到我面前,兜售巴马矿泉水和珍珠黄玉米,说这些都是长寿食品,吃了能长寿。我急忙说,我不需要,拔腿就要走,却被小贩死死缠住了,不买就不放我走。我急了,推开小贩就去追老熊,此时哪里还有老熊的影子!我急忙冲着前面的人流喊:"老熊!老熊!老熊!"没有一人回应,只有我自己的声音在山谷中回荡。我又气又急,蹲在地上呜呜地哭了起来。哭声引来了一些人,一个慈眉善目的老者问我哭什么。我说我丈夫来这里疗养,我来找他,刚才看见他了,一转眼又不见了。老者劝我说,姑娘莫哭,只要你有心找,就到附近的度假村去找,他来这里"吸氧",住的地方就不会离得太远。他说的有道理,使我又看到了希望。我谢过老者,开始了对老熊的细致排查。我用笔在纸上围"百魔洞"10公里范围画线,从左面开始,一个一个度假村寻找,名义是寻找我在这里疗养得了阿尔茨海默症走失的父亲,人家也积极配合我。在走访到第56家的时候,我在住客登记簿上看到了"熊庆生"的名字,籍贯、年龄、身份证号都对上了,我一阵狂喜,急忙让服务员带我去见他。服务员查了查登记簿说,此人半个月前就退房离开了。我顿时失望至极,当着服务员的面就哭了起来。哭了一会儿,我问,你们知道他去哪里了吗？一个年纪大的像是负责人的人说，我们也说不清，走时好像说这里天气热了，他要去凉都贵州六盘水休养。这使我大致知道了老熊的去向。从那个负责人的口中，我知道老熊在这里住了一年多，自称是孤寡老人，和谁也不联系，生活倒是规律，身体状况也很不错，看来疗养很有成效。我虽然遗憾之极，但也看到了希望。听说老熊身体恢复得不错，我很高兴。只要他活着，我就有决心找到他，一时信心满满。

我怀着失落而又充满希望的心情，追随着老熊去了贵州六盘水。我用每个月1500元的房租租赁了一间民居，一室一厅。安顿下来后，就开始了寻找老熊的行程。先是在市区，接着扩展到了远郊，去过盘县、水城县和六枝特区，还到过传说中古夜郎国所在的六枝特区月亮河流域，三个月下来，鞋磨破了好几双，仍不见老熊的踪影。我站在夜郎古国的遗址上，泪流满面地呼唤："老熊，你在哪里！"

在六盘水，到处是三线建设的遗迹，有三线建设博物馆，有破旧过了时的厂房，墙壁上写着"好人好马上三线，备战备荒为人民"的标语。我没找到老熊，却受到了一次历史的熏陶和洗礼。

夏天就要过去了，我也要离开这里。我判断即使老熊在这里，在天气渐冷的情况下，他也会选择离开。也许我俩在这里失之交臂了，我们会在另一个地方遇见。

出来寻找老熊已经一年半了，久寻不遇，我也有灰心的时候，也有想打道回府的时候。我想念父母，想念女儿，想念我苦苦打拼经营成功的饭店。有几次，我甚至冲动地买了返回沈阳的机票、车票，但最终都没有回去。因为我出门前发过誓：找不到老熊我绝不回来！我这个人就是有这么个犟劲，这么个死心眼子，认准了的事八头牛也拉不回来，况且，寻找老熊是我应尽的责任，我怎么能放弃身上的责任呢？就好比一个战士怎么能放弃自己的阵地，一个医生怎么能不管不问自己的病人，一个农民怎能不去种庄稼，任由自家的田园荒芜？

贵州、云南、广西我都去过了，我决定去四川，我估计老熊去了天府之国。实际上我这时出现了误判，出现了古人所说的南辕北辙的状况。当然，这是我后来才知道的。

到了四川，我开始了以成都为中心的对老熊的找寻。我去了阿坝，去了九寨沟、黄龙，去了海螺沟，去了康定，去了雅安，去了宜宾、泸州。到了冬天，仍无老熊的消息。我因为一路劳累，加上不适应成都冬天的湿冷气候，我病倒了，患了重感冒，发烧，因医治不及时还引发了肺炎。老熊因肺上出毛病出走，我没找到他，肺上也出了问题，真是同病相怜啊！这一年的春节，我是在医院度过的，好在治疗简单，只是打点滴、服药，我终于挺了过来。医生说成都太潮冷，建议我去西昌疗养。我接受医生建议，到了我国航天发射基地，去了刘伯承和小叶丹结盟的西昌，在邛海边一个疗养院住了下来，一边疗养，一边在这里找老熊。

到了4月初，我已经完全恢复，在这里没有找到老熊，决定转移异地，从西昌出发，去泸沽湖。泸沽湖地处川滇交界，风景优美，游人不多，适合休养。我在泸沽湖旁一家民居住了下来。第二天我坐船到湖中的一个岛上，想散散心。不知何因，我登上小岛后，忽然悲从心来。也许是一趟趟奔波，一次次失望，也许是刚刚得以恢复的病体，或者是我在来泸沽湖路上客车差点滚进山崖带来的惊吓，或者是思念父母和果果，这些思绪综合起来引发了我的抑郁情绪，我突然有了投湖自杀的念头。我站在临湖的悬崖上，身旁静无一人，连时空都静悄悄的，我心里发出这样的声音：老熊，我尽力了，我不再寻找你了，你终究要去另一个世界，我先到另一个世界等你去了！欲要下跳时，我突然想起了年迈的父母，想起了今年就要参加高考的女儿，便有些犹豫了，但最终还是狠狠心下定了跳下去的决心。在跳下去之前，我决定给妹妹白霞打个电话，把我要投湖的决定告诉她，省得家里以后到处找我。这是周六的上午，我估计她此时接电话并不妨碍工作。

电话打通了，把我的决定一说，白霞当即在那头急眼了，吼一般喊道，姐，你这是干吗！你可别吓唬我，你千万别做傻事！

我说，我出来找老熊两年了，历经千辛万苦也没有找到他，我绝望了，我决定一死对我和老熊的婚姻做个了结。我怕我投湖后你们到处找我，我才给你打声招呼。妹妹，什么也别说了，来世咱们俩再做姐妹吧。姐拜托你把父母照顾好，把我的女儿果果培养好，我……我说不下去了，号啕大哭起来。

白霞说，姐，你千万不要做傻事！你不是要找老熊吗？我把老熊给你找到了，全须全尾地找回来了。

我听白霞这么说，就止住哭声说，我不信，你是在骗我！你这是听说我要跳湖，编出来骗我的！

白霞说，姐，我没骗你，这是真的，你要不信，我让我姐夫和你说话。

在手机里，我听到了久违了的老熊的声音，老婆，我活得好好的，肺上的病也好了，天天活蹦乱跳的，这下你相信了吧？

这下我相信是真的了，哭得更痛了，边哭边骂，老熊，你个老混蛋！你个丧良心的！你把我害得好苦呀，回去我跟你没完！

妹妹白霞接过电话说，姐，你快到海南来，快来和我姐夫团圆。

我问，你啥时找到你姐夫的？找到为什么不告诉我？害得我差点投了泸沽湖！你们现在在哪里？你俩为什么会在一起？

白霞说，电话里一句两句说不清。我和我姐夫现在海南澄迈的一个疗养院里，我把地址发给你，你赶快飞过来，等见了面，我再给你说清楚。

我在电话里说，好，我现在就动身。

挂断电话，我打一辆出租车就赶往机场，登上飞往海口的航班。

白霞说：做梦也没想到的结局

我姐在电话里把我骂了一顿，显然是怨我没有及时把找到老熊的消息告诉她，可她哪里知道我的难处！

我开车到美兰机场接我姐白鸽，两人在出口处相拥而泣，如入无人之境，根本不顾别人有什么反应。我的哭是为我姐的顺利回来，如果她不给我打那个电话，纵身跳入泸沽湖，那我就再也见不到姐姐了，而且连她任何消息也不知道了，她就无声无息地从这个世界上消失了。我紧紧地抱着我姐，抱着一个真实的身体，我再也不敢撒手，怕我一撒手，她就会弃我而去。在这一刻，我经历了生死离别的人生体验。我姐的哭，是对两年在外寻找姐夫老熊所有痛苦的释放。孤单、失落、迷茫、失望、病痛、怨恨、郁闷等，凝结成心中最大的苦痛，以至于这种苦痛需要用结束生命来终止。现在见到了自己的至亲，自己一起长大的妹妹，怎么能不来一场痛快淋漓的释放？如不能如此释放，即使不投湖而亡，也得郁闷致死。

哭够了，我们上车，我开着车，姐姐又哭了，这是啜泣，边哭边说，你这个死妮子，是不是在和我通话之前就找到了老熊？你们见面已经有一段时间了吧？为什么不早些告诉我？让你姐蒙在鼓里，差点在成都病死、在去泸沽湖的路上出车祸撞死，你安的什么心？

我姐的感觉非常对，我确实找到老熊有段时间了。我姐把在海南寻找老熊的任务托付给我，我是打过保票的，只要老熊来到海南，我就不会让他在我眼前消失。我在海口市一家大医院做内科大夫，一有假期，我就去三亚、陵水、万宁、琼海、文昌，还去过东方、儋州，沿中间线路穿过屯昌、琼中，翻过五指山到保宁，整个海南岛都让我走遍了，目的就一个，找到姐夫老熊。为了寻找方便，我买了一辆二手车，没事时就开车出去。也就近沿琼州海峡东海岸线、西海岸线跑，到过澄迈、临高，凡是有可能有外地游客来休养的地方，我都去寻找。不仅是寻找姐夫老熊，也是在寻找我的救命恩人。出点力，吃点苦，受点累，我心甘情愿，况且，我还可以借此饱览全岛风光，增长自己的知识和见闻，实现一举多得呢！

我这么不辞千辛万苦地寻找，还有一点，就是凭直觉感到老熊非来海南不可。这些年东北人成帮结队到海南过冬，一般是头年10月份来，来年五一前离开，被称为"候鸟型游客"，简称"候鸟"，一些地方政府还建立了"候鸟管理办公室"，专门针对这部分人进行管理。还有人编了顺口溜，说：美丽富饶的海南岛，来了一群东北佬。背包罗伞结队来，下了飞机脱棉袄。胖的多，瘦的少，老的多，小的少。冬天来，夏天跑，自称自己是候鸟……也有些东北人在海南落了户，这几年海南东北口音的人明显增多了。东北人为啥愿意到海南，是因为这里气候温和、空气好，当东北冰天雪地数九寒天时，海南岛椰风吹拂，温暖如春，一些人在东北的季节病，到了这里就好了。一些人在东北血压高，到了这里就正常了。东北人爱扎堆，互相一联络，就成群结伴地过来了。而人数的增加，又增添了后来人的安全感。就像滚雪球一样，东北人在海南岛越滚越多了。我姐夫老熊是东北人，身上有东北人的共性，他以前常年居住在寒冷地带，必然对风光秀美、冬天气候宜人的海南岛有一种向往。

我这种猜测，以老熊的实际行动得到证实。但我能找到老熊，确实是一个巧合，真是芝麻掉到针眼里——巧上加巧。

去年冬天，离海口市几十公里的澄迈县老城镇一家办了多年的疗养院，想提高档次，把一般疗养和治疗疾病相结合，以吸引更多疗养者入住，欲引入医疗资源，到我们医院来寻求合作。院里答应了他们的请求，在各科室抽人，分期分批去人到这家疗养院服务，每批15人，半年一轮换。我作为内科医生，被安排在第一批。这实际上是对我们的照顾，疗养院医疗任务不重，可以利用此机会在这里疗养。

我们来了之后，老城镇这家疗养院更名为"金螺湾康养度假中心"，对外打出广告广招入住者。这里位于琼州海峡海滨，前面就是海滩，离千年古刹永庆寺不远，环境清幽，是个很吸引人的地方，对疗养者是个不错的选择。我一到这里就喜欢上了这个地方。估计老熊是看了广告，到海口后直奔这里来的。

我们医院来人后，疗养者入住增加了体检项目，院方为每一个入住者建立健康档案，了解他们的身体状况，查明有哪些基础疾病，以便对症疗养。我负责检查血压和心脏，因人手少，只能一专多能。我给一个入住者检查完，当另一个入住者进来时，我一下子惊呆了，这人竟是我姐夫老熊。

姐夫！我大喊一声。老熊也惊呆了，竟一时没有认出我来，试探性地询问，你是？我说，姐夫，我是白霞！当时一激动，上前一下子把老熊抱住了，生怕他跑了似的，而且没头没脑地哭了起来，边哭边说，这两年你去哪儿了？让我姐找你找得好苦啊！

老熊确认我是白霞后，也抹开了眼泪说，一言难尽呀！等我慢慢告诉你。他问我，你在这里工作？我说是，是不久从海口一家医院来的，这里是我们医院的合作单位。又说，咱先不说这些了，我马上给我姐打电话，让她赶来海口和你见面。她前一阵子在贵州六盘水找你，现在正在四川到处寻找你呢！

老熊伸手拦住了我，说，这个电话你不能打！

我说，这是为什么呀？

老熊说，我实话告诉你，我离家出来疗养，是为了治病，更是想切断和你姐的联系，用这种方式逼迫她和我离婚，去追求她自己应有的幸福生活。我不让她找到我，不给她留一点念想，时间长了，她就会死心了。

我说，你们不是生活得好好的吗？又有了漂亮女儿果果，好好过日子就得了，你起什么幺蛾子呀！

老熊说，你不是我，你不懂，你不到我这个年纪，你就更不懂了。虽然我爱你姐，喜欢你姐，但是我配不上她，各方面都配不上，尤其是年龄，她才四十出头，我却奔古稀之年了，我不能再耽误她了。我离家之前，已写好了离婚协议，这件事非办不可。

我说，那你就忍心让我姐东奔西走千辛万苦地到处找你吗？她昨晚给我打电话说，她从成都去雅安找了一趟，仍然没有你的音信。我问，那你怎么办？她语气坚定地说，继续找。

老熊说，她找了快两年了，还没有找到，再过一年半载还找不到我，那就会不抱任何希望了，等到那个时候她就会回头了。说完，老熊盯着我眼睛看，问我，白霞，我是不是你的救命恩人？

我说，是，你是我的救命恩人，你的大恩大德，我一辈子都报答不完。

老熊说，我不让你报答一辈子，我只让你办一件事，就是把见到我这件事瞒住，千万不要告诉你姐。你这么做，就是报我的恩了，我让你答应我。

面对我的救命恩人，我只能答应了，点点头表示同意。但我说，你也要答应我一件事。

老熊问，答应你一件什么事？

我说，我带你到海口最好的医院，用最好的设备，为你检查一次身体，确认你的肺病好了没有，身体其他方面状况如何，好对症施治。与此相关联，我请求利用我在疗养院的工作之便，来照顾你的生活，关注你的健康，使我能够回报你于万一。况且，我还是你的小姨子，不管你和我姐离婚与否，我都有责任照顾你。

老熊表示同意，我俩达成了心照不宣的协议。

我带着老熊到医院做了细致的检查，专家给出的结论是：老熊的肺癌之疑已经解除，肺上有陈旧性结节，应是肺病痊愈留下的疤痕，今后注意复查就行了。其他方面除了退行性器官老化，并没有大的病变。这应该得益于老熊转辗于南方各地的疗养，他的放松疗养取得了有效成果。

-237-

我一边开着车,一边把我找到老熊后,没有及时把消息告诉我姐的原因细说一遍。我说,我不是不告诉你,我是在找合适的机会。

我姐说,你这一隐瞒,又让我多找了几个月。在成都得了一场大病,在路上遇到一场车祸,又差一点亡身泸沽湖。这老熊害死我了!

我说,姐,你不要怪我姐夫,他也是为你好。

我姐说,他为我好?他没有坑死我!我这两年吃了多少苦,遭了多少罪,受了多少煎熬!不光我在找他,有人也在找他。

我问,谁还在找他?

我姐说,广东惠州的段总,也一直在找他。说完她就在车上给段总挂通了电话,说老熊找到了,现在在海南澄迈金螺湾康养度假中心呢,我现在正在去见他的路上,见到他后,立马让他跟你联系。

我问我姐,这段总是干什么的?你和段总怎么这么熟?

我姐说,这段总原来也是做生意的,听说我在找老熊,就经常给我打电话,一路支持我、关心我,给我出了不少主意,说如果找到老熊告诉他,他有一笔债务要和老熊了结。

我说,姐,这事叫你整的,刚找到我姐夫,你就引一个讨债鬼来了。

我姐说,欠账还钱,天经地义。如果老熊欠人家的钱,咱们想啥办法也要还人家。咱要是老躲着人家,不成了老赖了吗?说着话,车就开进了金螺湾康养度假中心。

我姐见到老熊,自然是一番痛哭,也不顾我在场,在老熊的胸口又打又捶,边捶边骂,继而,两人拥抱在一起痛哭。这时,我悄悄地溜走了,我才不在这里当电灯泡碍眼人家呢!

应了久别胜新婚那句老话，两人闹归闹，现在见面了，和好了，天天如胶似漆地黏在一起，我姐和老熊住在一起，加入疗养者的行列。我看他俩出双入对、形影不离，白天在海滩晒太阳，晚上在一起卿卿我我，就开玩笑提醒我姐说，姐，你现在正是如狼似虎的年纪，可要悠着点，不要让老熊累坏了身板。

我姐不好意思地骂我，死妮子，竟敢腆着脸说这话，不害臊，你懂个啥！

我说，我是医生，我啥不懂！你小看我了，我虽然没有结婚，但也谈过几个男朋友，已不是纯情少女了。就在两个月之前，我还处了一个男朋友，是我们医院的一个医生，他让我从疗养院调回医院，说这样处起来方便些。我不愿走，就实话实说，说我这里有个来疗养的老者，是我的救命恩人，我要留下来照顾他，不仅这一期结束不能回去，还要求延长一段时间。我说，我不在医院那边，也不影响和你处对象，你我都有车，来往方便。他不干，怀疑我在疗养院勾上大老板了。他让人监视我，发现我确实和一个老者来往密切，带这老者去检查身体、陪其散步，有时晚上时间很晚了，还在人家房间待着，就质问我这是怎么回事。我说，这是我姐夫，我照顾他是应该的。他哈哈一阵冷笑说，现在社会上鬼名堂多了去了，领导找保姆，老板找女秘书，认干女儿，认小姨子，你现在是小姨子和姐夫搞到一起去了。我说，你混蛋，你胡说，我和我姐夫是清白的。他说，得了吧，哪有老猫不吃小鲜鱼的？哪有女人对有钱的大老板不动心的？你去找老混蛋吧，咱俩拜拜了！

拜拜就拜拜，我不能在一棵树上吊死，这样小心眼儿的男人，要是真结了婚，会经常干架，最后还得离婚。我今年

-239-

三十六七了，已是大龄了，虽然内心着急，但也不能挖到筐里就是菜呀。我要是同意男朋友的要求，调回医院去，这边我姐夫老熊谁照应？老熊不让我姐知道他在这里，就是不让我姐来。他在这里孤身一人，年纪又大了，谁来照顾他？就算没病没灾、有吃有喝的，但他不寂寞吗？他不仅是我姐夫，更是我的救命恩人，为人不报恩怎么能行？我不仅不能调走，我还想调到疗养院永远不回医院去了呢。调来这里，我就可以公私兼顾，完全担负起照看老熊的责任了。至于别人议论什么，就让他们议论好了，身正不怕影子斜，自己做到内心周正，不逾规越距就行了。别人说什么我也管不住，也管不了。我说老熊是我的救命恩人，有的人根本不信，说现在社会还有这种事？我照顾老熊，和老熊走得近，有人议论我是为了骗大老板的钱，还有的说我是老熊的私生女呢，有人在背后议论，看，那额头，那眼睛，那鼻子长得多像！这些我统统不在意，只保持内心的安宁就可以了。也许这是上苍给我的报答老熊的一个机会，这个机会我不应该抓住吗？再说，我也没给老熊做什么，就是照护他的身体，帮他办些事，陪他散散步、解解闷。《诗经》上说，投之木瓜，报之琼琚，老百姓说投桃报李，这些中华民族的传统美德不应该发扬光大吗？想想这些，我心里就坦然了，心情就舒畅了。

现在我姐来了，人家夫妻团圆了，我自然就撤退了，全身心地投入到工作上去了。我在医院是业务骨干，在这里也要发挥骨干作用，不让人家小瞧我。

姐姐来疗养院一周后，惠州那个姓段的老板来了。一看人家就是有钱的大老板，坐着豪车，带着保镖，是从惠州一路开车过来的。他和姐夫一见面，就要接他到海口的大饭店去住。姐夫谢绝了，说，我肺部有病，只适合住在海边，住大酒店我已不习惯了。

段老板说，你熊哥疗养也不能玩失踪呀，搞得我姐到处找你，她可是受了不少罪啊！段老板比老熊小两岁，随着老熊管我姐叫姐。我听了只想乐。我说，那是我姐，咋就成了你姐了？他操着广东话说，那就是咱们的姐姐啦，你就是我的妹妹啦。我感到段老板不仅是个有钱的人，一个好玩的人，还是一个很讲义气的人。

老熊不愿去豪华酒店住，段老板说，那你得给我一个面子啦，我上高档饭店请你吃一餐饭啦！待我姐夫点头，他就让随从去做安排。

晚上，段老板在海口海航酒店最豪华的包间设了一桌宴席，这桌宴席自然丰盛无比，我从来没有见过，我不知道姐姐姐夫内心怎么想，反正我内心是很吃惊的，更让我吃惊的是段老板在酒桌上说的一席话。

酒桌上只有段老板、姐夫老熊、姐姐和我几个人，吃的是大餐，喝的是洋酒。酒过三巡之后，段老板说，熊哥，我这次专程从惠州来，是为了了却咱俩之间的一笔旧账来的啦。

老熊有点吃惊地说，兄弟，我不欠你的钱吧？

段老板说，你老兄想到哪里去啦，是我欠你的钱啦。

老熊说，我不记得借过钱给你。

段老板说，你没借钱给我，是资助过我两千万啦。那一年我刚做出口生意，把控不准亏钱的啦，企业办不下去啦，两百多工人要下岗啦，你可怜那些工人，就按人头每人给10万元，让我给他们开工资啦，把他们留下来啦。

老熊说，听你这么一说，我想起来了，但那不是借钱给你，是替你给员工发工资，做的是慈善事业。那些工人下岗了，多可怜呀！好不容易出来打工，挣不到工资怎么度日呢？

段老板说，这个工资是我的企业欠的啦，发不出来啦，是你帮我垫付的啦，不是慈善的啦，是我向你借款的啦，这次我是找你还这笔款来啦，你就不要推辞啦。

听到这里，我和姐姐才松了一口气，原来段老板不是来要债，而是来还款的。

老熊执意不收，段老板执意要还，说，我在最困难的时候，你帮了我，使我渡过了难关啦，现在我有钱啦，我做人不能不讲良心啦。

老熊最终推辞不过，只好答应收下。没想到事情还没有完。段老板说，这下好啦，这两千万元已经不是两千万元啦，前两年找不到你，我自个儿在炒股票时，把这个钱也拿去炒股票啦，账户是分开的啦，户头是在你的名下的啦，这几年股市太好啦，我自己盈利很大啦，也帮你赚到大钱啦！

我听段老板"啦""啦"地讲，听到这里，似乎在听天方夜谭，在吃惊同时，也大体理清是怎么一回事了。在段老板企业经营困难、发不出工资、将要倒闭时，老熊出手相救，段老板起死回生，挣了大钱，现在要给老熊以回报。不仅包括当时的两千万元，还要返回两千万元买股票赚到的钱。到底是多少钱呢？段老板不说，看看老熊，又看看我姐和我。

老熊说，有话但说无妨，我妻子和妻妹都不是外人。

段老板说，炒股票赶上了好形势啦，如果出手就是一大笔钱啦。

老熊问，这笔钱有多少？

段老板说，股市每天的行情不一样啦，按这两天行情，赚三个多亿没有问题啦。

这个数字把我吓了一跳，妈呀，三个多亿！姐夫这可是种瓜得瓜时来运转了。关键的问题是，这笔钱是真的吗？

段老板说，你要愿意提现，我回去就把股票出手的啦，你在这边银行立个账户，我就把这笔钱给你转过来啦。

老熊不再推辞，说，我正好目前需要这笔钱，就劳烦你回去后把股票出手，提现转款给我吧。

段老板说，熊哥啊，你是好人好报啦，这个钱我马上转过来，够你和你们全家花一辈子啦。

段老板回惠州后，果然没有食言，说股票出售后得款3.5亿，暂存银行，待老熊提供账号后全部转过来。

这笔钱是存还是用，怎么用？姐夫老熊思考了一个晚上，待主意基本拿定，征求我姐和我的意见。

姐姐说，钱是你当年做善事得到的回报，怎么用，你自个儿拿主意。我说，我听姐夫姐姐的。

老熊说，既然是做善事得到的回报，我想还是把钱用到做善事上。我想用这笔钱把咱住的这个疗养院盘下来，对它进行升级改造，提高质量和档次，真正办成医养结合的康养中心。在维持基本运营前提下，尽量减低收费标准，让工薪阶层普通老百姓都能住进来、住得起，尽量少收费用，多开一些免费项目。现在收费标准太高了，一般老百姓住不起，疗养条件也一般，说是医养结合，实际上徒有虚名。必须加以改造，做到名实相符。我们要办的医养中心，不以赚钱为目的，而是保本经营。对那些为国家做出贡献的英模人物，我们还要免费接待他们来疗养，以尽一份社会责任。当然，经营上也必须上心。我们虽然不求盈利，但也不能亏钱，若一直亏空下去，几年下来就不复存在了，我们做善事就不能持续下去了。

姐姐说，你是慈善家，考虑的都是慈善方面的事，是拿大主意的。这么大规模的疗养院，让谁来经营呀？

老熊盯着我姐的脸说，你呀，你来经营呀。你不是当过饭店总经理吗？你的经营才能我早看好了，能担负起重任。

姐姐说，不行，不行！办小饭店还可以，经营这么大个疗养院，我可不行！

老熊说，以小比大，你能干小的，就能干大的。干饭店也不容易，麻雀虽小五脏俱全，干疗养院也复杂不到哪里去，只要有爱心、有耐心，懂经营，会管理，就能办好。对你来说，你是英雄有了用武之地。又说，医疗方面的事，让白霞帮助你。白霞是专家，让她负责。再高薪招一批医护人员，切实发挥他们的作用。白霞若愿意从事这一慈善事业，干脆辞职，到疗养院和你姐一起打拼得了。又说，我还想到解除你们姐妹俩的后顾之忧，把父母亲接到疗养院居住疗养，这么大年纪了，就不要再办饭店去吃辛苦了，到咱自己办的疗养院安度晚年吧！

我说，姐夫，这倒是一个好主意，把父母接到我们身边，我们也放心。我还有个主意，今年果果报考大学，就让她报考海南这边的大学，学管理专业，毕业后也来参与疗养院的管理，这样，一家人也可以团圆了。

姐姐说，这个主意好。我前几天在电话中问果果摸底考试情况，果果说，考上全国重点大学有难度，但考上一本还是没有问题的。就让她报考海南大学，她来这里上学，就和我们团聚了，毕业也来从事慈善事业，咱们就是一个慈善家庭了。

我说，姐夫，你这个设想挺好，把慈善和疗养相结合，既讲经营，又尽社会义务，把东北的慈善事业发展到海南来了，当地政府一定会支持。问题是，人家会把这个疗养院转让给你吗？

姐夫说，这个我早做调查研究了，已做到心中有数。这个疗养院是一家企业开办的,因经营亏损,就改制转让给了个人。他们也想好好经营,但无奈缺少资金。不能更新设备和升级换代,只好弄个虚名,和白霞所在的医院合作,办什么医养中心,实际上还是老样子。我住进来之后就发现了这个问题,问他们为什么不进行改造。人家说先糊弄着,等着转手哩。

姐姐问,那得多少钱呀?

老熊说,要价2.5亿,估计两个亿就能拿下。剩下的钱我们用来更新设施,提高服务质量和水平,再留出一部分做流动资金。段老板把钱转过来后,用起来绰绰有余了。

段老板没有食言,在老熊和院方说好成交价格后,把钱打了过来,使我们商定的计划得以实现。老熊做了"金螺湾康养度假中心"董事长,姐姐任总经理,真正把这个疗养院办成"夫妻院"了。过不久,我也辞了职,在这里任分管医疗的副总经理,成了管理层的一员。一切按计划推进,一个新型的慈善性质的疗养院在岛上诞生了。老熊把我父母接到疗养院颐养天年,果果也顺利考上海南大学,预定的各项事宜也都一一实现了。让我没有想到的是,我个人也有计划外收获,找到了如意郎君,解决了婚姻问题,结束了单身生活。若问新郎是谁?我说出来你绝对不会想到,那就是我姐姐的追求者、"鲅鱼圈"饭店副总经理洪有志。

我父母入住疗养院后,我天天和他们在一起。在一起交流时,我父母常说到洪有志,说洪有志这小伙子仁义、善良,是个好人,也是个能人。说,你姐不在家这两年,全靠他一人打理,坚持下来不容易。挣的钱还是按原先股份比例分,不多得一分,还按时定额给你姐打钱,保证她在外面的花费。对我们老两口更没的说,像个亲儿子、亲女婿一样,尊重、体贴、关心、爱护,胜似对自己的父母。我妈对我说,你东找西找,天南地北地找,也找不到洪有志这样的小伙子。洪有志比你大六岁,我看你俩正合适。你要觉得行,我舍下这张老脸给你拉葛拉葛。

我说,现在啥年代了,用你拉葛,我俩先加上微信,相互了解了解再说。正好洪有志要关掉沈阳的饭店,有想来海南发展的意思,我建议他在我们疗养院附近办一家东北菜馆,这里东北人多,经营东北菜一定受欢迎。洪有志来了,东北菜馆也办起来了。我在疗养院工作之余,经常过去帮他,帮着帮着,就办成了真正的"夫妻店"了。现在我姐夫姐姐的慈善疗养院在海南办出了名,我们的东北菜馆也办得红红火火。

妻子说:你这下心愿实现了吧

用半年时间,我把采访进行完了,整理出了文稿。虽然是真实故事,但我还是做了些加工,尽量让它像个小说。我把稿子打出来,让妻子阅读修改。她是中学语文老师,文字功夫很好,经常帮我改稿。她看了两遍后,说,你这篇小说,是你所有小说中写得最好的,生动接地气,传递人与人之间真善美正能量。虽然写得笨拙,不够空灵,但作品很厚重、有意义。你想当作家的愿望,终于实现了吧?

受到妻子的肯定,我自然高兴,开玩笑说,是不是比当年编《人生自我预测》有进步?妻子说,这是两码事。你也不要看不起那两本书,没那两本书挣的钱,咱就帮不了元葵家白霞,今天咱也不会住进金螺湾康养度假中心,凡事都是有因果关系的。你到了这里,才写出了这篇纪实性小说。这是生活对你的报答。

我说，住这里也挺好，但住半年了，人家不收咱一分钱，咱在这里白吃白住，我心里不安稳。妻子说，我给元葵、白鸽都说过，他们死活不收。说这里的康养中心是他们的家，住在亲戚家不是很正常吗？哪有住亲戚家，亲戚收钱的呢。那不是白菜地里舞镰刀——把嗑（棵）唠散了吗？我也正为这事犯愁呢。我看你和老熊混挺熟的，你给老熊说说这事。

我是和老熊混得挺熟的。老熊比白鸽大二十多岁，比岳父岳母年岁都大，他和老人相处放不开。我妻子比老熊辈分高，老熊和我妻子相处，也有点不好意思。唯和我相处不顾忌，人多时随白鸽叫我姑父，背后就叫我老哥。他只比我小一岁，两人很亲近。康养中心的事都交白鸽白霞打理，他闲着无事，我也闲着无事，两人就一起厮混。一起海边散步，一起去澄迈县城闲逛，一起去永庆寺喝茶，一起去小酒馆喝酒。酒喝多了，也说过去的往事，过去的沧桑和不堪回首。

我问老熊，你当初出30万元帮助白鸽给白霞治病，有没有私心，有没有想"卖油郎独占花魁"？老熊说，天地良心，我当时真没那个邪念，就是想做好事帮人，我那时钱多钱厚，帮谁都是帮。白霞的事让我赶上了，我不希图啥。但我歪打正着，让我遇到了白鸽这个年轻貌美侠义热肠的好妻子。

我说，你这不是歪打正着，而是正打正着，善有善报！

老熊说，你这个作家也相信善有善报恶有恶报？

我说，我当然相信。这不都在你身上应验了吗？你帮助了白霞，得到了白鸽。帮助了惠州的段老板，段老板就给你丰厚回报，使你东山再起，有了现在的金螺湾康养度假中心。

老熊说，是的，你的话我信。人行在世上，行恶得恶，行善得善，天网恢恢疏而不漏。你和你爱人也是善人，拿出5万元给白霞治病，实不容易。白鸽白霞接你们来这里养老，也是你们善施得到的回报。

　　我说，这是两码事。我们两家是实在亲戚，白霞治病理应拿钱。再说，钱也没用上，不是让你老熊"截胡"了吗？现在在你这里白吃白住半年分文不收，我们待不下去了，我们要"拔嚼木"回东北去了。

　　使不得，使不得！老熊急了，说，白鸽白霞接你们来，是让你们常年康养的，咋能回去？

　　我说，你不收钱，我就回去！

　　老熊挠挠头上稀疏的白发说，这样吧，按优惠价对折收费，签十年合同如何？

　　我说，行吧，我这孙猴子是逃不脱你这如来佛的手心啦，选这里养老，选那里养老，最后跳进你这琼州海峡金螺湾康养度假中心了！

　　老熊哈哈大笑，谁让咱老哥俩有缘分呢！

　　我佯怒道，去！谁和你哥俩！

　　一日风和日丽，康养中心组织康养人员去三亚天涯海角游览。去了几个大巴车，元葵和他爱人，我和我妻子，老熊和白鸽，洪有志和白霞都去了。天涯海角位于三亚市西南方向，是一个著名的旅游景点。其名称源自两块巨石上分别刻有的"天涯"和"海角"字样，这些字样由清雍正年间的当地官员程哲所题。景区内的"天涯石""海角石""南天一柱"等景点不仅具有观赏价值，还象征着爱情的坚贞和浪漫。我们四家八口人照了"全家福"后，我又突发奇想，让老熊和白鸽一个站在天涯石旁，一个站在海角石旁，让两人做招手状，给他们照了一张合影，寓意着爱情的坚贞不渝。

温泉池见闻（六篇）

今天免票开放

天空像有无数台鼓风机在吹，一阵阵狂风刮来，把椰子树吹得如街上奔跑的披头散发的女人。雨很快下了起来，水泥地上积起了水，像一面面放在地上的镜子。雨还在下个不停，温泉池边的凤尾竹，迎风跳着摇摆舞。海南澄迈这种极端天气不多，但也会有，今天就是如此。温泉池管理员老苗，把男女两池温泉水放满，在温泉池边亭子下躲雨，边看着温泉池边发呆：这样的天气，还有人来泡温泉吗？他是负责收票的，看来今天一张票也收不了了。

等了快半个小时，候鸟们没有一只飞来，男女两个温泉池在冒着热气，像两口半开了的大锅。过去天气晴好时，这热气看不见，今天气温下降，热气就现出原形似的往上升腾。老苗确定这个天气不会有人来泡温泉，就给物业主管老焦打电话。老焦说，天下雨你放什么水呀？你傻呀？老苗说，没人说不让放呀？现在放都放了，说啥也晚了，怎么办？老焦说，浪费也是浪费，我一会儿在群里发个通知，告知业主今天免费，来泡温泉不收票。老苗说，这招高！不管有人泡没人泡，咱们做一回好人，我就不等着收票了。说完，就消失在烟雨中了。

发完通知半小时不到，候鸟们往温泉池这边聚拢来了。风小了一些，雨也小了一些，好像商量好要给人们提供便利似的。最吸引人的是女人们，不知是谁先发明的，大概是为了怕头发被风吹乱了，就在头上戴了一个塑料袋，一个学一个，头上都戴了塑料袋，在温泉池坐下，就同绿色草原上长了一大片白色蘑菇。男人们可不管这些，像往常一样往温泉池里一跳，头上细雨绵绵，胸前热浪翻滚，嘴里大呼痛快，痛快！比晴天洗温泉还痛快！不论男池女池，都没人带孩子来，毕竟天气降温，怕孩子冻感冒，孩子感冒可不得了，大人老胳膊老腿怕什么！这其中多数人，过去都曾经下过乡，进过厂，当过兵，是青年突击队的青年，铁姑娘队的铁姑娘，一不怕苦二不怕死的解放军战士。他们过去信服的是与天斗其乐无穷，与地斗其乐无穷，与人斗其乐无穷。现在这样的天气算什么，毛毛雨啦，一边淋着雨，一边泡温泉澡，那是多么高级的享受！

女人爱扎堆，手机传递信息也方便，女池中的塑料袋越来越多，池中的花儿开得越来越鲜艳。女人穿的泳装样式不同，色彩不同，但都很艳丽，就如同不同色系的花聚在一起，赤橙黄绿青蓝紫，五彩缤纷斑驳陆离。这些候鸟们老来俏，把温泉池水都映照成彩色的了。人一多，池就显得小了，花一多，瓶就显得小了。像一大捧鲜花插在广口罐头瓶里，瓶口被挤满了，瓶中的水显得不多。也像一群蝴蝶，集聚在一棵花树上，又像一群蜜蜂围着一大丛花在采蜜。人人都很欣喜，很兴奋，有人说，下雨天泡温泉，真好！另一个人说，要是天天下雨，那有多好！还有一个说，要是明天还下雨，我还来。叽叽喳喳，议论一气，说的都是天气，都是下雨。没有一人说"免票"两个字。女人都是含蓄的，爱面子的，有啥想法不爱直接表白。有的爱一个男人，偏说我恨你；用拳头捣你，却是一种爱的表现。到老了也是一样。今天来泡温泉，而且顶着雨泡，很大程度上，是为了省那15元钱。居家过日子，能省谁不省呀！说是候鸟，好像多有钱，多烧包，实际上退休前都是工薪阶层，退休金也就几千元，得计算着花。不比人家老板、高管、阔佬，在海棠湾、清水湾等这个湾那个湾住别墅，或长期住高级酒店，房间就有温泉，室内就有游泳池。这里的多个小区都是密集的小户型，候鸟们有租的，有买的。有东北来的候鸟，四个人是亲戚，合租一屋，一个月1500元，别人看着很便宜，对身体有病、早就下岗的他们来说，也是不小的负担。在澄迈老城镇这一带的候鸟们，大都是自己开伙自己做饭，去超市买最便宜的菜，在地摊上爱讨价还价。爱去网购，网上东西便宜，几个人拼着买，那就更便宜，买大米，买粉丝，买鸭蛋，买调料，日常用品更多，像晒衣架、鞋拔子、挖耳勺等。说白了，就是图个便宜。省一次15元澡票，可以买20个鸡蛋，20多斤白菜，为老公买回一瓶北京二锅头酒。过了一辈子日子，谁不会算账？钱是用血汗挣来的，不是谁施舍来的，也不是大风刮来的。该花的咬着牙也要花，该省的拉下脸也要省。过日子就是这样，不这样就是败家娘们。大家都这样节省，谁也不要笑话谁。今天冒雨来泡澡，就是为了省那15元票钱，人人心知肚明，但谁也不提，谁也不说，打死也不说。有尊严的女人都这样。

但是，男人们就大为不同，尤其是东北老爷们，爱有话直说。七八个辽宁来的候鸟，趁天下雨，中午聚在一起喝小酒，炒了几个毛菜，就花生米、咸鸭蛋，下了两瓶台湾金门高粱酒，一瓶18元，好喝不贵。经销商打的就是低价牌。在货架上找不到高档酒，大部分是金门高粱、北京二锅头、四川小酒厂酒，每瓶10到20元，好喝不贵，很对候鸟胃口。既然不贵，也能喝醉人，何必去买价钱高的酒呢？酒刚喝完，看到业主群里有通知，说今天下雨免票泡温泉，就换上泳衣，结伙跑来了。有的还一边跑一边喊，快去泡温泉了，免费泡温泉了！过时不候！到了，就扑扑通通跳了下去，像下饺子一般。待坐下来泡上，还互相开上了玩笑。一个说，今天占便宜了，不花钱也能泡澡；一个说，赶上过去说的了，人努力，天帮忙。一个问，天帮什么忙了？一个答，天不下雨，你能免费泡澡？尔后，大家开始讨论，15元能干啥？一个说，能买18个馒头。上坡那家馒头店，5元卖6个馒头，三五一十五加三，共18个，没错。一个说能吃一碗海南米粉，买方便面能买三桶。一个说，能理一个半头，在老城半坡的道路旁，有人专给候鸟理发，一个头10元，15元可理一个半头。有人开玩笑说，这一个半头怎么理呀？给你理完上头，再理下头呀？那人反应过来，这不是骂自己吗？就说，你下头才是头呢，你上下头不分。两人就在水池打闹起来，还要互相脱裤子，有人喊，文明，文明，没看那边有女人吗？他俩刚停止打闹，另两个人又打闹起来了。两人中午在一起喝酒，喝得有点高。一个说，省15元能买一瓶北京56度二锅头，咱省这15元就等于免费喝酒了。另一个说，你的意思是说这一张票能顶一瓶酒，对不？对呀，那个答。那你意思是说这温泉能当酒喝了呗？对呀，能当酒喝，咋地？那你喝一口给我看看。喝就喝！那人把头埋进温泉里"咕咚"喝了一口。喝完才反应过来，妈呀，你调理老子，老子给你没完！说完就来揪对方脖颈子，被众人拉开了。温泉池中一片笑声，连温泉都笑得一漾一漾的。

这时，资深候鸟河南焦作人老牛来了。老牛叫牛得利，和河南著名豫剧演员牛得草的名字差一个字。他退休前在文化局工作，也会唱豫剧，为人豪爽幽默。这天中午他去别的小区找老乡喝酒,手机忘了带,没有接到泡温泉免票的通知,回家路过这里,看见男池女池满满登登,感到好奇,不知这是为什么,是候鸟开会?前时说要开会选举业主委员会。选举也不用穿泳衣选举呀?难道是选美吗?选男女模特队吗?也没听说呀,再说这些候鸟们中有好看的吗?该鼓的地方瘪了,该瘦的地方胖了,该高的地方矮了,连个头都缩了。有合格的吗?

老牛边猜测边走近男池,他使劲抹拉几下眼睛。池中有人喊,牛哥,你抹拉什么,难道不认识我们了吗?老牛说,咦,今天人咋这么齐?有人说,牛哥,今天下雨,群里通知洗温泉免费,你快回去换泳裤吧!换泳裤过来泡泡!咦!原来是这么一回事,我以为开会呢、选美呢,没想到是澡堂免费呢!牛哥说。接着用鄙夷的口气说,什么玩意儿,多大出息,蚊子大腿上一块肉的便宜都想占,我才不来洗呢!贪小便宜的事咱不沾。牛哥这一说,闹得许多人没面子。辽宁老齐说,牛哥,别说了,再说咱们就生气了!这是小区给咱的福利,怎么扯上贪小便宜了?麻溜滚犊子,省得惹我不高兴削你!牛哥说,好,我走我走,你们就在这下雨天放鸭子吧!

池中人没想到,牛哥走了又回来了。走时衣帽整齐,回来穿着泳裤,披着浴巾。他回到家中,看见了妻子给他手机微信上的留言:今天下午小区温泉池免票,我已前往。你回来后也去,我把家中热水烧好了,泡回来再冲澡。不知是女池中花花绿绿人太多没看见,还是喝了点酒,注意力不集中,他没有看到妻子,妻子的话得听,他换了泳装就奔男池来了。

由于刚才把话说得太满,牛哥有点不好意思,用手摸摸温泉水,自言自语说,咦,水还怪热咧。有人问牛哥,你刚才说我们没出息,说你不占小便宜,你这咋也来了?牛哥洗一把脸,说,我是闹着玩呢,不说不笑不热闹不是?现在不是说

-253-

互利共赢利益均沾吗？这免费的事，不光你们沾，我也来沾沾。有人逗牛哥，均沾可以呀，我想问问，你是怎么突然转变的？牛哥说，我想开了呀，突然想开了，别人都来占便宜，我也不必清高的啦！说着，还两手一摊，像广东人那样拖着腔调。

辽宁老齐人高马大，站起来冲着牛哥说，别扯犊子了，一定事出有因，今天必须说出个子丑寅卯，不然，非把你放翻喝几口温泉水不可！边上有人附和，中午牛哥喝酒喝多了，正好喝口温泉水洗洗胃！旁边几个人跃跃欲试。牛哥用水抹一把脸说，各位好兄弟，我从实招来！就把自己如何见了夫人留言，平常如何怕老婆，唯夫人马首是瞻的话说一番。有人开玩笑说，嫂子叫啥名，是不是比你小？老牛说，你嫂子叫刘青青，比我小六岁。咦，牛哥是老牛吃嫩草呀，有的人说。有人接话，吃什么嫩草？那是啃青。牛哥怕他们再说出过格的话，就把话岔开了，说，我今天给你们"喷"个怕老婆的故事。说罢，就开喷起来。

温泉管理员老苗，突然想起收费的小包包落在了亭子里，也想看看免费泡温泉的人多不多，就从不远的家里赶了来。男池的人一见老苗就喊了起来，老苗，明天温泉池还免不免票呀？老苗说，要看看天气啦！明天要是还下雨，我再请示领导给你们免票啦！

老苗走了，牛哥接着喷，说古代有个人怕老婆，凡事皆听老婆话。老婆交代他，别往人多的地方去，人多的地方惹事多，他记下了。一天，他进县城，县老爷听说当地人都怕老婆，就搞一个现场调查，说，以旗杆为准，怕老婆的人都站左边，不怕老婆的人都站右边。立时，人流涌动，男人一起往左边走。只有先前说的那个人站在右边。县官说，看来此地传闻男人怕老婆不虚，右边这个人倒是个例外，趋前问道，你为何站在旗杆右边呀？这男子答道，我老婆告诉我人多的地方不要去！温泉池里人都笑了。有的说，这小子也是个怕老婆的货！又有人说，牛哥，你也是站旗杆右边的那个人吧？牛哥说，管他这杆那杆，只要老婆让干饭干酒就中！不光干饭干酒吧，不干其他？又有人逗牛哥。突然听女池中有人喊，老牛，老牛，洗好没？回家啦！原来是牛夫人刘青青在喊他。此时，女池里人大为减少，有些候鸟已回家备晚餐去了。温泉池里跳动的塑料袋不多，像大多蘑菇头已被人采去，只留几枚在风中摇动，池中的泳衣似彩旗飘飘。

老牛和刘青青两口子走了，候鸟们也都泡差不多了，有的跳出温泉池擦身子，有的坐在温泉池边沿上抽烟。老齐边抽烟边说，今年自打温泉池开放以来，从来没有见过今天这么多人来泡，真日怪！有人接话说，不知明天还有没有这么多人。有人接着说，那就要看天帮不帮忙了。什么意思？有人问。老苗刚才不是说，若是明天还下雨，就争取让领导给咱们免票吗？有人答。于是大伙就都看天，但天色向晚，已看不出什么来了。

老苗没有食言。晚上8点，老焦在业主群里发布消息，据预报，澄迈明天仍然有雨，温泉池继续免费向业主开放。这自然受到业主一致称赞。在群里点赞献花的人不少。

到了晚上，老焦又发布通知，说据海南气象台最新预报，近日海南将大范围降温，澄迈等地气温降至7摄氏度以下，请大家注意防寒保暖。在降温期间，温泉池暂停开放，何时开放等待通知。好一会儿，群中无人回应。过了一会儿，老焦补充通知说，降温期过后温泉重新开放，不管天气如何，都免票供水三天。这个通知一出，点赞的，献花的，写OK的，立马就多了起来。

天气预报还真准,到了半夜,寒潮就来了。寒风呼啸着拍打窗户,窗户外的椰子树像醉美人,披头散发,跌倒了又爬起来。榕树也摧眉折腰事权贵,频繁点头,又频繁摇头,莫衷一是,任狂风裹挟。天色漆黑,路灯明灭,琼州海峡波涛汹涌涛声阵阵。小区的人们却睡得很实很香,因为他们下午泡了一个好温泉澡。明天还有更好的梦,在等待他们。

候 鸟

我跳进小区的温泉泡池,池里已有一人,看着六七十岁,个头不高,身体偏瘦,精壮结实,皮肤呈古铜色。见我进来,率先打招呼道,你新来的吧。我说,是,刚到,第一次来泡澡。他说,我一看就是,走进池里像探雷一样。这句话把我逗笑了。我说,你说话真幽默,老家哪里人?他说,沈阳的,钢铁厂退休工人,来海南好几个冬天了。好,言语爽快,我喜欢,就和他攀谈起来。

我在温泉池中抹把脸,仰头问这位东北老乡,老兄贵姓?他说,我姓候,叫候鸟。我说,老兄真能开玩笑,有叫候鸟的吗?他说,我姓候,叫候闹。小时候淘气,爱闹腾,我爷爷说,就取名候闹吧。人家孙猴子还大闹天宫呢。一锤定音,我官名就叫候闹了。候闹和候鸟音相近,有朋友就叫我候鸟,我也自称是候鸟。咋不是候鸟?一到冬天就飞海南来了嘛。但我自称候鸟行,别人随便叫我候鸟我可不干!

他看我听得认真,用毛巾擦一把脸继续说,真的!一次我去老城办乘车优待证,听说六十五岁以上老人可以凭证免半票,我就带了身份证去办。还没到大厅,就看到外头挂着很大一块牌子，绿底白字，清清楚楚地写着几个大字：候鸟管理办公室。我一看气坏了，真不像话！把我们来海南过冬的老年人当成候鸟了！我们是人，不是鸟！有人编排我们东北人，说：自称自己是候鸟，下了飞机脱棉袄。病的病老的老，不是跛子就踮脚，不定哪天就卧倒。这不是埋汰人吗？老百姓说说笑话编个段子，也就罢了，你当地政府是为人民服务的，也把我们当成候鸟啦？把我们当成候鸟管理，这应该吗？你这里是动物园吗？我走近牌子看了半天，气得鼓鼓的，上去就摘牌子，摘不下来，我气呼呼地进了大厅，面对办理证件的人员大喊，把你们负责人叫来！工作人员说，大爷，你有什么事？我说，我不是大爷，我是候鸟，快把领导找来！领导来了，我把意见说了。那人说，大爷，你说得有道理，容我们个空，给上级汇报后把牌子摘下来。我说，好！下次我来看见它还在，我就把它背到海南省政府去！这次我办证件办得特顺利。办完，负责人还把我送出去老远，还一再说，老人家慢慢走。

我听了心里只想笑。唠了几句，又顺口向他打听物价。他说，物价不整齐划一，有的比内地高，有的比内地低。你不用关心物价，那是明摆着的。你要关心那些卖东西的商贩有没有短斤少两。我刚来时也吃过亏。但我吃第一次、第二次，第三次我就不吃了，我自有办法。我去买了电子秤揣在身上，不够斤两的，我就往回找，往多里找，往大里找。咱东北人来海南，想吃个新鲜，就常买海鲜。一次不够秤，两次不够秤，我忍了，第三次，等摊主把鱼虾称完，我问他够不够秤。他说绝对够，你来看。我不看，用自己身上带的秤一称，他傻眼了，一斤只有七两。我不再说什么，拿起一只事先准备好的塑料袋，不论斤两地往里装鱼装虾。摊主说，你干什么，干什么，抢东西呀！我说，你打110，或叫派出所来人抓我，我奉

-257-

陪到底！我不是抢东西，这是你应该给我的，短一赔十，你不懂吗？这次，我装了满满一塑料袋海鲜，吃美了，气也消了。第二天，我还去这个摊位购买，摊主见了我笑脸相迎不说，以后再无缺斤少两的事发生了。

候哥真能整！不知不觉中，我叫这位老兄候哥了。我说，是的，你做得对，消费者的权益，要靠消费者自己来维护。候哥说，是呀，是呀，不小心处处都是坑。但有坑不怕，有国家支持，有坑咱也能填平它。他又讲了一件事。一次他在海口当地报了一个旅游团，到云南旅游，每人收费1500元。交了钱入了团，却没有按原定路线走，而且一路进了15家购物店。他气坏了，找导游理论，问咱这是旅行团还是购物团？要求退款，不退款就投诉。导游服软了，提出退1000元。他不干，导游说不干拉倒，投诉我我也不怕。他层层反映，材料写了一大摞，官司打到旅游警察那里。一个警察，小年轻，约莫三十岁，吓唬他说，你再闹事，我拿手铐铐你。候哥立马把双手举起说，来来来，你铐我，你铐上容易打开难。你铐上我，我三天不吃不喝，我看你怎么办！我不是无理取闹，而是讨回公道，国家不会不管我！小样，你拿手铐吓唬我？我一不抢劫，二不偷盗，三不胡闹，怕你吓唬！最后省里有关部门出面解决，赔偿我3000元。我不是为这个钱，是为了讨回公道，咱消费者不能任人宰割！

在候哥面前，我自觉惭愧。在许多时候许多情况下，当自己合法权益受损，我都采取了"多一事不如少一事"的隐忍态度。都是来海南过冬的候鸟，差距咋就那么大呢？候哥个头不高，身体精瘦，他的形象却在我心目中愈发高大起来。

澡　价

小区温泉池里,候鸟们从四面八方而来,说起话来南腔北调,议论起事来七嘴八舌。但每次来泡澡的人,基本都围绕一个共同话题。每次话题都不同,就如同退休前各自在单位参加开会,一次一个重点,一次一个话题。现在退休了,成候鸟了,也养成了习惯。围绕一个话题,才能讨论深入,形成共识。

今天下午泡温泉,讨论的是澡票票价问题。我跳进泡池时,听见池中几个人正在发议论:A说,相比来看,咱小区收费比较高,不远处大酒店连游泳带泡温泉,一次才收费10元。B说,按说就不应该收费,人家对面小区,泡温泉游泳都不收费,多好。C说,那个小区是不收费,但游泳池是凉水,进不了人。收点费也没啥,如果不收,哪有钱抽温泉水和加热。不是不能收钱,关键是收得合理。D说,收费我没意见,每次收15元也没意见,问题是咱小区每次收15元是按泡温泉、游泳捆绑在一起算的,现在光能泡温泉,游泳池没开放,这算怎么回事?这不合理吧?如果都开了,我没意见,现在只能泡温泉,收费是不是高了?是不是应当减些?或者督促小区物业,抓紧把游泳池开放?

D的意见引起大家共鸣,都说他说到点子上了。小区开放温泉、游泳池是对的,咱们还得立足在小区解决问题。你去人家大酒店泡温泉是便宜,但那得走多远呀,能穿泳裤泳衣在街上走吗?再说老头老太太穿泳裤泳衣也不好看呀。有人插话说,怎么不好看,咱这小区男的都是帅哥,女的都是靓女,干脆组织个候鸟模特队,男一队女一队,穿泳衣走在大街上,还是一道亮丽的风景呢！有人接着说，还候鸟模特队干啥，干脆整个候鸟摩托车队，弄几十辆摩托车，一个老头后面带一个老太太，那多风光多惹人眼！走在街上浩浩荡荡，咱小区那可就出名了。一个东北来的候鸟说，别净整那些没用的，说些实际的、有用的！有人出主意说，干脆去对面小区，对面小区不是免费吗？游泳池下不去，能泡温泉不就行了吗？不花钱就不要穷讲究啦！有人反驳说，去人家那里干啥，去当二等公民啊？叫人家发现了赶出去不硌碜呀？我才不去呢，我不去喝人家泡过澡的洗澡水！有人说，叫你去泡澡，叫你去喝水呀？你要喝，就在咱池子里喝，肥水不流外人田。过来就要把那个人脑袋瓜往水里按。那人躲开了，说，不管怎么说，还得在咱们小区解决问题，说那些都是嘴上抹石灰——白说。

　　最终，大家意见取得统一，还得立足本小区解决问题，找小区物业主管领导，让他们抓紧把游泳池开放。现在春节临近了，来的人会越来越多，有不少来度假和看望父母的年轻人，他们会游泳，还有人想学游泳，应该满足大家的要求。如果确实因条件所限不能开放，那就降低价格，把三个温泉池充分利用起来，把每次泡澡的价格控制在10元以内。意见一致了，得有人去反映、去沟通呀，那谁去出头反映沟通呢？大家都不吱声了。停了好一会，有人说，还得找业主委员会。有人说，废话，咱业主委员会成立了吗，有业主委员会吗？前时有人张罗，不知哪个部门说业主户数不够，又搁置了。又没人吱声了，池里的候鸟们鸦雀无声，只有远处树上不知名的鸟儿在"咕咕，咕"地叫着，更显出温泉池中众生的沉闷。候鸟们沉闷无声，各有各的想法。有的不想当出头鸟；有的怕得罪物业，遇到啥事给小鞋穿；有的怕被别人看不起，为几元钱澡费斤斤计较；有的初来乍到，还在观察阵势，不想蹚浑水。总之是各有各的顾虑，又都认为这是小事，大家的事，用不着自己出面。男人是干大事的，岂能为这等小事计较？

树上的鸟还在"咕咕，咕"地叫。过了好一阵，有人打破沉默，率先说，这事还得找候哥，让候哥出面。对，让候哥出面！众人齐声赞成。

候哥是黑龙江佳木斯来的候鸟，他在小区年龄不算最大，个头也不高，因他是第一个买房入住小区的，又是1956年生人，属猴，人们都称他候哥，候鸟中的大哥。候哥为人仗义，好打抱不平，在小区一众人中很有威信。

说曹操曹操就到，正说着候哥，候哥就穿着泳裤，披着大浴巾来了。候哥，候哥，有人叫着，还大声问，你今天怎么现在才来呀？

候哥甩掉浴巾，脱下拖鞋，缓缓坐在温泉池中才说话。他说，刚才去协助隔壁小区处理一起事故，参与救人去了，哎呀，那个惨呀！怎么啦？众人齐声问。

候哥说，中午饭后，我去隔壁小区遛达，刚走到一座楼前，一个单元做门檐的水泥板砸下来了，正好砸住一个送快递的小哥，头露在外面，身子全埋里面去了。我赶快和一些人救人，有人去打120，小区物业也来人了，好不容易把快递小哥救出来，让120送医院去了。伤势挺重，即使保住性命，下身也瘫痪了。你说惨不惨！我察看那掉下的水泥板，完全是糊弄上去的。那么大一块水泥板，只压在一道墙的砖下面。咱们东北盖房，墙都是一砖半，也有两砖的，海南这里只有一砖墙，它能压住那么重的水泥板吗？下面又没有支撑，不垮塌下来才怪呢！一看就是缺少资质没有经验的小公司干的，净糊弄人！

候哥讲到这里，仍然很气愤。他说，快递小哥送医院去

-261-

了，小区楼前的一些住户还不散，围在一起议论，个个成了事后诸葛亮。有的说，我早就看出那墙压得太单薄，根本压不住，早晚一天得塌下来。有的说，水泥檐板下加两个柱子，又美观又牢靠，我早就想到了。有的说，我也看出来了，纯属糊弄人，想着终有一天会出大事。还有的说，这个质量，垮掉下来早晚的事，为避免挨砸，我走到水泥板下都一溜快跑。候哥说，听他们说这些，我肺都气炸了，吼了一嗓子，忍不住骂道，他妈的，你们早干啥去了！为啥不找开发商理论？为啥不找小区物业反映？为啥不要求修整加固预防万一？你们是这里的住户，涉及自己的生命安全都不关心、不出头，做缩头乌龟，还能指望你们去维护关心他人利益和国家利益吗？天天怕这怕那，就不怕门檐板塌下把自己扣进去吗？

候哥还在骂，好像还在事故现场，好像还不解气。我们这些池中的候鸟，似乎也成了他骂的对象。他的声音真大，震得池中的温泉水都一颤一颤的。他的话，我们自然也都听进去了。脸都红红的，肯定不全是泡温泉的原因。提出找候哥去沟通温泉澡票价格的那几个人，也都闷声不语了。

几天之后，我散步走到隔壁小区，发现那个垮塌的门檐板已修好。下面加了两根支撑的柱子。其他类似的没有垮塌的门檐板，下面也加了两根支撑的柱子，既牢固又美观。我想，这件事本是不应该发生的。发生了，亡羊补牢犹未晚也，关键得得到教训。那么，这里面的深刻教训是什么呢？步出小区，走到一望无际的大海边，我依旧在沉思着。海边人很少很静。无名鸟在树上"咕咕，咕"地叫着，鸟们想对我说什么呢？

腊八粥

腊八节下午两点，候鸟们按时来泡温泉。女池中花花绿绿的候鸟们，又像麻雀开会，叽叽喳喳地议论开了。今天说的是小区附近金月寺施腊八粥的事。

金月寺比较古老，据说建于宋代，但早就毁掉了，现在这个是21世纪初重新修建的，在海南有一定影响。因为离小区很近，徒步都能走到，小区里的人常去走动，对那里很熟悉。金月寺从寺庙重新建好开始，腊八施粥一直是保留项目，今年施粥也不例外。今天一大清早，小区里一些人就去了，妇女儿童居多。现在生活好，谁家也不缺粥喝。去金月寺喝施舍粥，是图个吉利。也有的是图省事，早上去逛寺庙，顺便喝碗粥，回来就不用做早饭了。故而，去寺庙喝粥的人还是有一些的。现在，这些女候鸟们叽叽喳喳议论的，就是早上去喝施舍粥的事。

不知是哪个先开口，人们七言八语就议论开了。一个说，你们发现了没有？今年的腊八粥比往年有变化。什么变化？一个问。另一个接话道，抽条了呗！过去的腊八粥是八样东西熬的，今年只有四样：黄豆、大米、花生、大枣。可不！另一个说，端起碗我就想说，今年咋成这了，连寺庙也混不下去，搞偷工减料了？另一个说，不至于吧，放点小米、绿豆、玉米糁等，能多几个钱？又一个说，不光粥里样数少，给的量也不多，一人一勺，喝了个半饱。另一个说，半饱就不说了，施粥不管够，只放四样东西，那还叫腊八粥吗？干脆叫腊四粥得了！有人愤愤地说，寺庙管事的人太不够意思了，太不讲信用了，我们平常施舍了不少香火钱，难道施舍我们一碗粥，也施舍不起了吗？

众人议论纷纷，去喝粥的，没去喝粥的，都对金月寺这顿粥不满意。一致意见是，我们不是计较你的粥，也不是为了喝粥，而是觉得你办事太薄，没有这么办事的。现在条件好，要啥没有？不是遭荒年，不管啥粥，有口喝的就好。你现在弄这事，不是糊弄人吗？众人议论纷纷，表达不满。唯有山东临沂来的刘婆婆一声不吭，听到半道，她走出温泉池，穿上衣服走了。

刘婆婆今天这是咋啦？平常挺仗义，好打抱不平，今天怎么成闷葫芦了？有人说。有人接话说，也许心里有事，顾不上这事吧？还有的说，是不是刘婆婆嫌咱们太计较，不愿与咱们为伍了。有人接着说，完全可能呀！她是信众，隔三岔五去上香拜佛。说寺庙不好，她能高兴吗？也怨咱们不注意，今后当刘婆婆的面，就别提这档子事了。明年再施舍腊八粥，我也不去喝了。还有的说，也许明年腊八粥就剩两样了呢！就这样议论着，一个多小时过去了。

大家没有想到的是，过一会儿，刘婆婆又回来了，她一脸高兴地跳进温泉池，一手举着手机，冲着大家笑道，大家别不满意了，我刚才去找住持给大家讨公道去了！住持诚恳道歉，说，一定严肃处理有关人员，明年的腊八粥一定让大家满意！

咦！刘姐你真好！没想到你去寺庙反映了，怎么个情况？快给俺们说说。河南开封来的王姨问。众人也投来探寻的目光。刘婆婆放下手机，撩温泉水抹了一把脸，说，好，听我给大家道来。

我今早没去喝粥，听去的人讲了粥的情况，我气坏了，连普通人都讲诚信呢，你寺庙就不讲诚信了？不是粥的事，而是脸面的问题，你寺庙能干这种短斤少两的事？连我这个信众都跟着丢人！我出了温泉池，穿好衣服就去了寺庙。寺里僧人不少人都认识我，有的问我，刘婆婆又来上香？我说，我不上香，我来找你们住持。找住持干什么呀？有个僧人问。我说，我来找他反映情况，今年施舍的粥，怎么只有四样东西呀？僧人说，这个呀，我们早上喝的粥，也是这个呀！刘婆婆说，我不管你们喝啥，在施舍的粥里抽条就不行！他看我这么说，就不理我了，埋头趴在案上翻看经书。

我更来了气，我想，我就不信治不了你！我不再和他搭腔，直奔功德箱而去。我抱起功德箱，翻过来就往外倒钱。我知道倒不出来，我就是做个动作吓唬他们。一看我来了劲，要从功德箱里往出倒钱，几个僧人围过来，齐声问，你要干什么？我说，我什么也不干，我要把昨天施舍的钱倒出来、拿回去！僧人齐声说，那怎么行！施舍了有后悔的吗？话这么说，因为我是女流，他们怕接触我身体，不敢上来抢功德箱。我一边往外倒，一边说，不让我拿回钱也行，你让住持来见我！

住持来了，年岁不大，也就四十多岁，文质彬彬，挺有修养的。他见我抱着功德箱，就走近一些，举起单手放到胸前，低头道，阿弥陀佛，施主何事？我说，我是金月小区的刘婆婆，也是你寺庙信众，我昨天来施捐200元人民币，今天要取回100元。你这是为何呀？住持问。我说，你们今天腊八粥都能抽条，只有大米、黄豆、花生、大枣四样东西，我捐的款，我为啥不能拿回去一半？

住持笑了，笑容可掬，说，原来你不是为拿回钱，是来讨要说法的。我说，正是。这时，我已把功德箱放回原位。住持说，施主请看座，坐下细谈。我说好，就坐在一个僧人递给的凳子上。住持说，你说的问题确实是问题，不应该发生，待我调查一下是中间哪个环节出了问题。我说，这个我不管！你得给我个说法，我好给小区的姐妹们交代。她们现在正在泡温泉，要不请你移驾去给她们说说。住持站起来说，阿弥陀佛，阿弥陀佛，这怎使得，这怎使得！我说，无论如何，你得给我一个交代。住持说，好，施主稍等。过了几分钟，住持对我说，经我和有关僧人合议，认为这是一次严重事故。我作为寺庙住持，负有领导责任，应当认真做自我批评。膳食科执事负有管理责任，必须做出深刻检查。负责采买的两个僧人负有具体责任，每人罚款500元。明年腊八粥恢复原样，一定让施主们满意！你看这样处理可否？

住持微笑着，态度祥和，语言得体。我说，这样好，这样好。但只我一个人知道不行，得让姐妹们都知道呀！住持说，这好办，我让人写一份致歉信贴到墙上，你手机拍照下来，给她们看不就可以了吗？如此最好！我学着住持的腔调回答。用手机拍了照，辞别住持，我就立马赶回来给你们报信。

刘婆婆说到这里，拿起她放在温泉池边上的手机，一张一张给人们看她拍下的图片，确如她言，图上文字写得恭恭正正，透露着恭谦和诚恳接受批评的态度。刘婆婆问，大家满意不满意呀？大多数人表示满意。有几个人不说话。河南的王姨大声嚷嚷道，满意？满意个屁！套路！他们说的话都是套路！出了问题让下面人顶缸，拿最下层人问责，连寺庙都一样！咱们让人蒙骗了，还满意不满意？满意他娘那个脚！

众人不说话了。过了一会儿，刘婆婆说，看行动吧，看寺庙明年施舍的腊八粥如何吧。改正了错误还是好同志嘛。众人附合道，好，明年我们一起去喝腊八粥。

罚　妻

小区的温泉池修好又开放了，我第一个进了泡池。水温正好，细腻柔滑，我闭着眼睛享受，想着"温泉水滑洗凝脂"的诗句，当年杨贵妃在华清池洗温泉，也不过这么个享受吧。想着，想着，就沉浸到诗句的意境里去了。正遐思间，只听扑通一声，似一只麻袋扔水里了。

睁眼看时，不是麻袋落水，而是一个人跳水里了。他跳进来使池里涌起了波浪，波浪起伏着，我俩像两只随浪起伏的海豚。

"对不起，让老哥受惊了！"说话的人是个中等个头的胖子，体型和我差不多，脸红扑扑的，显然是中午喝酒了，而且没少喝。果然如此。他接着说，中午几个一起来的候鸟聚会，整了点酒，整着整着就整多了。我说，理解，理解，酒逢知己千杯少，异地老友相逢，咋能不整酒呢！谢谢，那人说。又说，听口音你也是东北人，也是一只来海南过冬的候鸟？我说，我在东北那疙瘩待过，后来调北京，是从北京飞来的候鸟。

那人笑说，管他哪来的，咱们都是鸟人！我开玩笑说，可不敢这么说，咱自称是鸟人，人家会骂咱们不是什么好鸟！

那人笑了，说老哥挺幽默，我也是个爽快爱说笑的人。我叫姜强，哈尔滨人，是省农业厅退休干部，已退休几年，是资深候鸟了。我说，我今年刚来，是和老伴一起来的。你呢，你老伴没来？

姜强说，来了，来了。她刚才扶我过来的。你光顾闭目养神没看见。我说，哟，错过看美女的机会了。姜强说，美女不敢说，但我那是发妻。我说，发妻好，原配好，你没看人们喝酒都喜欢原装的吗？

姜强说，哟，你理解错了，我说的是罚妻，不是发妻，惩罚的罚，不是头发的发。我说，老哥真能开玩笑，有罚款的罚酒的罚站的，有罚妻的吗？

姜强用池水扑搂一下脸说，今天借酒盖脸，我就给你讲讲我和妻子的故事。咱兄弟俩泡温泉赤诚相见，坦露心扉。我说完拉倒，你听完算屁，反正谁也不认识谁。我说，我洗耳恭听。酒后话多，姜强话匣子打开了。

我老家是黑龙江尚志市元宝屯镇农村的，对了，就是周立波写《暴风骤雨》那疙瘩。改革开放恢复高考，我赶上了好机会，但头一年太紧张没考上，心想完了，没希望了，得在农村混一辈子了。家里让人给我介绍一个对象，一个村子里的，文化程度初中，人长得也凑和，就同意了，见了面交换了礼品，婚事订了下来。第二年高考，我还想争取一下，结果考上了省农业大学。四年大学毕业，我分到了省农业厅农村处。刚上班两个月，我对象张艳来了。她不是来会我的，而是来告我的。因为我得知大学毕业将分配到农业厅，不回元宝屯了，就给张艳写了信，说我俩了解不够，感情不深，性格不合，提出解除婚约。张艳不干，径直跑到哈尔滨，跑到农业厅找我来了。我铁了心，自是不干，形成了僵持局面。张艳见我不降服，竟然在农业厅贴了小字报，饭厅、门口几个地方都贴了，说我是当代陈世美，说我沾了她的身子，现在不认账。说实话，我并没有把她怎么样。因为我上大学后就活了心，哪敢"身入"？更没有占有她。她说沾她，说得很巧妙，很有心机，拥抱接吻也是沾，拉拉手也是沾，这我就说不清了。好比在谁家没吃饭，在案板上沾把面也是沾了。厅领导找我谈话，我态度很坚决。也向领导坦白，我在大学期间和同班同学刘萍恋爱了，她家是哈尔滨的，毕业分到了省农林研究所，我俩准备结婚。厅领导吴厅长说，你不要说那么多，我就给你指两条路，一是和老家对象张艳结婚，二是离开农业厅调回元宝屯农机站工作。你自己选。说罢站起来走了。我想想，我回元宝屯干啥？去搞土改，早搞过了。去搞农机，我又不懂。我抱一线希望去找刘萍，问她我要回元宝屯了，她还能跟我吗？能吃两地生活的苦吗？刘萍犹豫了，说，我倒没啥，我爸妈不会同意。再说，你让下一代也跟着遭罪吗？她拍拍肚子，我知道她刚怀孕，这是我的种，这是我俩快毕业时，为分配的事高兴没把控住种下的。这可怎么办呢？反复商量，刘萍说，宁可把孩子做掉，她也不会跟我回农村去。

说到这里，姜强在温泉池中又扑搂一下脸，似乎要扑搂掉当年的无奈。他接着说，实在无路可走，我就选择留在厅里，束手就范，和张艳结了婚。厅里分了房子，张艳前两年上了农技校，也调到厅里一个下属单位工作。夫妻团圆，工作顺利，外人都说我俩夫妇和美，但内里根本不是那么一回事。我记恨张艳坏我名声，毁我好事，断我子孙，我用不过夫妻生活来惩罚她。十多年时间，我俩都是分床，我没碰过她身子一下。开始时，她还光着身子来钻我被窝，我说我不行，你不要为难我。她哭着跑了。后来，我说咱俩离婚吧，省得你受委屈。她说，不离不离就不离！我就像藤缠树一样缠着你！

说实话，她对我还是挺好的。我除了在那方面惩罚她，其他方面对她也还可以。人时间长了，会处出感情的。一天，她提出要个孩子养。我说，随你便。她说她姐前些年在孤儿院抱养了一个男孩子，现在自己生养了，就想把这孩子给咱们自己养。我说，行吧，你看着办吧。一晃十多年过去，孩子上了高中，各方面都不错。但毕竟不是亲生的。我给张艳说，咱俩生一个好了。张艳说，你早干啥去了？现在你来劲了，我却不行了。咱就把辉辉养大就行了。我不再说什么，心里却倍感遗憾。辉辉考上吉林大学了，我和张艳给孩子设宴庆贺。我说，这孩子要是亲生的就更好了。张艳说，要真是你亲生的呢？我说，我给你磕一百个响头！张艳说，现在就磕！辉辉没在，张艳揪住我头发，把我摁到地下，边按边说，你信不，辉辉是你和刘萍的亲儿子。是吗？这是这么回事？我跪在地上仰脸瞪大了眼睛。

张艳说，我不傻，我知道你不愿和我结婚，一定是有人了，我在你同学中访出了刘萍。我自个儿找刘萍去了，说我是你的对象。刘萍哭了，说，我哪知道呀，现在我都有身孕了，左右为难。不打掉怎么办？打掉也是一个小生命呀！我说，你悄悄生下来我抱走，医生说我没有生育能力，你的孩子我一定当亲生儿子养。刘萍听我的话把孩子生下来，我抱走寄养在我姐姐那里，后来才领回家。你说，咱儿子是不是你亲生的？我听她讲罢，咚咚咚地磕了三个响头。站起就亲她拥抱她。她哇哇大哭，用拳头直捣我的胸脯，像捣蒜白一般。这天晚上，我俩酣畅淋漓地做了一次爱，那美妙的滋味用什么语言文字都形容不出来。不久，我借去送辉辉到吉大报到的机会，以体检的名义，和辉辉做了亲子鉴定，确认辉辉是我的亲儿子无疑。辉辉的生母刘萍后来结婚生子，外出留学入了加拿大籍，和辉辉没有联系。辉辉现在已博士生毕业，留校当了教师。你说，我是不是得感谢我发妻？

我开玩笑说，是发妻呢，还是罚妻呢？姜强说，过去的就都过去了。我老两口现在关系可好啦，张艳处处关心我，我也关心她。我开玩笑说，现在你不罚妻了？姜强说，年轻时没珍惜，现在不中用啦，上头有想法，下头没办法啦！说毕，哈哈大笑。又说，这些都是私房话，我是喝点酒胡咧咧，你哪听哪了。我说，我今天只带眼睛，没带耳朵，你放心就是了。

两人还要接着叙谈，突然听到女人一声呼唤，听那口音，就是个东北女人。"老姜，你麻溜出来！儿子来电话，说要坐飞机奔海口来啦！"我应声回望，看一个子不高、胖墩墩的女人，向温泉池快步走来。这一定是老姜的老伴了。

"咋回事？咋就说来就来了呢？"老姜应着，想站起来，脚下一滑，扑通一声又坐了下去，说，这咋整？我也没个思想准备呀？

这时，他老伴张艳已走到温泉池边，说，老姜，这下美坏了吧？别毛愣三光的，摔个好歹不是好玩的。你坐稳当了，我再告你一个好消息！

老姜把头埋进温泉，咕噜咕噜吐口气，扑楞扑楞脑袋仰起脸说，还有啥好消息？快说，别卖关子了！张艳说，儿子在电话中说海南大学要聘他们两口来海大任教，还答应给一套房子，两口子来考察一下，要是条件合适，两人就在海口落户安家了！

我的那个妈呀！这是好消息，还是不好消息呀！老姜说。他老伴说，当然是好消息啦，儿子奔老子来啦，咱们一家在海南团聚啦！

老姜掩饰不住喜悦说，我没问你，我是问这位老哥！我说，这自然是好事，但也有问题，你得改名了！改名，改什么名？老姜追问。

我说，你儿子来海大教书了，你们全家团聚了，不用天北海南地飞来飞去了，你还叫"候鸟"吗？怕是成了本地鸟了吧！

老姜已穿好衣服，哈哈大笑地说：管他啥鸟，只要是好鸟就中！刚说完，树上就有鸟儿在"咕咕"地叫起来，像是应老姜话语发出的共鸣。

看着老姜和老伴相扶着离开的背影，我心里感叹：这一对到底是罚妻呢，还是发妻？天下事有时真的说不清楚。突然，池边的几丛凤尾竹摇曳开来翩翩起舞，它们是有什么感想要告诉我吗？

椰　遇

又是小区温泉泡池开放的时间，一个男池，一个女池，都挤满了候鸟。女池像一盆盛开的鲜花，男池却像下了一锅子饺子。

男池比女池热闹，男人们把泡澡开成了故事会。候鸟们从各处飞来，有东北大庆的、沈阳的，河北唐山的，河南焦作的，也有贵州贵阳的，四川成都的，操着各种口音，讲着各种荤素故事。开始不大熟，大家话不多，后来泡多了，成了泡友，话匣子就打开了。各种故事、笑话就从嘴里冒了出来。有讲当地趣闻旧事的，有出别人洋相的，也有讲自个糗事的。我是个作家，泡在池里就能搜集素材，内心高兴得很，但只是暗自高兴，不敢表现出来。也不敢用笔记录，只能用脑默记。也不可能用笔去记，都光出溜个身子，身上除了短裤，手里只有一条毛巾。

这天上午，我晚到一会，池子里像小时候丢手绢，人已坐了一圈，气氛热烈。不知谁刚讲了一个笑话，笑声还没散尽。

我"扑通"一声进去，问道，说什么呢？

给我讲"罚妻"的老姜说，说你呢！爱开玩笑的沈阳老张一脸坏笑地说，说曹操曹操就到，真巧！

我说，我是一个平淡无奇的人，身上又无故事，说我什么呢？老姜说，说自己无故事的人，其实最有故事。我们都竹筒倒豆了，你把大把豆子藏着掖着，太不够意思了吧？

老张说，每次泡澡都是你听我们讲故事，今天轮到你讲一个了。

我说，我真的没啥可讲，我写的故事都是听来的。

老姜笑笑说，怎么没故事？你身上有现成的故事。老张，给老潘提示一下。

老张说，昨天上午，海口市有个风韵犹存的中年女人来找你，你俩在海边溜达半天，是怎么回事？从实招来！

候鸟们天天叽叽喳喳在一起，谁有点啥事都瞒不过，我和一个女人约会的事，也被他们侦探到了。我说，你老张是克格勃呀，怎么啥事都瞒不了你呀！

老姜说，什么克格勃，群众的眼睛是雪亮的！快把你的故事讲给我们听听！

我用毛巾擦把脸说，讲就讲！我讲的是一个真实故事，也请你们相信我讲的是真的。这是许多年前我在椰子树下遇到的一个故事。

池子里一下子静了下来，候鸟们手上停下动作，都在静听我的"交代"。下面就是我讲的故事。

20世纪90年代初，我应邀参加海南省作协组织的一次笔会。顺便到海南一家出版社结算一本书的稿费。第一次到海南岛来，对岛上一切都好奇。尤其那独具特色的椰子树，树树娇艳，各各不同。风中摇曳，像美女月下独舞。也似女人披肩秀发，迎风展开，又迎风收拢。树上的椰子不是挂在枝间，而是麻麻密聚在一起，像地上一窝窝的恐龙蛋。海南的椰子树，是海南岛的点睛之笔，道不尽千种诗意万种风情。

笔会头天晚上安排宴饮，小酌后入住海口郊区亚洲大酒店。工作人员小盛说，晚上就不安排活动了，门前就是景观道，大家自由浏览。想寻找艳遇的、想探险的，可以自行前往。道旁的每一棵椰子树下，都有一个秘密，自己去探寻吧，每一篇都是绝好的写作素材。经他这么一煽乎，许多人都跃跃欲试了。

我在酒店住下安顿好，稍事休息，就背着双肩背包出了门。我已结婚成家，不会去找什么艳遇，但作为一个作家，初踏琼岛，很想领略岛上风情，搜集一点写作素材。我走出酒店大门，看着一棵一棵椰子树等距离立在大道旁，后面是绿化隔离带，每一棵椰树下果然站着一个女郎，她们一个个好像护树女神。有的人矜持，站那里默默无声。有的人热烈，主动给过往的男人打招呼。我不明就里，不敢前往，就踅摸到道边一个卖椰子摊前，花10元钱买了一个椰子。摊主帮砍开，我一边用吸管吸吮椰汁，一边和他闲聊，问椰子树下那些个女人都是干什么的，为什么站在那里。摊主男性，四十多岁，用不太熟练的普通话说，都是来讨生活的啦，有的是拉客的，有的是找工作的，有的是碰运气的，有的是想交朋友找对象的，反正都是普通人啦。我说，你挺同情她们的。他说是的啦，都不容易的啦。说罢一刀砍在一个椰子壳上说，我要是女的，我也去椰子树下站着啦！他最后一句话打动了我，我决心去接触一个椰下女子，和她聊聊天，找点写作素材。

我下定决心向椰子树走去，但走到半道又犹豫了，万一有女孩把我当成嫖客拉住怎么办？我应该怎么应对？这么一想，脚步就放慢了，慢也得走，不好折回去。正好我看见有一棵椰子树下没人，我就朝那里走去。想在那里喘口气再做打算。没想到，我刚走近，树后露出一个女孩子的脸。她高高的个子，偏瘦，正好隐身椰子树后，她这突然一露脸，把我吓了一跳。

先生，没吓着你吧？女孩说。

我说，人家都大大方方站在树下面，你躲到树后面藏猫猫呀？

女孩说，我头一次来，有点不好意思，抹不开脸面。

我说，你是干什么的？来这里干什么？

女孩警惕性蛮高，说，你先说你是干什么的，来这里干什么？

我说我是作家，从北京来海口开会，来这里是体验一下夜生活。

女孩笑了，说，原来是作家呀，我也喜欢写作。我叫刘晴，湖南郴州人，今年刚从海南职业技术学院毕业，还没找到工作，想自己创业，又缺少资金，来这里碰碰运气，看有没有钱人愿意帮助我。

我是一个容易被感动的人，回想自己当年成长不易，再看看面前这个清纯的女孩儿，就动了侧隐之心。我说，咱俩别站着说话了，前面不远路灯下有个座椅，咱俩坐椅子上唠唠如何？刘晴说可以，我俩就走过去坐到椅子上说话。

我说，你创业得几万元？刘晴说，不多，3万元就够。我说，家里拿不出来吗？刘晴说，家是郴州那边苏仙岭农村的，父亲长年有病，家里贫困，能供我上学已很不易，咋好问家里再要钱，要钱家里也没有呀！我说，苏仙岭我去过，那里有关过张学良的房屋。屋子后面有棵树，还被张少帅烦闷时打过一枪。刘晴说，是的是的，那房屋我家离得不远。

一番交谈，刘晴给我留下好感。我给她出主意，说政府现在鼓励大众创业，尤其鼓励大学生自主创业，你可以去申请贷款呀！她说，去试过，人家说得有担保和抵押，谁给我担保，我拿啥抵押呀，一副无可奈何的神情。她打开随身小包，给我看了她的毕业证。我看得清楚，根据我的经验，这个毕业证应是真的。

我把毕业证还给她。我说，我可以帮你。刘晴说，你怎么帮我？我把双肩背包转到胸前，把包打开，说，我刚从海南出版社领了3万元稿费，拿给你创业。刘晴出乎我预料地拒绝了。她说，你写一本书容易吗？我爱好写作，知道写作之难，出书不易，你这点灯熬油挣的血汗钱我不能要！这样吧，你要帮助我，你就给我讲讲写作，讲讲你的作品，给我介绍介绍经验，让我也通过写作改变命运吧。我心里说，通过写作改变命运何其难，那是说说就能办得到的吗？心里这样想，但为鼓励她，我还是向她认真介绍了我的写作经历、主要作品和创作体会。

愉快交流的时间总是短暂的，时光像小河流水眨眼间就流走了。我要回宾馆，刘晴要回职业技术学院。她说，她因为工作没着落，赖在学生宿舍没离开。你怎么回校，夜这么深了，你一个女孩家安全吗？我有点自责，没帮上人家，还耽误了人家回校时间，一时来了豪气，伸手拦了一辆出租车，让刘晴上去了。又一想，我也跟着上了车。一个男人，得替女孩的安全负责。

到了职业技术学院，我让出租车稍等，把刘晴送进了宿舍。我刚离开，她又出来了，说，潘作家，谢谢你！我心里一阵冲动，把双肩背包里捆成一捆的3万元，塞到刘晴手里，嘴里喊道，你就用它创业吧！祝你成功！等刘晴反应过来来追时，我坐上出租车一溜烟地跑了。

回到北京，我对妻子撒了谎，说海南出版社的稿费没要回来。过了一段时间，别的出版社付了一笔稿费，我顶海南稿费交给了妻子，拆东墙补西墙，妻子没发现短斤少两，也就平安无事。渐渐地这3万元我就忘到脑后了。

四年后的一天，海南出版社又汇来3万元，说是稿费。我说我领过了呀，不能重复领。社里财务说，不是重复领，是一个叫刘晴的女孩子拿来的，让我们代为还给你的。她说，你原先那笔稿费借她用了，她现在创业成功了，还你钱找不到你，只好给出版社添麻烦了。取出这笔钱，我一时百感交集。不仅是为钱的去而复得，更为帮一个女孩子创业成功而高兴。

我完全没有想到，这女孩子后来成了作家，写出了不少让人喜爱的作品。前几年我俩通过作家网建立了联系。

故事讲到这里，被老姜打断了，那个女孩子就是昨天上午来找你的那个刘晴？

我说，是的。她的笔名叫刘琼，现在是海南很有名气的作家了，还是海口市作协的副主席呢！

老张说，她是来感谢你这个恩人的吧？

我说，这个不存在，人家把借我的钱还回来了呀。她来找我，是想让我和海口当地作家搞一个创作经验交流活动。

老姜说，误会了！误会了！你们作家都花花肠子，我们以为她是你的异地小情人呢！

我正色道，可不敢乱讲。我妻子在女池里泡着呢，听见这话可不得了，拆散家庭可不是闹着玩儿的！你们没有听说"无人驾驶废了司机，无人飞机刷新战争，人工智能废了作家，无证情人毁了家庭"这个段子吗？

众人大笑，纷纷向女温泉泡池望去，那盆鲜花开得更鲜艳，他们用目光在鲜花中寻找我的妻子。其实，我夫人没在那盆鲜花里，她随朋友到海口逛骑楼老街去了。我用这种方式巧妙地转移了注意力，支棱起耳朵，开始听别人讲起他们的故事来。

扫彩霞

盈滨半岛观海路边上,有一个灯塔,原是为经琼州海峡过往船只导航用的,现在船只都用卫星导航,灯塔作用不大了,但环绕灯塔的二百多平方米的空地派上了新用场。地面是大块仿木地板的红瓷砖,四周有膝盖高的短围墙,可做凳子使用。这里不知从何时起,成了候鸟们每天上午跳新疆舞的场所。

候鸟们各有所好,都有自己的场地,跳新疆舞的都往灯塔这边来。在澄迈老城镇盈滨半岛的候鸟们,凡爱跳新疆舞的,都知道这个地方,他们从不同地方赶来,走路来的,骑自行车来的,骑电动车来的,也有怕赶不上时间,打出租车过来的。只要不是下大雨,许多人每天必到,每天上午从9时跳至11时30分,雷打不动。女的换上鲜艳服装,男的也打扮一番,头戴维吾尔族帽子,音乐一开,大家就欢快地跳起来。这里成了盈滨半岛候鸟文化生活的一大景观。

张黑马和牛彩霞就是在灯塔这里认识的。张黑马是河南焦作人,牛彩霞是辽宁铁岭人,来海南之前素不相识,来到这里因为跳新疆舞结识,也算奇缘。

张黑马是退役军人,副连职干部转业到地方,在焦作市监狱监管大队当狱警,按新式说法,叫监狱管理干部。他退休几年了,去年春天把患脑血栓终于不治的妻子送走,不愿去郑州和儿子一家过，就听从战友们的劝告，一起到海南澄迈过冬，住在离灯塔不远处的老兵驿站。老兵驿站是为退役军人开的，收费上有照顾，老兵们在一起，还可以互相关照。张黑马住在这里也很安逸，美中不足的是他没什么爱好，战友们有玩乐器的，有唱歌的，有钓鱼的，有逛街的，他和人家就结不了对子，显得不入群。他就想另辟蹊径学跳新疆舞，因为住的驿站离灯塔近，常去看人家跳舞，觉得挺有意思，慢慢也能学会，就下了心思，也备了服装和维族小帽，但始终不敢下场。

其实，张黑马也是有爱好的，他的爱好是扫地。当新兵时，他就爱扫地，那时候连队号召学雷锋做好事，他做好事做得最多的就是扫地。他所在部队是基建工程兵，是在辽北矿区搞煤矿建设的，连队自然不缺煤烧，通往矿区路上撒有不少煤块，张黑马就挥帚去扫，扫回不少煤灰，为连队节省了开支。这件事被沈阳军区《前进报》以"身在煤海惜煤如金"为题报道后，张黑马成了学雷锋标兵，荣立三等功，还因此提了干。打这之后，扫地就成了张黑马的拿手活。

20世纪80年代初大裁军时，基建工程兵撤销，张黑马转业回老家当了一名狱警，主要是管理犯人。上班头一天，他就持扫把开始在监狱院子里扫地，监狱长把他喝住了，张黑马，地让犯人扫，你抢什么抢！后来，他看监狱门外没人扫，就到外面扫，一直扫到外面的公路上。自打他来了之后，监狱外路面卫生改善很明显，他为此受到了表扬。

学了不少天新疆舞，张黑马进步不大，一个动作得反复练，老也做不到位。新疆舞最好看的，是男女对着跳，女的轻盈，男的刚健，男的围着女的转。他练了这么长时间，别说和女的对跳，连和女的对看一眼都不敢。下了几次场，他发现了一个可以让自己有用武之地的地方。

　　围绕灯塔跳舞的这块场地，紧靠海滩，每天都有细沙被风吹到地板砖上，影响人们跳舞，若下点小雨，地面还会比较脏。自己学不会跳舞，但扫地还是会的，扫扫也不费什么劲，不就是每天扫一次吗？如果下了小雨，还可以用拖布拖拖，让场地保持洁净。

　　说到做到，上午这么想，下午他就去附近超市买了扫把、垃圾斗、水桶、拖布等保洁用品。第二早上待天微亮，就带着家伙什去了灯塔处新疆舞跳舞场地。

　　张黑马先从左侧扫起，计划扫完再拖一遍。干完活回去吃早餐。他军人作风，细致入微又大刀阔斧，找着了用武之地就不惜力气。

　　哗啦，哗啦，扫地声伴着大海的潮声，入耳动听，张黑马沉浸在劳动的幸福中。他围绕灯塔退着扫，一步一扫地退，累并快乐着。正享受着，突然听到后面有女人"啊呀"一声，原来他的屁股撞到一个女人的臀部，他急忙侧身，把那女人撞了一下，一下子坐在了地上。女人笑骂道，你干嘛呀，屁股上也不长个眼睛！

　　张黑马急忙把女的扶起来，咦，他认出来了，这个女的新疆舞跳得好，许多男人都愿和她对跳，只是不知道她叫什么名字。张黑马紧忙道歉，对不起，光顾着扫地了，没注意身后有人，你摔坏没有？

　　那女人说，没事，摔个屁股墩。我经常跳舞，身体灵巧着呢。

　　张黑马说，我来这里扫地，你来干啥？

　　那女人说，我也是来扫地的呀！这地没人扫可不行，我常来扫。我住的小区近，就是盈滨广场边上的金螺湾小区。

-281-

张黑马说，你扫地还拿条抹布干啥？

那女人说，这地上发潮爱黏糊，有的人晚上在这里喝酒撸串吃烧烤，掉地上弄得油乎乎的，得跪在地上擦。

张黑马受了感动，大妹子，这事以前都是你自个儿干？

那女人说，也有别人干，但我离得近，我干得多些。

大妹子，你叫什么名字？听口音你是东北人？

那女人说，我叫牛彩霞，东北较大城市铁岭的。

张黑马说，巧了，我当兵就是在你们铁岭下属的法库县，在那里建铁法大明矿、小青矿。

牛彩霞说，真的呀，那可真巧啦！

张黑马说，我住在不远处的老兵驿站，我有退役军人证，不信我拿给你看！

牛彩霞说，有什么不信的，我知道当年那里有部队建矿，大明、小青还有我家亲戚呢！你说你是退役军人，在大明、小青建过矿就不会有假。

张黑马说，是的，我们县里还有几个战友转业复员到当地呢，去年八一，我还去调兵山市参加战友聚会呢！几百人的规模，热闹了好几天，住在一个温泉酒店。

刘彩霞说，感谢你们部队为我们家乡建设做出贡献。要说也真巧，我妈也为建铁法矿做过贡献呢。

张黑马说，你妈也是矿务局的吗？

刘彩霞说，不是，我姥姥家就是铁法矿区的，一次回娘家，我妈帮我姥姥家挖菜窖，结果挖出煤来了，赶快报县上，县上让人来勘探，才发现了煤矿。起先是抚顺矿务局来开采的，后来成立了铁法矿务局。

张黑马说，要不是你妈，我们部队还到不了那里建矿呢。太巧了，咱俩可否认识一下？

牛彩霞说，可以呀！我都告诉你名字了，我还不知道你叫啥名字呢！

我叫张黑马，姓张的张，黑白的黑，白马的马。

牛彩霞说，咱俩倒挺般配，你是马，我是牛，我叫彩霞，你叫黑马。你说巧不巧？

张黑马说，你老公干啥？

牛彩霞说，原先是个理发师，天天胡吃海造喝大酒，说也不听，管也没用，五十多岁就蹬腿走了。我都来海南澄迈七八年了，是资深候鸟了。

张黑马换个话题说，今后这里就归我打扫吧。我一个人住老兵驿站，也没个事干。

牛彩霞说，哪能让大哥你一个人干，咱俩分责任区吧，一家一半。

张黑马说，好，咱俩搞个竞赛，看谁打扫得干净！

牛彩霞说，行，一言为定，我就不信我一个女的，打扫卫生还不如一个男的！

从次日开始，张黑马和牛彩霞就约定时间，7点同时来灯塔跳舞场地打扫卫生，以面朝大海的灯塔为界线，一人一半打扫，各不相扰。两人来了先打个招呼，就各干各的，一个小时干完，然后各自回去用早餐。一周下来，场地打扫得比过去干净许多。一是有张黑马加入，增加了有生力量；二是引入了竞赛机制，双方更加用力；三是男女搭配，干活不累。尤其是张黑马，身上增添了使不完的劲，挥起扫帚打扫，还唱着在部队常唱的歌："日落西山红霞飞，战士打靶把营归，把营归。胸前红花映彩霞，愉快的歌声满天飞。"

唱到"映彩霞"，牛彩霞就在那边答应道，张大哥，你叫我呀？

-283-

张黑马在灯塔那边回应，没有呀，我唱歌呢，是歌里的彩霞，不是你牛彩霞。

为了不引起误解，他改唱另一首歌："嘿啦啦啦啦，嘿啦啦啦，嘿啦啦啦啦嘿啦啦啦，天空出彩霞呀，地下开红花呀……"那边牛彩霞又在喊，张大哥，你叫我呀！

张黑马说，唱歌呢，你的名字怎么绕不开，老是在歌词里面呢！

牛彩霞走过来，扶着扫把说，我的名字就和这首歌有关系。我1960年出生时，电影院正放《铁道卫士》这部电影，到处都是"嘿啦啦啦啦"的歌声，我爸说，我女儿就叫"彩霞"吧。你唱着这首歌，就等于是在叫我。说完哈哈大笑。

张黑马说，噢，原来你名字有来历呀。我以后想你啦，就唱这首歌吧。本是开玩笑，意识到走嘴了，慌忙说，我是打个比方，没别的意思！

牛彩霞说，想就想呗！

张黑马说，没想，真没想！

牛彩霞说，爱想不想！说完，挥扫把往自己那边扫，不理张黑马了。张黑马停下扫把，挠挠头，自言自语说，我也没说什么呀！

张黑马牛彩霞合伙打扫一个月，跳舞场地越发干净。两人经过认真评比，并列第一名，张黑马地扫得干净，牛彩霞地擦得干净。牛彩霞向张黑马请教扫地经验。张黑马说，没别的，就是带着感情扫，带着一颗感恩的心扫。

什么意思？牛彩霞问。

张黑马说，这还和在你们家乡当过兵有关。当新兵时，我干过一件糗事，我没和任何人说过，今天说给你听。

我刚当兵时，就分到矿建连队，每天下井建矿，困乏得很，晚上还要轮流站哨。一天晚上轮我站岗，上一班交班，我说你把枪放到床头，我马上起来，结果又睡着了，一睁眼，天已蒙蒙亮，妈呀，我脱岗了，赶紧穿好衣服拿枪向外跑，跑到操场，急忙拿起扫把就扫地。我害怕挨处分，用扫地掩饰一下脱岗的尴尬。连长过来了，看我在认真扫地，以为我连站几班岗，天亮了又来扫地，拍拍我肩膀就走了。晚上连队点名时，连长表扬了我，说我连站几班岗，天亮还扫地。为此还给我连嘉奖一次。我脸红心跳，心里很不安。我欺骗了组织，骗得了荣誉，但又不敢实话实说，只能在行动上找补，扫地就成了我找补的最好方式。我一个农村孩子除了下矿建井别无特长，但扫地我还是会的，我就把扫地作为回报组织弥补过失的一种方式，每天扫地不止，扫个不停。我在部队因为扫地还立过一次三等功呢！

大哥你很诚实，你说的话让我感动，我也知道你为啥喜欢扫地了。牛彩霞说。

张黑马说，扫地也给我带来了好处，带来了在部队的进步，到地方后也得到好评。

牛彩霞说，那你在这里扫地，能带来什么好处呢？

张黑马说，不为什么好处，我不干点啥手痒。跳舞学不会，扫地不用学，有两只手，加上态度认真就中。

牛彩霞问，要是能带来好处呢？

张黑马说，能有什么好处？但扫我地，莫问前程。

牛彩霞不再说话。第二天早上来扫地，带来了牛肉包子、粥和小咸菜，和张黑马共进早餐，餐后干活，两人不再分界，只是做了分工，张黑马在前面扫灰，牛彩霞在后面拖地，特别脏的地方，两人就跪地上擦。打破了原来的界线，你中有我，我中有你，效率更高，时间也节省了。省下时间，牛彩霞就教张黑马跳新疆舞,从基本动作开始,一招一式地练。张黑马不是笨人,几个月下来,也敢和牛彩霞对舞了,也能围牛彩霞转圈了,动作还有自己的理解和发挥,刚健有力。一天上午他上场和牛彩霞对舞,有人说,哟,一匹黑马出现了!牛彩霞说,他名字就叫黑马嘛,当然是一匹黑马了!

刘彩霞没说张黑马扫地的事,他俩约定,此事谁也不说,就这么默默无闻地扫下去。这是为别人方便,也是为自己方便,有什么可说的呢?

一天两人吃过早餐,张黑马说,我真是遇上田螺姑娘了,天天有人给弄饭吃,谢谢啦!

牛彩霞说,谢什么呀,你这是白菜地里舞镰刀——把嗑(棵)唠散了,你是黑马,我是彩牛,牛马不分家呀!

张黑马说,对,牛马不分家!

牛彩霞说,张哥,我请你到我家来扫地,你愿意不愿意呀?

愿意!愿意扫一辈子!张黑马痛快答应。

一天晚上,牛彩霞邀请张黑马到家吃饭。张黑马去时不空手,带去一箱牛奶,一箱河南温县产的铁棍山药。

进了屋,牛彩霞说,我一个人,你带这些东西干啥?

张黑马说,牛奶是你的奶,山药是我的山药。

什么意思?牛彩霞问。

张黑马说,你姓牛,奶不是你的奶吗?山药是我老家种的山药,不就是我的山药吗?我们老家山药叫铁棍山药,有几句广告词,我就不说了,你尝尝就知道了。

牛彩霞脸红了,说,看着你挺老实,其实你挺不老实。行,你吃我的奶,我尝你的山药。这天晚上,两人喝了点酒,张黑马没有回老兵驿站住。

第二天,战友们让张黑马交代昨晚去向,张黑马只好如实交代说,上你新嫂子彩霞家去了。怎么认识的?扫地认识的。你是扫地扫出彩霞嫂子呀!几个战友一合计,那就叫"扫彩霞"吧。

"扫彩霞"和"嫂彩霞"同音,张黑马和牛彩霞也就认了,反正他俩已领证结婚,幸福生活过上了,叫什么也就无所谓了。

后　记

我的小说创作情结

　　这是我的第一本中短篇小说集。共收入中短篇小说11篇，是写到海南越冬的候鸟们的生活的。当然，这些都是虚构的人物故事，是属于小说范畴的。虽然有个别真实人物的一些影子，但是是不能对号入座的。

　　我小说创作起步较早。1972年夏天写出平生第一篇短篇小说《红英》，翌年冬天在部队创作发表《一件军大衣》（发表在《盘江文艺》上）。与同年龄段的作家比，我创作的起步不算晚，没输在起跑线上，但发令枪响过后却成了落伍者。原因是部队首长让我改行，由文艺创作改搞通讯报道，送我上大学深造，我毕业后又主要从事新闻出版工作。从1986年主编一本杂志开始，到2021年退休，我在编辑岗位和出版管理岗位干了35年，成了职业出版人，天天月月年年为他人出书忙碌着，也就把心爱的文学创作放弃了。

　　2017年1月，我退出中国出版集团副职领导岗位，在写了几本书对以往的出版工作进行总结回顾后，开始转入文学创作活动。我清楚地记得，这是2018年4月1日，是我去淮北拜见我在部队的恩师、宣传科原科长宋涛之后。我去看望他，也是采访他，为写三线建设的长篇小说《乌蒙战歌》搜集写作素材。从此一发不可收，一直在文学创作的道路上努力行进着。前几年我致力于长篇小说创作，挖掘在部队时的生活，反映基建工程兵将士在三线建设和钢铁、煤炭、黄金等基本建设战线以及深圳初创时期的艰苦奋斗和辉煌业绩，出版了"不灭的军魂"三部曲《乌蒙战歌》《兵山劲歌》《鹏城飞歌》和《十一中队》《黄金团》五部长篇小说。其间也写过一个中篇小说《老熊与白鸽》。我戏称这是非常"五＋一"，都是在五年时间内完成的。

从2023年冬天到今年春天，我开始潜心于中短篇小说创作。收入本集中的大多数作品，都是这个阶段完成的。之所以改写中短篇小说，一是写长篇花费精力太大，一部写完有精疲力竭之感，写中短篇付出精力相对较小，能够承受。二是近一二年对现实生活有新的感悟，特别是对海南候鸟生活有新的体验，急于把这些新鲜的感悟和体验写出来，不使之冷却沉没和忘记，于是就选择了中短篇小说这种形式。形式是为内容服务的，内容适合用什么形式表现就选用什么形式。三是，我也想在中短篇小说创作方面做些尝试，积累一些经验。我是从写诗步入文学创作道路的，年轻时曾写过为数不多的几个短篇小说，中篇小说创作是空白。为了丰富自己的创作实践，我也想在中短篇创作上做一下尝试。这是个人近期文学创作活动的一个选择，本集里的大多数成果就是这一选择的产物。

有人问我，作为一个写作者，在你看来，是写长篇小说容易，还是写中篇、短篇小说容易？我的回答是，写长篇、中篇、短篇小说都不容易，都要花费很大心力，付出许多心血。如是写着玩玩，都很容易。如果想写出点质量，写出点名堂，写出点精品，那就非要花大气力不可，以至于要付出终生努力。因为，长篇、中篇和短篇，只是体量大小不同，就好比建筑物大小不同，但建造起来，都有自己的规律、门道、诀窍和堂奥，只有掌握这些规律，同时加上个人的赋能和创造，才可能得到好的作品。况且，人外有人天外有天，世上已有那么多好的文学作品存在，"崔颢题诗在上头"，超越前人更其不易。要想在文学创作这条道路上有所斩获，是一件非常不容易的事。要想成功，一靠刻苦勤奋，二是钻研探索。前者用的是苦功，后者用的是巧劲，苦功加巧劲再加坚持精神，就是走在通向成功的道路上。但做努力，也问收获，就会不断进步。这是我从事文学创作的一点体会。

有远方的朋友鼓励我，发微信说，你的小说我已经拜读过了，佩服你有才华、有内涵，退休后还能不断地写出好作品，真心为你骄傲！也有的朋友说，老兄写中老年情感故事已达到炉火纯青的地步了，人物刻画真实可信，仿佛故事就发生在我们身边，没有矫揉造作之感，感觉生活本来就是这样，听起来是那么地接地气。我认为这些话都是对我的鞭策和鼓励。也有的朋友不理解，说你这么大年纪了，已是望七之龄，还这么辛苦写作干什么？图什么呀，放松放松不好么，游玩游玩不好么，给自己套上文学创作的枷锁，何苦来哉！说这些话的朋友也都是好心，其言也是善言。

我已到了晚年，在退休之后"老夫聊发少年狂"，重新做一回"文学青年"，寄情于文学创作，原因有二：一是，包括文学创作在内的写作，是我一生的爱好。从中学到现在，写作就是我的偏好，从部队到如今，我一直从事文字工作，我从写作中尝到了许多乐趣，不能写作时我就记日记，从17岁当兵的到今天，坚持天天记日记，记了52年。记日记有记日记的乐趣，它可以备忘，也为创作留下了大量素材。今天写作条件有很大便利，除了吃喝睡，时间很宽裕，不写作，我干什么呢？我不会跳舞，也不会吹拉弹唱，也不会掼蛋，除了写作，就是废物一个。写作成了我度过余生的最好生活方式，我也只能以这种方式度过余生了。

二是，虽然已经退休，但我还关心社会，还有一些使社会更美好的愿望要表达。这种表达，我采取了通过创作文学作品的方式。换言之，我的文学作品是我对社会表达的一种方式。这种表达不是对话式的、直言式的、讨论式的，而是通过文学作品中的人物、情节、场景、语言，进行文学性、形象性、曲折性表达。我借助各个作品、所塑造的各个人物，表达我对社会、对事物、对人类历史和前景的看法，这些看法隐含在我的作品中、在作品中的人物身上。我崇尚真善美，鞭挞假丑恶，希望社会和人类更美好的愿望，都隐藏在我的小说创作中。一个作家，他有这个责任，也有这个能力，为推进社会更美好做出贡献。至于写出传世之作、扛鼎之作，那是我想也不敢想的事，只能是虽不能至心向往之了。但要表达的愿望却是不屈不挠地存在着，大约要活到老，表达到老，写作到老了。

我夫人石丽侠一如既往地辅助我的创作，她精心编辑了这本小说集，做了大量工作。老朋友、我国著名文学评论家孟繁华先生欣然答应为本书作序，给我以莫大鼓励。四川文艺出版社的领导和编辑朋友为本书出版付出了许多心力。在此一并致以诚挚的谢意！

樊希安
2024年3月30日